KB004007

스즈미야 하루히의 분개

스즈미야 하루히 시리즈

났다.

생각이

아,

좋은

대체

뭔데

?

# 스즈미야 하루히의 분개

타니가와 나가루 | 지음

이덕주 | 옮김

# CONTENTS

## 편집장★일직선!

"꽝이야."

하루히는 쌀쌀맞게 말을 내뱉고 원고를 던지듯 돌려줬다.

"안 되나요오?"

아사히나 선배는 비명을 지르듯 말했다.

"굉장히 고심한 건데요…."

"응, 안 돼. 전혀 안 돼. 뭐랄까, 딱 하고 느낌이 오는 게 없단 말이지."

단장 책상에 으스대고 앉은 하루히는 귀 뒤에 꽂아둔 빨간 볼펜을 손에 들었다.

"먼저 이 도입부가 너무 흔해 빠졌어. '옛날옛날 어떤 곳에…' 라니 아무 신선한 맛도 없는 뻔할 뻔자의 서두잖아. 좀 더 머리를 굴려봐. 앞부분은 확 잡아야지. 퍼스트 임프레션이 중요하다고."

"하지만요."

아사히나 선배가 조심스레 대꾸했다.

"동화라는 건 다 그런 거 아닌가…."

"그 발상이 낡아 빠졌다는 거야."

계속해서 거만한 자세로 하루히는 주장을 펼쳤다.

"발상의 전환이 필요하다고. 어라, 이건 어디선가 들어본 건데 싶으면 우선 반대로 생각을 하는 거지. 그러면 새로운 게 생겨날지도 모르잖아."

우리가 점점 주류에서 따를 당하는 듯한 느낌이 드는 건 그런 하루히의 사고방식 때문이 아닐까. 발 빠른 주자를 1루에 내보내고만 투수의 견제 모션도 아니고, 반대로 생각하면 다 되는 건 아니라고 보는데.

"아무튼 이건 꽝이야."

복사용지에 쓴 원고에 보란듯이 빨간 펜으로 '리테이크'라고 쓴 뒤 책상 옆의 종이 상자에 떨어뜨린다. 원래는 귤이 가득 담겨 있던 상자 안에는 지금 소각로행이 결정된 종잇조각들이 산더미를 이루고 있었다.

"새로운 걸로 써줘."

"으으."

어깨를 추욱 늘어뜨린 아사히나 선배가 터덜터덜 자기 자리로 돌아온다. 매우 가엾다. 연필을 쥐고 머리를 감싸 쥔 모습을 보니 맹렬한 동정심과 공감이 솟아난다.

문득 아무런 기척도 없다는 것을 느끼고 탁자 구석으로 시선을 돌리자 그곳에는 동아리방의 풍경으로서는 매우 귀중하게도 독서 중인 나가토가 있었다.

"⋯⋯⋯⋯."

침묵한 채 노트북의 화면을 바라보며 응고되어 있는 나가토는 몇 초마다 키보드를 건드려 뭔가를 쳐 넣은 뒤 다시 굳어버렸다가 또 각또각 키보드를 두드린다. 그리고 다시 장식물이 된다.

나가토가 건드리고 있는 것은 게임 대전의 상품으로 컴퓨터 연구부한테서 뜯어낸 노트북이다. 참고로 나와 코이즈미의 앞에도 똑같은 물건이 있었고, 별로 머리를 굴리지도 않았는데 이미 CPU냉각팬은 두뇌를 식히기 위해 요란하게 회전하고 있었다. 코이즈미의 손가락이 경쾌하게 움직이는 모습과 키보드를 두드리는 소리가 무척 신경에 거슬린다. 이 녀석은 좋겠다. 쓸 내용이 정해져 있으니 말이야.

기계라면 덮어놓고 싫어하는 아사히나 선배만은 복사용지에 직접 글을 쓰고 있었지만, 나와 싱크로라도 한 듯 지금은 완전히 손이 멈춰 있다.

그렇다. 쓸 것도 없는데 문자를 쳐 넣는다는 게 가당키나 한 소리냐 말이다.

"자, 얘들아!"

하루히만 혼자 신이 났다.

"원고를 팍팍 마무리해서 편집에 들어가지 않으면 제본 시간에 못 맞춘다. 속도를 올려봐, 속도를. 조금만 생각하면 바로 쓸 수 있을 거 아냐? 대하 장편을 써서 문학상에 응모하려는 것도 아니니까 말이야."

신이 난 하루히의 얼굴에서는 언제나와 같이 어디서 발생했는지 알 길이 없는 자신감만이 꽃을 피우고 있었다. 지금 당장에라도 벌레를 삼켜버릴 것 같다.

"쿈, 손이 안 움직이잖아. 그렇게 컴퓨터 화면만 노려본다고 문장이 생겨나겠어? 일단 써보는 거야. 프린트해서 내게 보여줘. 그리고 내가 재밌다고 생각하면 합격이고 그렇지 않으면 꽝인 거지."

아사히나 선배를 향한 동정심은 나 자신을 향한 연민으로 바뀌었다. 대체 왜 나는 이런 짓을 해야만 하는 거냐. 나뿐만이 아니다, 옆에서 신음하고 있는 아사히나 선배와 맞은편에서 미소를 짓고 있는 코이즈미도 조금은 반역의 횃불을 들어야 하는 것이 아냐.

뭐, 말해봤자 귓등으로도 안 들을 것이 스즈미야 하루히라는 SOS단 단장의 특징이긴 하지만 대체 왜 이 녀석이 이런 역할을 멋대로 맡고 있는 걸까.

내 시선은 남의 원고를 종이 상자에 던져 넣고 싶어서 근질거리고 있는 하루히의 미소에서 그 팔에 채워져 있는 완장으로 이동했다.

평소에는 단장, 한때는 명탐정이니 초감독이니 적혀 있었던 그 완장에는 새로운 직함이 매직으로 커다랗게 쓰여 있었다.

이번에는 바로 '편집장'이라고 말이다.


사건의 발단은 며칠 전으로 거슬러 올라간다.

연말의 발소리가 타박타박 귓가를 때리는 봄방학이 시작되기 전 어느 날의 일이다. 조금은 징조라도 있다면 좋았을 것을, 그 일은 태평하고 느긋해야 할 점심시간에 갑자기 찾아왔다.

"호출."

그렇게 말한 것은 나가토 유키였다. 그 옆에는 무슨 까닭인지 코이즈미 이츠키의 늘씬한 몸이 따라붙어 있었다. 이 두 사람이 나란히 내 교실까지 왔다니 아무리 생각해도 좋은 예감은 1미크론도 안 들었고, 도시락을 쓸어 넣는 작업을 중단하고 복도로 나간 나는 그대로 바로 내 책상으로 돌아가고 싶어졌다.

"호출이라니?"

바로 지금의 내 상태이다. 매점에서 여러 종류의 빵과 멜론 사워(주1)를 안고 돌아온 타니구치가 "쿈, 네 동료가 왔다"고 해서 나가봤더니 이 두 사람이 서 있었다. 의외성으로 가득한 커플링인데, 나가토가 누군가와 단둘이 행동한다 치더라도 그 상대방으로 납득이 갈 만한 사람이 떠오르질 않는다.

제일 먼저 수수께끼 같은 한마디를 던진 뒤 무표정하게 서 있는 우주인 소녀를 쳐다보며 3초를 기다렸다가 포기하고 코이즈미의 핸섬한 얼굴을 보았다.

"설명을 해보실까?"

"물론 그럴 생각으로 왔습니다."

코이즈미는 고개를 쭉 뻗어 5반 교실을 살폈다.

"스즈미야 씨는 한동안 돌아오지 않을 것 같나요?"

그 녀석이라면 4교시가 끝나자마자 바로 뛰쳐나갔다. 지금쯤이면 식당에서 탁자라도 갉아먹고 있지 않을까?

"잘됐군요. 그녀의 귀에 들어가는 건 별로 원치 않는 일이라서요."

내 귀에도 들어오길 원치 않는 정보일 것 같은 예감이 든다.

"실은 말입니다."

코이즈미는 목소리를 심각하게 낮추었다. 너, 그런 것치고는 즐거워보이는데.

"글쎄요, 이걸 재미있다고 생각할지 어떨지는 사람에 따라 다르겠지만요."

"어서 말이나 해."

주1) 사워: sour. 새콤한 맛이 나는 음료나 음식.

"학생회장이 소환 지령을 내렸습니다. 오늘 방과 후에 학생회실에 출두하라고 하시네요. 그러니까 호출이지요."

하하아.

바로 이해가 갔다.

"드디어 오셨군."

학생회장의 출두지령—이란 소리를 듣고 "왜?"라고 생각할 만큼 나는 내 주제를 모르는 인간이 아니다. 이 1년 동안 SOS단이 교내외를 불문하고 일으킨 악행을 모르는 척하기에는 나는 사람이 너무 좋기 때문이다.

먼저 뭐가 있었더라. 컴퓨터 연구부를 갈취한 사건? 아니, 그 일은 작년 가을 게임 대결로 결판이 났다. 컴퓨터 연구부가 학생회실에 제출한 소장은 패전 후에 바로 부장이 무조건적으로 취하했다고 들었다.

영화 촬영으로 난리를 피워서 그런가? 그것도 꽤 오래전 일이고 문화제 뒤에 학생회는 새로 선출되었다. 전 회장이 싸놓고 간 일을 지금 회장이 이제 와서 떠올리기라도 했단 말인가? 아니면 동네 신사에 퍼졌을지도 모르는 우리들의 몽타주가 마침내 키타고(高)에까지 오게 된 건가? 새해 참배 때에도 하도 여러 곳을 쏘다녔으니.

"할 수 없지."

나는 어깨를 치켜올린 뒤 주인이 자리를 비운 창가 맨 뒷줄 책상을 바라보았다.

"하루히 성격에 광희난무하며 회장한테 덤벼들 거야. 상대방의 태도에 따라서는 난투극이 벌어질지도 모르지. 중재는 코이즈미, 너한테 맡기마."

"아닙니다."

코이즈미는 시원스레 부정했다.

"호출을 받은 건 스즈미야 씨가 아닙니다."

그럼 나냐? 어이, 그건 도리가 아니지. 아무리 하루히가 고래수염으로 만든 용수철 같은 반발력을 갖고 있다 해도 그나마 얘기가 통할 법한 나를 선두에 내세우려 하다니 너무 비겁하잖아. 학생회가 학교 측의 꼭두각시 인형인 거야 알고 있지만 그렇게까지 병신같은 녀석들만 모여 있는 집단이라니 실망을 금할 수가 없다.

"아니요. 당신도 아닙니다."

뭐가 그리 신났는지 코이즈미는 더욱 시원스레 말했다.

"호출을 받은 건 나가토 씨 한 명뿐입니다."

뭐라고? 이건 더더욱 부조리한 소린데. 무슨 소리를 해도 묵묵히 들어줄 것 같으니 설교를 늘어놓을 대상으로야 적임자이지만 노코멘트로 일관할 게 뻔하니 성취감도 안 들 텐데 말야.

"나가토를? 학생회장이?"

"목적어와 주어는 맞습니다. 그래요, 학생회장은 나가토 씨를 지명했습니다."

당사자인 나가토는 자신의 일이라고 느끼지 않는 듯한 얼굴로 멀뚱히 서 있을 뿐이었다. 그저 내 눈이 내뿜은 놀람 광선을 받고 살짝 앞머리를 흔든 게 전부였다.

"무슨 소리야? 학생회장이 나가토에게 무슨 볼일인데? 설마 학생회 서기직이라도 주려는 건가?"

"서기라면 이미 있으니 물론 아니지요."

어서 말을 해라. 사람 안달 나게 말하는 건 네 DNA에 그런 성질이 각인되어 있어서 그런 거냐.

"실례. 그럼 알기 쉽게 말씀을 드리죠. 나가토 씨가 호출을 받은 이유는 간단합니다. 문예부 활동에 관한 사정청취 및 부의 존속 관련 문제에 대해 얘기를 나누기 위해서입니다."

"문예부? 그게―."

무슨 관계가 있냐고 말을 하려던 나는 그 말을 삼켰다.

"…………."

나가토는 꼼짝도 하지 않고 복도 구석을 바라보고 있었다.

한때 안경을 쓰고 있던 하얀 얼굴은 표면적으로는 그때와 아무 변화도 없다. 하루히에게 이끌려 들어간 동아리방에서 천천히 고개를 들었던 무표정한 얼굴은 지금도 잊을 수 없다.

"그렇군, 문예부라. 그랬지."

SOS단은 문예부의 동아리방을 장기간에 걸쳐 근거지로 삼고 있으며 그 일은 현재진행형인 상태다. 그리고 정식 문예부원은 처음부터 존재했던 나가토뿐이고 우리는 그저 식객, 혹은 불법 점거자일 뿐이다. 하루히는 이미 오래전에 점유권을 확보했다 생각하겠지만 학생회는 또 다른 보편적인 스탠다드한 의견을 내세울 것이 분명하다.

코이즈미는 내 표정을 읽어냈는지 이렇게 말했다.

"그 얘기를 방과 후에 회장이 직접 하겠다는 연락이 온 겁니다. 먼저 저한테 말이에요. 나가토 씨에게는 제가 말을 했습니다."

왜 너한테지?

"나가토 씨에게 말해봤자 무시를 당할 것 같아서 그런 거겠죠."

그렇기는 하지만 너도 나처럼 문예부 활동이랑은 아무 상관 없는 인간이잖아.

"그렇기는 합니다만, 그렇다고 얘기가 그리 간단히 풀리지는 않을 것 같아요. 굳이 구분하자면 더욱 안 좋죠. 부원도 아닌 사람이 문예부 동아리방에서 문예와는 전혀 상관도 없는 일에 종사하고 있는 것이니 학생회가 아니라도 의심스럽게 생각하는 게 당연… 아니, 이미 다 알고 있는 만큼 지금까지 용케 넘어가줬다고 해야 할 겁니다."

지극히 당연한 소리를 떠든 코이즈미는 누구 편인지 알 수 없는 미소를 지었다.

그야 내가 집행부였다 하더라도 트집을 잡고 싶어질지 모르지만 대체 왜 이제 와서 그러는 건데? 게으른 집주인이 비가 새는 곳을 좀처럼 고치려 들지 않듯이 SOS단도 학생회로부터 완곡하게 무시를 당하고 있지 않았나?

"지난번 학생회는 그렇게 해주었죠. 하지만 지금 회장은 만만치 않을 것 같습니다."

코이즈미는 하얀 이를 드러내며 미소를 짓고 곁눈질로 나가토를 쳐다보았다.

당연히 나가토는 아무 반응도 보이지 않았지만 복도 끝에서 내 발치로 초점을 움직였다. 마치 폐를 끼쳐서 미안하다고 말하는 것 같다.

그리고 물론, 나는 나가토 때문에 귀찮아졌다는 생각은 조금도 않고 있다.

당연하다. 움직일 때마다 공중에 민폐라 부를 만한 것들을 흩뿌리고 다니는 녀석은 내가 아는 한 한 명밖에 없다. 민폐란—.

나는 허공에 한숨을 토해낸 뒤 말했다.

"언제나 하루히가 끼치고 있지."

그리고 이 방이 우리들의 방이라고 녀석이 소리친 그날부터.

"그 스즈미야 씨에게는 비밀로 해주셨으면 합니다."

코이즈미가 그렇게 말했다.

"일만 복잡해질 테니까 말이에요. 그러니 방과 후에 그녀에게 들키지 않도록 조심해서 학생회실로 와주십시오."

그래, 알았다 하고 말을 하려다가 막판에 깨달았다.

"잠깐만. 왜 내가 가는 건데? 지명을 받지도 않았는데 뻔뻔하게 쳐들어갈 만큼 철면피가 아니라고, 난."

물론 나가토가 바란다면 쾌히 동반하겠지만, 코이즈미한테서 이런 부탁을 받을 이유는 없다. 그리고 차라리 나가토만 보내는 편이 상대도 겁을 먹지 않을까 싶은데.

"그쪽도 잘 알고 있습니다. 그래서 제가 메신저 역할을 명령받은 거죠. 이대로 나가토 씨의 대리인으로서 전부 다 제가 떠맡게 된다 해도 상관은 없습니다만, 나중에 문제가 발생하면 곤란하고, 그쪽의 에이전트 업무는 제 일에 들어 있지 않습니다. 그래요, 솔직히 말하자면 당신은 스즈미야 씨의 대리인이죠."

"하루히 본인보고 가라 그러면 되잖아."

"진심으로 하는 말씀입니까?"

코이즈미는 과장되게 눈을 떴다.

서투른 연극에 나는 코웃음을 친 뒤 대답했다. 잘 알고 있는 걸로 치자면 나도 잘 알고 있다. 그런 폭탄녀를 학생회에 던져 넣는다면 단순한 폭탄으로 끝나지 않을 거다. 겨울 합숙에서 보여준 나가토에 대한 배려를 생각해본다면, 녀석은 학생회에서 나가토를 호출했다—의 '학생회에서 나가토를' 부분만으로도 그 즉시 달려가 문을 박차고 학생회실로 돌진하는 정도뿐이 아니라 잘못하면 교무실이나 교장실로 돌격을 감행할지도 모른다. 그 녀석은 그걸로 속이 후련해질지 몰라도 나중에 위통을 앓는 건 틀림없이 나다. 코이즈미와 달리, 별다른 집안 사정도 없는데도 전학을 갈 마음은 안 든단 말이다.

"그럼 잘 부탁하겠습니다."

코이즈미는 처음부터 내가 무슨 대답을 할지 알고 있었다는 듯한 미소를 지었다.

"회장한테는 제가 말해두겠습니다. 방과 후에 화장실에서 만나죠."

하루히가 없는 사이에, 라는 태도를 은연중에 드러내며 코이즈미는 가볍고도 기다란 다리를 놀려 5반 교실 앞에서 떠났다. 그 뒤를 쫓듯 멀어져가는 나가토의 자그마한 몸집을 멍하니 보고 있는 사이 나는 1년이 끝났다는 것을 여실히 실감하게 되었다.

뭐니 뭐니 해도 동료끼리 공유하는 한편 하루히에게는 숨겨둬야 할 일이 월 단위로 늘어가고 있다….

괜한 감상이었을까.

덕분에 왜 코이즈미가 학생회장의 전서구 같은 행동을 아무렇지도 않게 하고 있는지 그 의문에 도달하지 못했으니 말이다.


그런데 묘하게 감이 좋은 하루히가 내 수상한 행동—그런 의식은 전혀 없었는데—을 알아차린 건 5교시가 끝나고 쉬는 시간이었다.

뾰족한 물건으로 등을 콕콕 찔려 뒷자리를 돌아보자.

"뭘 그렇게 안절부절못하고 있는 거야?"

하루히는 손끝으로 볼펜을 돌리며 물었다.

"꼭 누구한테서 호출이라도 받은 듯한 얼굴이다."

이런 때에 허위 함유율을 백 퍼센트로 해서는 안 된다는 것을 나는 이미 학습한 상태이다.

"응, 오카베가 불러서. 점심시간에 나한테까지 와서 말을 하고 가더라고."

태연한 얼굴로 대답했다.

"내 성적에 불평과 주문을 할 거리가 있나봐. 학기말 시험 결과에 따라서는 그 불평이 우리 부모님한테까지 전해질지도 모르는 상태래. 진학을 고려하고 있다면 지금부터 마음을 다잡으라고 하더라."

다잡으려 해도 마음의 여유분을 갖고 있지 않았고, 없는 것을 교환할 수도 없는 노릇이었지만, 늘 듣는 소리이기도 하니 새빨간 거짓말은 아니다. 타니구치도 비슷한 소리를 들었기 때문에 정보교환으로 얻은 결론은, 우리의 담임은 나름대로 제자들의 앞날을 걱정하고 있는 비교적 친근감이 느껴지는 선생이라는 것이었다.

하지만 타니구치 녀석이 가까이 있는 바람에 이 녀석이 워낙에 느긋해서 나도 괜찮을 거라 서로 믿는 구석도 있었기에 현재로서는 별로 긴박하게 느껴지지도 않는 상황이다. 제대로 된 성적을 유지하고 있는 쿠니키다가 이상한 게 아닌가 생각이 들 때가 있을 정도다.

"흐음?"

하루히가 책상에 팔꿈치를 세워 턱을 괴었다.

"너 그렇게 성적이 위험했니? 나보다 진지하게 수업을 듣는 줄 알았는데."

그렇게 말하며 창 밖을 바라보고 있다. 흘러가는 구름의 속도가 바람의 세기를 말해주고 있었다.

네 머릿속과 똑같이 취급하지 마라. 나는 일그러진 시공간과도 정보 폭발과도, 망할 놈의 회색 공간하고도 아무 인연 없는 머리의 소유자라고. 하루히의 엉뚱한 머릿속에 비하면 미니어처 닥스훈트만큼 귀엽다 이거야.

"듣고도 모른다면 시간 낭비밖에 안 되는 거지."

나는 그 말만을 했다. 당당하게 할 소리는 아니지만 말이다.

"흐음?"

하루히의 눈은 여전히 바깥의 풍경에 고정되어 있었지만 아무 말도 않는 그 유리창에 이야기를 하듯 말했다.

"뭐하면 내가 공부 봐줄까? 나는 상관없는데. 어차피 수업을 반복하는 것밖에 안 되겠지만 연습 문제랑 국어라면 수업 내용보다 알기 쉽게 가르쳐줄 자신이 있어."

걔네들 정말 못 가르친다고 혼잣말을 하듯 중얼거린 하루히는 힐끔 나를 보더니 다시 시선을 돌렸다.

뭐라고 대답을 해야 좋을지 고민하고 있자.

"미쿠루도 요즘 바쁘잖아? 이 학교는 현립인 주제에 이상하게 진학교 같은 분위기가 강해서 이맘때면 2학년들도 힘들잖아. 특별보충이니 모의시험이니 그런 걸로 바쁘고 말야. 수학여행을 다녀온

지 얼마 되지도 않았는데 완전 기분 다 깨진다니까. 그럴 거면 1학년 때 여행을 보내야지. 문화제도 가을이 아니라 봄에 하고 말야. 그렇게 생각 안 하니?"

빠르게 말한 뒤 다시 흘러가는 구름을 관찰한다. 아무래도 내 대답을 기다리고 있는 것 같아.

"그래."

나도 구름을 관찰하는 데에 동조하기로 했다.

"진급만은 무사히 하고 싶다."

만에 하나 유급이라도 하게 되어,

"안녕하세요. 스즈미야 선배."

"아, 바보 콘. 당장 가서 삼색 빵을 사와. 요금은 후불이다."

라는 일상 대화를 동아리방에서 하게 된다면 울화통이 터질 거다. 그렇게 되지 않기 위해서라도 하루히 보고 학기말 시험 예상 문제집을 만들어달라 해도 벌은 받지 않을 거야. 잠깐만, 나가토를 제작 스태프에 참가시키는 것도 좋겠다. 한 부에 5백 엔쯤 받고 팔아댈 만한 수준 정도를 기대할 수 있을 거야. 용돈벌이는 될 것 같은데. 나쁜 친구를 둔 인연으로 타니구치한테는 우대 서비스로 30퍼센트 할인으로 팔아주지.

"그런 건 안 돼."

돈이 될 만한 제안을 하루히는 가차없이 기각했다.

"그래선 진정한 학력을 키울 수 없어. 임시방편밖에 안 된다고. 약간 꼬아서 응용문제를 내면 당황할 거라고. 확실하게 이해한 다음에 지식을 쌓지 않으면 녀석들의 술수에 완전히 놀아나는 것밖에 안 돼. 뭐 안심하라고. 반년만 지나면 아무리 너라도 쿠니키다 수준으로 만들어줄 수 있을 테니까."

그렇게까지 불타지 않아도 되는데. 비지땀을 흘리며 애써 푼 답을 제출할 때마다, "아냐. 왜 이렇게 간단한 걸 이해를 못 하는 거니? 바보, 바보, 바보야"라고 무척 즐겁게 내 머리를 노란색 메가폰을 때려대는 하루히의 모습을 상상하고는 그런 상상 따위는 할 필요 없는데 왜 하고 난리냐고 생각했다.

"모르는 데를 물어보면 가르쳐주기만 하면 돼. 나머지는 내가 알아서 할게."

"알아서 할 수 있었으면 벌써 예전에 하지 않았을까?"

열 받는 소리로 정곡을 찌르는군. 그래, 지당하신 말씀이시다.

"왜 네가 화를 내고 난리야?"

하루히는 웃음을 터뜨리기 직전의 입술을 정면으로 돌리고 몸을 앞으로 쭉 내밀었다.

"나의 SOS단에서 낙제생이 나오는 불상사는 용서할 수 없어. 그렇게 되면 학생회에서 여봐란 듯이 트집을 잡으러 올지도 모른다고. 그러니까 찌를 틈을 주지 않도록 너도 조금은 노력하지 않으면 곤란하다 이거야. 알았지?"

화가 난 눈썹으로 입가에 미소를 그리는 매우 재주 많은 표정을 지으며 묘하게 날카로운 말을 내뱉은 하루히는 그대로 나를 노려보더니 포기한 내가 동의를 표명할 때까지 계속해서 시선을 바꾸지 않았다.


방과 후가 되었다. 교실을 나온 나는 교무실에 가는 척하며 하루히와 헤어진 뒤 그대로 학생회실로 향했다. 교무실 옆에 있었기 때문에 목적지를 위장하기 위해 멀리 돌아갈 필요도 없이 바로 도착했다.

그런데 막상 닥치고 나니 아무래도 약간 긴장감이 몸을 스친다.

학생회장의 얼굴은 기억도 안 나고 문화제 뒤에 있었던 학생회선거도 적당히 지켜본 게 고작이다. 그러고 보니 강당에서 각 후보자 연설 비스무리한 걸 들어야 했던 기억이 있기는 하지만 전혀 관심이 없던 나는 투표용지에 제일 흔해 빠진 이름을 적은 뒤로 그 이름조차 순식간에 잊어버리고 말았다. 어떤 녀석이 되었더라. 아무튼 현재 2학년이라는 건 확실했고 회장이라니 조금은 뛰어난 학생이겠지. 컴퓨터 연구부의 부장보다는 위엄이 있을 것이다.

학생회실 앞에서 잠시 주저하고 있는데,

"어라, 쿈, 뭐 하는 거야?"

교무실에서 나온 긴 머리의 여자분과 마주치게 되었다. 아사히나 선배의 반 친구이자 SOS단의 명예고문, 참고로 평범한 인간이 아니라는 것도 이제는 명확해진 2학년 여성이다.

그 누구에게라도 거만하게 군다 하더라도 이 사람한테만은 바짝 조아리게 된다.

"안녕하십니까."

운동부원처럼 인사를 한 내게,

"아핫핫. 안녕."

츠루야 선배는 끝내주는 미소를 지으며 한 손을 들어 인사한 뒤 내가 서 있는 문을 바라보았다.

"뭐야? 학생회실에 무슨 볼일이라도 있어?"

그 볼일인지 뭔지를 들으러 가는 길입니다. 절대로 내가 학생회에 볼일이 있는 건 아니다.

"흐으음?"

하루히와 우열을 가리기 힘든 발랄한 걸음으로 다가온 츠루야 선배는 뒤로 젖힌 내 귀에 입을 가져와 그녀치고는 작은 목소리로 물었다.

"으으음? 혹시 너, 학생회의 스파이였던 거냐?"

가까운 거리에 있는 츠루야 선배의 미소에는 약간 심각한 냄새가 풍기고 있었다. 무슨 일에나 낙천적이고 호탕한 웃음을 잃지 않는 이분치고는 낯선 표정이다. 잘은 모르겠지만 해명을 할 처지에 몰렸다.

"으음, 그러니까…."

무슨 얘기를 하십니까, 츠루야 선배. 제가 누군가의 밀명을 받은 스파이였다면 지금 이렇게 고생을 하고 있을 리가 없잖아요.

"그것도 그렇네."

츠루야 선배는 날름 혀를 내밀었다.

"응, 의심해서 미안해. 아니, 조금 들은 얘기가 있어서 말이야. 이번 학생회는 뒤에서 암약하는, 수수께끼에 싸인 인물들이 우글대고 있다는 소문 몰라? 요전 회장 선거에서도 많은 활약을 했다고 하더라고. 좀 거짓말 같긴 하지만 말이야."

처음 듣는 소리다. 조그마한 현립 고교의 학생회장 선거에 그런 뒷모습이 존재했다고는 생각하기 힘드니 아무래도 헛소문일 것이다. 하루히가 좋아할 만한 학원 음모 이야기이긴 하지만.

"츠루야 선배."

반대로 물어보았다. 내가 알지 못하는 정보라도 그녀라면 이미 알고 있을지도 모른다.

"학생회장은 어떤 사람인지 아시나요?"

꼭 그 사람에 대해 가르쳐주었으면 하는 바람이었지만.

"나도 잘은 몰라. 반이 다르거든. 거만해 보이는 잘난 앤데 머리가 조금 좋다는 것 같더라. 삼국지로 치면 사마의 같은 느낌이야. 학생들의 자주성을 높이겠다는 슬로건을 내세웠다니까 말이야. 지금까지의 학생회는 그림에 그린 듯한 딱 떨어지는 삼각형 떡 같았잖아."

고명한 역사적 걸물을 비유로 내세워봤자 순간적으로 상상이 안되어서 곤란할 뿐이고 떡으로 비유한 게 정확한지 어떤지도 의심스럽다.

"그런데 츠루야 선배는 무슨 일로 교무실에 오셨나요?"

"응? 나는 오늘 당번이었거든. 주번일지 내러 온 거지."

시원스레 말한 츠루야 선배는 내 어깨를 힘껏 두드리며 들으라는 듯 큰 목소리로 말했다.

"쿈, 고생해라. 학생회랑 싸우게 되면 나도 끼워줘! 물론 하루냥네도 네 편에 설 거야!"

정말 든든하다. 하지만 그런 일은 벌어지지 않았으면 한다. 강적을 발견해 들뜬 하루히가 어떤 농간을 부릴지 생각만 해도 내 지력이 마모된다. 그렇지 않아도 생각해야 할 일이 많은 것 같은 판국인데 밀이다.

잘 있으라는 인사와 함께 손을 흔들며 츠루야 선배는 하고 싶은 말만 마치고 시원스레 사라졌다.

여전히 이쪽이 아무 말도 안 했는데 핵심을 찌르는 분이시다. 그런 점은 하루히와 필적할 만한 발상의 소유자다. 하루히와 편을 먹고 동등한 위력을 발휘할 수 있는 유일한 키타고 학생일 거다. 민폐 단장과 다른 점은 아직까지는 일반 상식을 잊지 않았다는 점에 있다.

하지만 그 얇은 벽과 문을 보건대 츠루야 선배의 마지막 말은 내부에서도 다 들렸으리라 봐도 좋을 것이다. 그녀의 이런 점에 하루히와 같은 성격이 숨어 있는 거겠지만.

에잇, 마음을 다잡는 수밖에 없지.

예의바르게 먼저 정중하게 노크를 했다.

"들어오게."

갑자기 내부에서 그런 목소리가 들렸다. 들어오게라니 현실에서 이런 말을 쓰는 사람이 고등학생 중에 있을 줄이야. 게다가 영화 더빙판에서 베테랑 배우를 맡을 만한 멋들어진 목소리다.

나는 문을 열고 태어나서 처음으로 학생회실이란 곳에 들어섰다.

학생회실은 문예부실보다 약간 넓은 면적을 자랑하고 있긴 했지만 구관의 동아리방과 별로 다른 점은 없었다. 오히려 '회장'이라 쓰인 삼각추와 전용 책상이 없는 만큼 우리 동아리방보다 더 살풍경해 보였다. 단순한 회의실이라는 표현이 잘 어울렸다.

먼저 와 있던 코이즈미가 내게 인사를 했다.

"안녕하세요. 잘 와주셨습니다."

입구 부근에 서 있는 것은 코이즈미였고 나란히 나를 기다리고 있었던 것으로 보이는 나가토도 마찬가지였다.

"…………."

나가토는 영리해 보이는 시선을 창가로 향하고 있었고 그쪽에 회장이 있었다.

회장… 이겠지?

키가 큰 남학생이라는 건 알겠다. 무슨 까닭에선지 창 쪽을 보고 서서 등 뒤로 팔짱을 낀 채 미동도 않고 있다. 남향인 창에서 들어오는 저녁 햇살이 역광이 되어 그 모습이 흐릿하게 보였다.

또 다른 한 명, 긴 탁자의 한 모퉁이에 앉아 있는 사람도 있었다. 고개를 숙인 여학생이 샤프를 한 손에 들고 회의록으로 보이는 노트를 펼친 채 대기하고 있다. 이 사람이 서기인가보다.

회장은 좀처럼 움직이려 하지 않았다. 바깥 풍경의 무엇이 그렇게 재미있는지. 거기서는 테니스 코트와 사람 없는 풀장밖에 보이지 않을 텐데 의미심장한 침묵을 유지하고 있다.

"회장님."

적당하게 시간을 뒀다 코이즈미가 상쾌함이 넘치는 목소리로 말을 걸었다.

"부르신 사람은 이제 다 모였습니다. 용건을 말씀하시죠."

"그러도록 하지."

회장은 천천히 몸을 돌렸고 나는 마침내 그 녀석의 면상을 배알했다. 가늘고 기다란 안경을 쓴 2학년이다. 코이즈미의 싸구려 아이돌 분위기 얼굴과는 완전히 다른 의미에서 제법 잘생긴 얼굴이었다. 모든 사고가 완전 상승지향적인 듯한, 약간 고위직 관료를 떠올리게 하는 비성한 구석을 그 눈빛에서 느끼고, 반사적으로 이 녀석과는 친해질 수 없을 것 같다는 생각이 들었다.

나가토와는 또 다른 의미에서의 무표정이 입을 연다.

"이미 코이즈미로부터 들었을 거라 생각하지만 다시 말하도록 하지. 너희들을 부른 이유는 다름이 아니다. 문예부의 활동에 관해 학생회에서 최후 보고를 듣기 위해서이다."

최후고 자시고 지금까지 통보가 있기는 했나? 있었다 하더라도 나가토가 학생회의 호출에 순순히 응했을 거라는 생각은 들지 않았고, 그렇기 때문에 우리는 동아리방을 우리의 아지트로 쓸 수 있었던 것인데.

"…………."

나가토의 무반응에는 신경도 쓰지 않은 채 회장은 무정하게 말했다.

"현재 문예부는 유명무실화 상태이다. 인정하겠지?"

역시 동아리방에서 조용히 책을 읽고 있는 것만으로는 안 되는 건가.

"…………."

나가토는 침묵.

"이제 부로서 돌아가지 않는 수준이다."

"…………."

나가토는 묵묵히 회장을 바라보고 있다.

"명확하게 말하지. 우리 학생회는 현재의 문예부에서 존재 의의를 찾아낼 수 없다. 모든 측면에서 여러 번 검토를 한 결과다."

"…………."

나가토는 가만히 있을 뿐이다.

"따라서 문예부의 무기한 휴부를 통보하겠다. 즉시 동아리방에서 나가도록."

"…………."

나가토는 아무래도 좋다는 듯이 침묵하고 있다. 침묵하고 있기는 하지만 나는 알 수 있다고.

"나가토라고 했지?"

회장은 고형 물체와 같은 나가토의 시선을 태연히 받으며 말했다.

"부원도 아닌 사람을 동아리방에 들이고는 아무것도 안 한 채 방치해둔 책임은 자네에게 있다. 게다가 올해 문예부에 할당된 활동비를 무엇에 사용한 거지? 그 영화 촬영이 문예부의 활동이라고 말하려는 건가? 조사자료에 따르면 그 영화는 SOS단이라는 비합법 조직이 제작했다고 크레딧에 올라가 있을 뿐 어디에도 문예부의 이름은 없었다. 아니, 그 영화 자체가 문화제 실행위원회의 허가 없이 제작된 거였지."

그 소리를 꺼내면 가슴이 아프다. 코이즈미와 나가토에게는 처음부터 막을 의사가 없었을 테니, 하루히의 횡포를 막는 것은 내가 해야 할 일이었다. 억지로 여주인공을 연기해야 했던 아사히나 선배를 위해서도.

"…………."

나가토의 옆얼굴에서는 어떤 주장도 느껴지지 않았다. 하지만 그런 생각은 초보자의 의견일 것이다.

무반응을 공손이 순종한다는 의미로 오해했는지 회장은 거만한 태도를 무너뜨리지 않았다.

"잠시 문예부는 휴부 조치를 하고 내년에 새로운 부원이 입부할 때까지 동아리방 출입을 금지하겠다. 할 말이 있나? 그러면 해보게. 들어주기는 할 테니까."

"…………."

나가토는 머리카락 하나 움직이지 않고 있었지만 어쩌면 하루히와 아사히나 선배와 코이즈미라면 알지도 모른다. 그리고 녀석들이 알 만한 일이라면 나도 그렇다는 건 이미 자명한 사실이다. 그 정도는 공기로 느낄 수 있다.

"…………."

침묵 속에 가라앉은 나가토는,

"…………."

조용히 화를 내고 있는 것 같았다.

"흐음, 반론은 없나보군."

회장은 입꼬리를 기분 나쁘게 움직였다. 하지만 냉철해 보이는 표정 자체에는 변화가 없었다.

"문예부에는 나가토, 자네밖에 부원이 없다. 사실상의 부장이지. 자네만 동의한다면 즉시 우리가 동아리방의 보존과 이물질의 배제를 개시하겠다. 동아리 활동에 관계없는 물건은 모두 꺼내 처분하든가 여기에서 보관하게 될 것이다. 그곳에 있는 개인 물건은 즉시 꺼내도록."

"잠깐만."

나는 회장의 일방적인 선언을 잘랐다. 나가토의 무언의 분노가 한계점에 도달하기 전에.

"갑자기 그런 소리를 해도 곤란하다고. 지금까지 무시하고 있다가 이 시기에 그런 소리를 꺼내는 건 공평하지 않잖아."

"자네야말로 무슨 소리를 하는 거지?"

회장은 차가운 시선을 내게 던지고 "훗" 하고 입 끝으로만 소리

내어 웃었다.

"자네가 제출한 동호회 설립 신청서는 봤다. 미안하지만 실소를 금치 못하겠더군. 그런 말도 안 되는 내용에 일일이 동호회를 허가해준다면 이 학교에는 한도라는 말이 없어질 거다."

기분 나쁜데다 거만한 상급생은 안경을 손으로 꾹 밀어 올리는 연출 같은 동작을 취했다.

"언어를 더 공부하도록. 특히 자네는 학업 전반에 노력을 쏟아야할 거야. 방과 후에 빈둥거리며 놀아도 될 만한 성적을 받고 있다고는 생각되지가 않는군."

역시, 이 회장은 처음부터 SOS단을 무너뜨릴 꿍꿍이인 것이다. 문예부 운운은 단순한 구실에 불과하다. 영화 시나리오를 나가토가 썼다면 조금은 변명거리라도 됐을 텐데, 하루히 초감독 녀석.

"이제 와서 문예부에 들어가겠다고 해도 소용없어."

회장은 나도 생각하지 못했던 말을 먼저 꺼냈다.

"알겠나. 만약 자네들이 정식이 아니라 해도, 문예부원으로 올 한해를 보냈다 하더라도, 문예부다운 활동을 하나라도 했다고는 인정할 수 없다. 대체 자네들은 뭘 하고 있었던 건가?

회장의 안경이 무의미하게 빛났다. 그건 대체 무슨 특수효과냐.

"이래봬도 너그러이 봐준 편이야. SOS단이라고 했던가? 무허가로 그런 걸 조직하고 멋대로 행동했더군. 옥상에서 불꽃놀이를 했을 뿐만 아니라 교사를 공갈 협박하고 선정적인 복상으로 학내를 돌아다닌데다 화기가 엄금된 건물 안에서 냄비요리를 만들다니 언어도단이야. 원래대로라면 큰 문제가 될 거다. 자네들이 무슨 왕이라도 되나?"

말하는 모든 내용이 전면적으로 지당하다는 것은 안다. 확실히 잘못했다. 최소한 한마디 물어보기라도 했어야 한다고 생각한다. 하지만 말했다 해도 허락해주지는 않았겠지만 그렇다고 그대로 따를 수는 없지.

"더러운 방식이군."

나는 나가토의 분노를 대신 떠맡았다.

"그런 건 직접 하루히를 불러 말하면 되잖아. 왜 나가토를 불러내서 문예부를 무너뜨리는 짓을 하는 거냐?"

하지만 상대는 내 반격을 모조리 다 미리 예측하고 있었나보다.

"당연하지."

회장은 전혀 동요하지 않았다. 으스대며 팔짱을 고쳐 끼더니 실수를 저지른 부하가 제출한 반성대책서를 다 읽은 엘리트 과장 같은 말투로 말을 했다.

"SOS단이란 건 학내에 없기 때문이다. 아닌가?"

솔직히 말하자면 그렇게 나왔나 싶었다.

아무리 학생회장이나 집행부가 노력을 한다 해도 SOS단을 폐부한다는 건 불가능하다. 왜냐하면 서류상 그런 단체는 이 학교에 존재하지 않는 것으로 되어 있기 때문이다. 안 그래도 존재하지 않는 것을 없앤다는 건 영에 무엇을 곱해도 영이 된다는 것과 똑같은 이치다. 자칫 잘못하면 마이너스에 마이너스를 곱하는 결과가 될 수도 있고, 자칫 잘못 찌르면 어디로 튈지 모르는 것이 스즈미야 하루히라는 여자다. 표적을 정확하게 노려 커브에 건 공이 옆 레인의 핀을 열 개 모조리 산산조각 낼 정도로 행동을 파악할 수 없는 녀석이다.

그런 녀석을 직구로 공격해봤자 고속 파울을 자기 편 더그아웃에 날릴 뿐이라는, 간단히 말해 헛일일 뿐이라고 판단한 학생회는 먼저 외곽 호를 메우는 계획부터 세운 거겠지.

그래서 SOS단이 불법 점거하고 있는 구관 동아리방 건물 3층의 문예부실이 표적이 된 것이다.

문예부를 몰수해 싹 바꿔버리면 SOS단이 있을 곳도 자동적으로 소멸한다. 우리가 별 문제 없이 지낼 수 있는 것은 유일한 문예부원인 나가토가 "좋다"고 말을 해준 덕분에 불과했고, "동아리방을 빌려줘"라는 소리에 바로 알았다고 대답할 인간은 아마 나가토말고는 없을 것이다.

이대로 문예부가 소멸하면 나가토도 문예부원이 아니게 되고, 이 녀석이 동아리방에서 조용히 책을 읽는 일상도 사라지고, 우리 다섯 명은 모두 방과 후에 갈 곳을 잃어버리게 된다.

멋진 작전이야. 감탄해줄 수도 있다. 나쁜 건 아무리 봐도 우리들이고 나가토는 불이익을 입은 피해자와 연대책임자를 겸한 역할이다.

우리 처지가 불리하다는 것은 나도 알고 있는 만큼 반론을 펼칠 길이 없었다. 최소한, 하루히가 나서서 한 짓인데 이 회장은 그걸 알고 있냐고 따지는 수밖에 없겠지만 회장은 당연히 그런 것도 다 예상하고고서 나가토를 소집한 것이 명백했다.

그리고 나가토도 슬슬 한계에 도달한 듯 보였다.

"…………."

무언의 압박이 세일러복을 걸친 작은 몸집에서 실내로 퍼져나가는 모습이 손에 잡힐 듯 느껴졌다. 가만히 내버려두면 어떻게 될까. 설마 세계를 재구축하거나 하지는 않겠지만 이 회장의 기억을 깡그리 날려버리고 꼭두각시 인형으로 만드는 짓을 저지를지도 모른다. 아니면 아사쿠라한테 했던 것 같은 정보 조작인지 뭔지로 회장과 이 방을 다른 물건으로 바꿔버릴지도 모른다. 나가토 유키가 폭주하면 어떻게 되는지, 가을에 컴퓨터 연구부와 벌였던 게임 대전을 상기하지 않을 수가 없었다.

학생회장은 여유작작하게 저녁놀을 등지고 서 있었지만, 사실은 그러고 있을 때가 아니라고 가르쳐줘야 할지 내심 안절부절못하고 있는데,

"…………."

부풀어올랐던 눈에 보이지 않는 기척이 소리 없이 사라졌다.

"응?"

나가토에게서 일고 있던(것처럼 느껴졌던) 투명 아우라가 거짓말처럼 사라졌다. 반사적으로 나가토를 쳐다보자, 눈도 깜박이지 않는 시선이 회장이 아닌 다른 인물을 향해 있었다.

나도 그쪽을 보았다.

회의록에 펜을 놀리고 있던 여학생. 아마 서기일 것이라고 짐작했던 그 2학년 여학생이 천천히 고개를 들고 있었다.

"…에잉?"

이건 내가 지른 바보 같은 소리다.

왜 이 사람이 여기 있는 거지? 아니, 순간적으로 이름이 안 떠오르는데…. 아, 생각났다. 그건 여름에 있었던 일이다. 칠석이 지난 지 얼마 안 돼 일어난 이상한 사건. 그곳에서 본 것을 잊은 건 아니

지만 굳이 말하자면 아무래도 좋은 무시할 만한 사건이었는데….

"왜 그러지?"

회장이 기능을 우선시하는 듯한 목소리로 말했다.

"아, 소개가 늦었군. 그녀는 우리 학생회의 최고 집행부원으로 서기를 맡아주고 있는—."

여학생이 천천히 머리를 숙여 인사했다.

"키미도리 에미리다."

중후한 효과음과 함께 거대한 꼽등이가 뇌리에 돌아왔다.

"키미도리 선배?"

SOS단 웹사이트의 이상 현상에 시작해 고민 상담을 거쳐 컴퓨터 연구부 부장의 무단결석을 지나 이공간에 이르렀던, 일련의 멍청하고 맥 빠지는 사건의 관계자가, 자기는 아무것도 모른다는 얼굴로 학생회의 한자리를 차지하고 있었다.

키미도리 선배는 온화하게 미소를 지으며 나와 마주보던 시선을 나가토에게로 돌렸다. 살짝 눈이 가늘어진 것 같기도 하다. 그리고 뭔가 눈짓을 하는 것 같기도 하다. 게다가 나가토까지 못마땅하다는 듯 살짝 고개를 끄덕인 것 같기도 했다.

뭐지? 저 두 사람 사이에서 어떤 텔레파시가 생겨난 거냐.

생각하면 할수록 이상했던 그 사건. 컴퓨터 연구부 부장의 애인이라고 했는데, 부장한테는 여자친구가 없다고 본인이 가르쳐주었다. 그럼 어떠한 이유로 키미도리 선배는 SOS단에 싱딤을 하러 온 거냐 하는 문제가 발생하는데, 나는 그것이 다 나가토가 꾸민 일이라고 생각하고 있었다. 하지만 이 자리에서 마주치게 되어 나가토와 시선을 나누는 모습을 보고 있자니 이건 아무래도 우연이라고

생각할 수가 없었다.

내가 수투카 폭격기의 편대 비행음을 들은 파르티잔 소년병과 같은 공황에 빠져 있는데,

콰아앙—.

풍선 폭탄이 터지는 듯한 소리가 뒤에서 들렸다. 심장이 늑골을 산산조각 내고 가슴 밖으로 뛰어나올 것 같이 놀란 나를 완전히 무시한 채,

"이노오오오옴!"

고함소리도 요란하게 학생회실 문을 열어젖힌 이가 지른 소리는 가볍게 100데시벨을 넘었을 게 분명하다. 내 고막을 얼얼하게 흔든 그 목소리는 여전히 이어지고 있었다.

"이 엉터리 학생회장아! 내 충실한 세 부하들을 이런 곳에 가둬두고 무슨 짓을 하고 있는 거냐! 조만간 무슨 짓을 하지 않을까 생각은 했다만 재미있는 일이라면 먼저 나한테 말을 했어야지! 게다가 뭐? 너 설마 유키를 괴롭히고 있었던 거야? 콘이라면 몰라, 하지만 유키라면 용서하지 않는다, 절대로 용서하지 않을거야! 갈가리 찢어서 그 창 밖의 풀장으로 던져버릴 테다!"

아기고양이를 빼앗긴 어미고양이 같은 무시무시한 기세로 뛰어들어온 것은, 아, 거기에 해당하는 사람은 한 명밖에 없겠지.

돌아볼 것도 없이 알고 있었지만 나는 그 녀석의 안색을 보고 싶어 뒤를 돌아보았다. 역시. 무척 생기빌빌한 친구가 온몸에 '새미있는 일을 찾았다'는 희색을 드러낸 채 그 자리에 서 있었다.

"나를 따 시키면 못쓴다. SOS단의 최고 지휘자는 나니까!"

하루히는 큰소리를 친 뒤 한순간에 최고 보스를 알아냈다. 은하

계를 모조리 밀어넣은 듯한 커다란 눈동자가 안경을 치켜올리고 있는 꺽다리로 향했다.

"네가 학생회장이야? 좋아, 둘이서 승부를 내보자고! 단장과 회장이니까 대전료도 동등해. 불만은 없겠지?"

어떻게 우리가 여기 있는 걸 알았지? 라는 내 소박한 질문을 쳐내듯 고함소리가 터졌다.

"야, 콘! 너도 가만히 보고만 있었던 건 아니겠지? 학생회장이라고 괜히 뺄 거 없어. 다 같이 덤벼서 묶어버리면 그걸로 끝이라고. 내가 관절을 잡을 테니까 너는 끈을 가져와!"

그 눈동자는 당장에라도 용암을 내뿜어 칼데라를 만들기라도 할 듯 불타고 있었다. 그와는 대조적으로,

"…………"

나가토는 부탁도 하지 않은 원군의 도착을 무시하는 사령관처럼 움직이지 않은 채 휴화산 같은 눈동자로 키미도리 선배를 주시하고 있었다.

그리고 나는 학생회장에게 덤비거나 끈을 찾으러 가는 대신 침입자의 위협에 노출된 당사자의 표정을 살폈다.

묘한 기척이다. 회장은 미간에 깊은 주름을 짓고서 비난하는 시선을 내 옆에 던지고 있었다. 그곳에 있는 것은 코이즈미였고 무슨 까닭인지 살짝 고개를 젓는 듯이 보였다. 입술에 쓴웃음을 짓고 있었지만 나는 이 두 사람 사이에 무언의 대화가 오간 것처럼 느꼈고 그런 것을 느꼈다는 기억을 지워버리고 싶어졌다.

"어떻게 된 거야! 부를 거라면 나를 최우선으로 불렀어야지! 단장인 나를 빼놓다니, 너희들이 그래도 학생회니?!"

"진정하세요, 스즈미야 씨."

코이즈미는 자연스레 하루히의 어깨에 손을 올렸다.

"일단 학생회 측의 말을 들어보도록 하죠. 아직 이야기는 진행되는 중이니까요."

내게 수상한 눈짓을 보냈다. 젠장, 난 절대 모른다, 그딴 거.

내가 알고 있는 건 단 하나, 우리의 단장인 하루히 각하가 우리들이 궁지에 몰린 상황에 시원스레 등장해,

"이렇게 되면 전면 대항전이다! 미리 말해두겠는데 우리는 어떤 도전도 언제 어디서든 누구한테서라도 받아들일 거야! SOS단은 전승 무패로 용서와 두려움을 모르는 용맹한 이들이야. 울며 무릎을 꿇을 때까지 용서하지 않겠어!"

사전에 참전 표정을 지어준 츠루야 선배, 분노 직전에 있었던 나가토, 게다가 뜻밖의 장소에서 다시 등장한 키미도리 선배가 이곳에 있다. 이것만으로도 충분히 복잡하기 그지없는 상황인데.

참고로 말하자면 코이즈미와 회장 사이에도 뭔가 꿍꿍이가 있는 것 같다.

"쿈, 너도 뭘 하고 있는 거니? 상대는 학생회장이라고, 학생회장. 제일 뻔한 우리들의 적 캐릭터 아니니. 여기에서 싸우지 않으면 어디서 싸우란 말야. 더 의연한 태도로 노려보라고!"

학생회 대 SOS단이라….

가능하다면 피하고 싶었던 이벤트의 스위치를 누군가가 어딘가에서 밟아버리고 말았다. 설마 나는 아닐거라고 생각하고 싶다.

나는 분노로 미치기 직전인 상태이면서 기뻐 보이는 하루히를 보며 앞으로 뭘 하게 되는 걸까 생각했고, 어차피 별 시답잖은 일일

거라는 확신이 가슴속에 소용돌이쳤다.

"이런이런."

이렇게 중얼거릴 수밖에 없었던 것도 무리는 아니리라 생각해주기 바란다.

그리고 실제로 변변찮은 일에 동원되게 되었다.

단장에서 편집장으로 전진한 하루히가 우리 단원을 즉석 작가로 임명해 소설 비스무리한 것을 쓰게 만드는, 마치 스팅어 대공 미사일로 주피터 고스트(주2)를 노리는 것 같은 이례적인 사태가 벌어지고 말았던 것이다.


하루히는 다른 사람이 받을 결투장을 옆에서 가로채 싸움터로 찾아온 성질 급한 스트리트 파이터처럼,

"자, 악덕 회장! 어디서든 덤벼라. 봐주는 것도 없고 심판의 중개도 없고 로프 브레이크도 없는, 아무 제한 없는 규칙으로 싸워도 괜찮겠지?!"

거만하게 소리친 뒤 창을 등지고 선 학생회장을 향해 매섭게 손가락을 쳐들었다.

한편 회장은 성가시다는 표정을 숨기지도 않은 채 응했다.

"스즈미야, 자네가 어떤 격투기를 취미로 삼고 있는지는 모르겠지만, 나는 적이 준비한 싸움판에 호락호락 올라설 생각은 없네. 자네가 말하는 그 규칙은 야만스러움의 극치로군. 아름답지가 않아. 무엇보다 학생회는 어떠한 이유라 하더라도 학내에서 사적인 결투를 허가할 수 없네. 정신을 차리게."

하루히는 회장의 얼굴을 살피지도 않았다.

주2) 주피터 고스트 : 1984년에 일본에서 제작된 SF영화 「안녕 주피터」에 등장하는, 수만 년전에 태양계를 찾아온 우주인의 거대 모선.

"그럼 뭘로 승부할 건데? 마작으로 할래? 끝내주는 타짜를 데리고 온다 해도 상관 안 해. 아니면 컴퓨터 게임 대전은 어때? 딱 좋은 게 있는데 그걸 제공할게."

"마작도, 게임도 안 돼."

회장은 보란 듯이 안경을 벗어 손수건으로 닦은 뒤 다시 고쳐 썼다.

"처음부터 승부를 벌일 생각은 없었네. 자네들의 놀이에 맞춰줄 시간이 어디 있나."

용감하게 발을 내디디려는 하루히를 내가 어깨를 잡아 막았다.

"기다려봐, 하루히. 우리가 여기에 있다는 건 누구한테서 들었냐?"

질문하는 나를 투쟁심을 훤히 드러낸 눈빛이 돌아보았다.

"미루쿠한테서 들었다, 왜? 미루쿠는 츠루야한테서 들었다고 하더라. 네가 학생회장한테 호출을 받았다는 소리를 듣고 느낌이 팍 오더라. 유키랑 코이즈미도 동아리방에 없었거든. 아하, 이거 마침내 학생회가 움직이기 시작했구나 하고 바로 알 수 있었지. 아마 나한테는 질 것 같으니까 약한 부분에서부터 공격할 속셈인가본데. 비겁한 조무래기 악당이 쓸 만한 방식이지."

조무래기 악당이라 불려도 회장은 전혀 동요하지 않았다. 성가시다는 눈으로 하루히를 바라보던 장신의 2학년은 또다시 코이즈미에게 투덜대는 듯한 시선을 던졌다.

"코이즈미, 자네가 설명을 해주게. 내가 나가토를 부른 이유를 말이야."

"알겠습니다, 회장."

느긋하게 쓴웃음을 짓고 있던 설명 애호가 코이즈미가 잘됐다는 듯이 입을 열었지만,

"설명 따위는 필요 없어."

하루히는 단칼에 잘라버렸다.

"어차피 문예부를 무너뜨리려고 트집을 잡은 거겠지. 유키가 부원이 아니게 되면 동아리방도 못 쓰게 되니까. 유키는 착하고 좋은 애니까 쉽게 포섭할 수 있을 거라 생각했나본데, 그 점이 마음에 안 들어. SOS단이 눈에 거슬린다면 몰래 뒷공작이나 해대지 말고 정면으로 말하러 오면 될 거 아냐!"

자신이 한 말에 스스로 흥분하는 하루히. 그런데 감이 좋은 것 하나는 참 정말 대단하다. 이래서는 코이즈미도 설명할 길이 없어 실망하겠구나 싶었는데,

"설명할 수고가 줄어 다행입니다. 그렇게 된 겁니다."

코이즈미는 안도를 가장한 미소를 무너뜨리지 않았다.

"하지만 아직 이야기는 끝나지 않았어요. 아마 회장 쪽에도 아직 이야기 못 한 부분이 있을 겁니다. 아무리 그래도 아무런 유예도 없이 정식 부서인 문예부를 휴부로 몰고 간다는 건 힘들죠. 학생회에 그만큼 강권이 있다고는 생각할 수 없지만. 어떻습니까, 회장?"

결국 해설을 주워섬겼다. 속이 뻔히 보이는 유치찬란한 연극을 보는 느낌이라는 생각을 하며 지켜보고 있자니 회장은 더더욱 연극처럼 우등생을 연기했다.

"물론 우리 학생회도 괜한 소동을 피우고 싶지는 않다. 문예부가 문예부로 제대로 활동만 해준다면 아무 불만도 없으니까. 문제시되고 있는 건 아무 활동도 하지 않는다는 점에 있다."

"동아리 활동 강제 정지 이외에 대안이 있다는 말인가요?" 라고 잽싸게 대꾸하는 코이즈미.

"대안이 아니라 조건이다."

회장은 성가시다는 듯이 말했다.

"문예부로서 뭐든 하나라도 좋으니 신속히 활동을 하도록. 그렇게 하면 무기한 휴부 집행은 일시 동결해줄 수도 있다. 동아리방의 존속도 인정해주지."

하루히는 들고 있던 한쪽 발을 내렸다. 하지만 아직 전투태세를 유지하고 있는 얼굴과 목소리다.

"아주 이해력이 좋군. 하는 김에 SOS단도 인정해주지 않겠어? 동호회를 넘어서 연구회 취급을 해줘. 그러면 부비도 나오지?"

학생 수첩에는 그렇게 쓰여 있었지. 하지만 아직 동호회도 아닌 단을 2계급 특진시킬 만큼 회장도 둔한 인물은 아닌가보다.

"그런 단체는 나는 모른다. 정식으로 존재하지 않는 단체를 동아리로 인정하는 것도, 얼마 안 되는 예산에서 또 다른 할당처를 만드는 짓도 할 수 없어."

천천히 팔짱을 낀 회장은 하루히의 매서운 시선을 아무렇지도 않게 받아들였다. 허세가 아니라는 증거로 식은땀 한 방울 흘리지 않는다. 이 여유는 어디서 오는거지?

"내 앞에서 자꾸 단이라는 말을 쓰지 말아줬으면 하는군. 지금 주제는 문예부다. 지네들이 무허가로 어떤 난제를 결성했는지는 내 알 바 아니야. 알고 싶지도 않은데 내 귀에 들린다는 건 그게 문예부 문제와 얽혀 있기 때문이다. 이 이상 나를 불쾌하게 만들지 말아줬으면 좋겠군."

그러면 그냥 놔두면 좋았을텐데, 아무리 빙빙 돌려 복잡하게 수작을 걸어봤자 하루히가 학생회실로 돌격해 들어올 것은 시간 문제였다. 오늘 안에라도 뛰어들어왔을 거다. 아마 내 넥타이를 잡고 질질 끌면서 말이다.

"문예부 활동에 대해서는 당연히 뭐든지 다 되는 건 아니다. 동아리방에서 독서회를 열거나 과제 도서의 감상문을 쓰는— 그런 초등학생 같은 짓거리는 인정해줄 수 없다. 내가 인정하지 않을 것이다.

"뭘 하라는 거야?"

하루히는 여전한 눈빛을 자랑하며 고개를 갸웃거렸다.

"쿈, 문예부는 책 읽는 것말고 뭘 하는 곳이니? 너 알아?"

"몰라."

이건 내 정직한 속내다. 그런 건 나가토에게 묻는 편이 더 나을걸.

"조건은 단 하나."

회장은 우리들의 대화를 무시한 채 말했다.

"기관지를 만드는 것이다. 역대 문예부는 아무리 부원들이 부족해 고생하더라도 매년 한 권은 발행했다고 기록에 남아 있다. 눈에 보이는 활동으로서 제일 이해가 빠르겠지. 문예부라는 것은 그 말 그대로 글자로 예술을 표현하는 부다. 읽는 것만으로는 안 돼."

그렇다면 나가토는 요 1년 동안 전혀 부원다운 활동을 하지 않았다는 말이 된다. 읽고만 있었으니까 말이다, ……이 나가토는.

나도 모르게 고개를 저었다. 구식 컴퓨터 앞에서 난처하다는 표정을 짓고 있던 안경 낀 문예부원을 이런 자리에서 떠올리고 싶지는 않다. 밤에 꿈에서 보는 것만으로 충분하다.

"불복하겠나?"

내 동작을 오해했는지 회장은 자기가 더 내키지 않는다는 표정을 지었다.

"이게 최소한의 양보라는 사실을 잊지 마라. 원래대로라면 문화제 시점에서 고지해야 했는데 지금까지 기다려준 내게 조금은 감사한 마음을 가져줬으면 하는군. 하긴 내가 아닌 다른 사람이었다면 자네들을 영원히 내버려뒀을지도 모르지만 말이야."

나와 나가토는 몰라도 하루히만큼은 그냥 내버려 두지 그랬어.

"그럴 수는 없다. 나는 학내 개혁을 선거 공약으로 내세워 학생회장 선거에서 승리했어. 알다시피 지금까지의 학생회는 학생회라는 이름만 내걸고 있을 뿐 학생의 자주성이 개입될 여지가 거의 없었다. 교무실에서 짜준 예정에 따라 시키는 대로 성실하게 일만 하는 공기와 같은 조직이었지."

회장은 담담하게 열변을 토했다.

"그런 입장에서 벗어나는 게 내 목표다. 학생들이 바란다면 학생 식당의 메뉴를 늘리는 것도, 매점의 내용을 보다 충실하게 갖추는 것도, 어떤 사소한 것이라도 의제로 삼아 학교 측과 함께 실현 가능한 길을 찾아갈 것이다."

학생들을 위해 노력해주는거야 나도 고맙게 생각하지만, 그렇다면 한 학생의 바람을 들어주는 출발로 '동호회'나 '연구부' 외에 '단'이라는 존재를 인정해주는 것부터 시작하는 건 어떨까.

"나는 진지한 개혁을 표어로 삼고 있다. 그러한 불성실한 단을 공식으로 인가한다면 내 명성도 땅바닥에 떨어질 거다. 절대 인정해

줄 수 없지."

회장은 내 요청을 기각했다.

"기간은 1주일. 1주일 뒤 오늘 제본을 마친 문예부 회지를 2백부 준비해오도록. 그렇지 않다면 권고한대로 문예부는 휴부, 동아리 방은 비우도록 하겠다. 불평은 일절 접수하지 않는다."

그런데 회지라니, 문집 같은 걸 말하는 건가.

"좋아."

하루히는 간단히 수락했다. 그건 네가 아니라 나가토가 해야 할 말이라고.

물론 나가토는 아무 말도 없었고 말할 것 같지도 않았으니 하루히가 대신 말을 해도 상관은 없다만 이 자리에서 보이는 나가토의 침묵은 평소의 무언과는 그 색깔이 다른 것처럼 보인다.

"…………."

나가토는 계속 키미도리 선배와 마주본 채 절대로 시선을 피하지 않았다. 나가토는 무표정, 키미도리 선배는 살짝 미소를 지은 채다.

나도 전후 상황은 잘 모르겠지만 다행히도 하루히는 저기 있는 사람이 SOS단의 최초이자 유일한 의뢰인이었던 키미도리 선배임을 전혀 알아차리지 못하고 있는 듯하다. 회장을 노려보느라 너무 바빠서 서기한테까지는 신경이 미치지 않나보다. 얼굴을 기억 못 하는지도 모르지. 꼽등이를 못 봤으니까.

하루히는 주어진 명제의 해독에 매달리는 수학자 같은 표정을 지었다.

"회지, 회지라. 동인지 같은 거라도 괜찮은거야? 소설이나 에세이나 칼럼이나 시를 모은 그런거지?"

"내용에 관해서는 관여하지 않겠다"고 대답하는 회장. "인쇄실도 자유로이 쓰도록, 뭘 쓰든 자네들의 자유다. 단 두 번째 조건이 있다. 작성한 회지는 구름다리에 탁자를 설치하고 그 위에 놓아두도록. 무료 배포라는 건 말할 필요도 없겠지만 그냥 놓아두기만 하는 거다. 호객이나 배포 행위는 허가하지 않겠다. 바니걸은 말할 것도 없고. 무인 상태로 방치한 뒤 사흘 뒤에 모든 부수가 소진되지 않을 때에는 벌칙을 내리겠다."

"어떤 벌칙인데?"

벌칙 게임이라면 정신을 못 차리는 하루히가 눈을 빛내며 몸을 앞으로 내밀었다.

회장은 귀찮다는 듯이 대답했다.

"그때가 되면 전달하겠다. 하지만 각오는 해두는 게 좋을 거야. 자원봉사 활동의 공급처는 얼마든지 있으니까. 여러 번 말했지만 이래봬도 많이 양보한 거다."

일방적인 가문의 단절은 비극적인 알력을 발생시킬 우려가 있다고 회장은 생각했나보다. 아코우 번(주3)의 역사를 상기하지 않더라도 그 정도는 누구나 쉽게 추측할 수 있다. 게다가 상대는 하루히다. 회장의 목 하나로 만족할 리가 절대로 없다. 잘못하면 학교 자체가 날아가버릴 거다.

이게 타협인지 양보인지는 후세의 판단에 맡기겠지만, 아무튼 회피 수단으로 학생회 측이 제시한 것이 바로 '기관지 발행'이다.

기관지라 해도 코이즈미의 배후 관계와는 전혀 상관없는 것으로, 쉽게 말해 회지다. 문예부 활동용 말이다. 그렇다면 글로 예술을 하는 동아리 활동다운 산물을 요구하고 있는 것 같은데 대체 그건 어

---

주3) 아코우 번 : 현재의 효고 현 아코우 시, 아이오이시, 카미고오리 쵸 일대에 존재했던 번. 군주에 대한 원수를 갚았던 유신들의 이야기로 유명하다. 이 이야기는 츄신구라(忠臣藏)의 소재가 되었다.

떤 물건이지. 대체 누가 뭘 쓰는 거냐. 아니, 그보다 하루히가 묘하게 기뻐하고 있는 걸 어떻게 해석해야 하는 거지?

"재미있을 것 같잖아."

하루히는 새로운 놀이를 발견한 아이 같은 미소를 보였다.

"기관지든 회지든 동인지든 상관없어. 만들어야 한다면 만들지 뭐. 유키를 위한 일이기도 하니까. 문예부가 없어지는 것도 곤란하고 말이지. 그 동아리방은 이젠 내 거고, 나는 내 걸 빼앗기는 걸 그 무엇보다 싫어하거든."

하루히의 팔이 내가 아닌 나가토의 목덜미를 향해 뻗었다.

"자, 그렇게 결정 났으면 바로 회의에 들어가자. 유키, 판권의 발행인 부분에는 네 이름을 넣어줄게. 물론 다른 건 전부 다 내가 해 줄 테니까 걱정 마. 일단 기관지인지 뭔지를 만드는 방법에 대해 조사하러 가자!"

하루히는 나가토의 뒷덜미를 잡고선,

"…………."

말없이 서 있던 나가토를 마치 풍선처럼 가볍게 끌어당겨 요란한 소리를 내며 문을 열고는 그대로 라이플 탄환 수준의 속도로 달려 나갔다.

내가 뒤를 돌아봤을 때엔 허공에 뜬 나가토의 발끝밖에 보이지 않았지만, 그것도 순식간에 사라졌고, 학생회실에 바람처럼 뛰어 들어왔던 하루히는 세력을 키운 태풍이 되어 사라졌다.

"요란한 여자로군."

지극히 당연한 감상에 입에 담은 회장이 고개를 저으며 옆에 있는 탁자로 시선을 돌렸다.

"키미도리, 자네도 이제 됐네, 물러나도록 하게."

"네, 회장."

키미도리 선배는 순순히 고개를 끄덕이더니 회의록을 닫고 조용히 자리에서 일어났다. 책장에 노트를 꽂고 회장에게 가볍게 인사를 하고 나갔다.

나와 엇갈릴 때 그녀는 꾸벅 고개를 숙였다. 그대로 눈을 마주치지 않고 하루히가 열어놓은 문으로 나갔다. 마지막에 살짝 돌아본 머리카락에서 순간적으로 머리가 찌릿할 정도로 매우 좋은 향기가 났다.

내가 나가토와 키미도리 선배의 연관성에 대해 머리를 굴리고 있을 때 회장이 코웃음을 치며 말했다.

"코이즈미, 문을 닫아라."

그 말투가 조금 전과는 너무나 다른 것 같아 나는 회장을 향해 시선을 돌렸다.

코이즈미가 문을 닫고 잠그는 것을 확인한 회장은 가까이에 있던 철제 의자를 끌어당겨 거칠게 앉더니 탁자 위에 다리를 올렸다.

뭐지?

하지만 놀라기에는 아직 일렀다. 회장은 얼굴을 찌푸리며 교복 주머니를 뒤적이더니 담배와 라이터를 꺼내서 입에 물고 불을 붙여 연기를 내뿜기 시작하는 게 아닌가.

아무리 생각해도 학생회장이 해도 되는 행위는 아니잖아. 내가 소방관의 방화현장을 지켜보는 듯한 기분을 맛보고 있는데,

"이제 됐어, 코이즈미."

회장은 담배를 문 채 안경을 벗고 주머니에 넣는 대신 재떨이를

꺼냈다.

"조금 예정이 바뀌긴 했지만 네 말대로 해주었다. 내게 바보 같은 짓을 시키다니 정말 귀찮아. 내 생각도 좀 해보라고. 성실한 말투로 떠들어대는 것도 지친단 말이다."

연기를 토해내고 담뱃재를 재떨이에 떤 회장은 지금까지 유지했던 쿨한 표정에서 돌변했다.

"뭐가 학생회장이냐. 그런 건 하고 싶지 않았다고. 민폐도 이런 민폐가 없지. 게다가 하는 짓이라고는 저 머릿속이 복잡한 여자나 상대하는 일이라니. 정말 한심한 일이야."

순식간에 비뚤어진 회장은 맛없다는 표정으로 물고 있던 담배를 재떨이 끝에 눌러 끄더니 새 담배를 꺼내 내게 내밀었다.

"너도 피울래?"

"사양하겠습니다."

나는 고개를 저은 뒤 미소 짓고 있는 코이즈미의 옆모습으로 시선을 내리꽂았다.

"이 회장은 네 동료냐?"

그럴 줄 알았어. 괜한 눈짓으로 신호를 보내질 않나, 문예부에 대해 할 말이 있다면 코이즈미를 통하지 말고 바로 나가토를 불렀으면 되는 일이다. 가만히 생각해볼 필요도 없이 나까지 끌고 올 이유는 학생회 측에는 없다.

코이즈미는 내 시선을 받더니 마치 자랑하는 듯한 미소를 지으며 대답했다.

"동료라고 하면 동료입니다만, 아라카와 씨나 모리 씨 같은 동료와는 의미가 조금 다릅니다. 그는 '기관'에 직접 소속되어 있는 게 아니거든요."

코이즈미는 천장을 향해 두 대째 담배의 연기를 뿜고 있는 회장을 슬쩍 쳐다봤다.

"우리들의 학내 협력자예요. 어느 정도까지 이유를 설명해주고 조건부로 협력을 받고 있습니다. 저와 모리 씨 쪽이 내부 요인이라면 그는 외부 요인이죠."

무슨 요인이든 내 알 바 아니다만 왜 이런 게 학생회장을 맡고 있는 거냐?

"그건 제가 제법 노력한 결과라고 할 수 있습니다. 그럴 마음이 없었던 그를 입후보로 내세워 지난번 학생회가 추천한 유력 후보와 표를 다투고, 다수파 공작에 매진해 선거전을 유리하게 몰고 간 뒤에 겨우 회장직에 추대하는 데에 성공했으니까 말이에요. 아주 손이 많이 들어간 작업이었어요."

기가 막히는 얘기다.

"그를 문제없이 회장 선거에서 당선시키는 데에는 군소 정당이 중위원 선거, 해산, 총선거의 대책비에 퍼부은 만큼의 비용이 필요했습니다."

기가 막힌 차원을 뛰어넘어 힘이 빠지는 얘기다.

"그 코이즈미의 얘기에 따르면 말이지."

회장은 불쾌하다는 듯 연기를 내뿜고 있었다.

"스즈미야인가 뭐가 하는 바보 여자가 이상한 생각을 떠올리기 전에 미리 그런 분위기를 풍기는 인간이 학생회장이 될 필요가 있었다는 거지. 그래서 나는 학생회장 같은 얼굴이라는 이유 하나만으로 이 임무를 떠맡게 된거다. 이런 말도 안되는 얘기가 어디 있냐. 가짜 안경까지 씌우다니 말이야.”

이젠 기가 막히기 이전의 얘기가 되고 말았다.

“스즈미야 씨가 그리는 학생회장상을 종합적으로 검토한 결과 이 학교에서 가장 딱 맞았던 사람이 저분이었습니다. 자질은 문제가 아니에요. 중요한 건 외모와 분위기지요.”

코이즈미의 설명에 나도 모르게 이해를 할 뻔했다.

안경을 쓰고 키가 큰데다 잘생기고 쓸데없이 분위기가 거만한 선배. 학생회장이라는 입장을 이용해 약소 문화부에 트집을 잡는 하루히가 그리는 악당 위치에 선 역할.

너무나도 하루히가 고대했을 만한 손쉬운 악당이다.

하지만 하루히가 생각한 그대로의 학생회장을 만들기 위해 그렇게 고생을 했다는 것은 곧 하루히도 그렇게까지 만능은 아니라는 소리로군. 그 녀석이 정말로 전지전능한 신이라면 뭐든 노력하지 않고 곧장 해치울 수 있을 텐데 말야. 네가 고생해서 공작을 했다는 건 그렇지 않다는 소리 아닌가?

“하지만 저희가 분투한 결과, 스즈미야 씨가 바라는 그대로의 회장을 만들어냈으니 역시 그녀의 바람은 전지전능하게 실현된다고 봐도 되는 것 아닐까요? 결과적으로 그렇게 됐으니까 말이에요.”

이렇게 따지면 저렇게 반박하는 녀석이다. 코이즈미한테 말로 이길 만한 사람은 츠루야 선배밖에 없을거다.

회장은 거칠게 담배를 비벼 껐다.

“아무튼 코이즈미, 내년에는 네녀석이 입후보해서 학생회장이 돼라. 스즈미야인지 뭔지가 입후보하는 사태를 막고 싶다면 이번에는 직접 움직여.”

"글쎄요, 어떻게 할까요. 제가 의외로 좀 바빠서요. 게다가 요즘 에는 스즈미야 씨가 학생회장이라도 문제가 없을 것 같다는 생각이 슬슬 듭니다만."

큰 문제가 있지. 하루히가 직접 학교 정복에 나서면 어쩌려고? 우리들까지 귀찮은 일에 휘말려들 것 같다는 예감이 드는데. 키타고 학생 총 SOS단화를 계획할지도 모르지. 그 녀석 성격에 자기가 학생회장이면 학생 전부가 자기 부하라고 생각하지 말란 법이 있냐. 학교 전체가 이공간이 될 거다.

뭐 제대로 된 투표를 하는 한, 하루히가 학생회장 자리에 앉을 것 이라고는 생각할 수 없으니 그건 좋아. 나는 아직 키타고 학생들의 상식과 양식이란 녀석을 믿고 있다. 코이즈미가 괜한 짓을 하지만 않는다면 어떤 선거 활동을 한다 해도 하루히가 전교생의 톱의 자리에 군림하는 일은 없을 거다.

나는 한숨을 쉬었다.

"그러니까 코이즈미, 이것도 네 시나리오인 거지? 문예부를 없애려고 학생회가 획책을 부린—것처럼 보여서 또 그 녀석의 남아도는 시간을 죽일 거리를 만든 거야."

"정말 거리뿐입니다."

코이즈미는 숨을 후 불어 공중에 떠도는 담배연기를 날렸다.

"여기에서부터 어떻게 될지는 미지수죠. 기일까지 회지가 완성되면 좋겠지만, 만약 완성이 안 되거나 조건을 채우지 못한다면…."

어깨를 으쓱한다.

"그때는 그때에 맞춰 다른 놀이를 생각해보죠. 당신도 브레인 중한 명으로 영입하겠습니다."

관찰자라면야 참가해도 좋지만 어차피 내가 짊어지게 될 문제를 스스로 제출하는 입장에 서는 건 사양이다. 도대체 그런 짓을 해서 뭐가 득이 되는데.

"내가 학생회장을 맡고 있는 건 말야"라고 입을 여는 불량 회장. "이건 이것대로 이익이 있기 때문이야. 일단 내신. 코이즈미가 날 설득하는 데에 사용한 미끼이자 최대의 매력이지. 대학 입시를 유리하게 해주겠다고 네가 그랬지. 설마 잊은 건 아니겠지?"

"물론 기억하고 있습니다. 당연히 그렇게 조치할 겁니다."

회장은 수상한 사람에게 직무상의 질문을 하는 듯한 눈으로 코이즈미를 보더니 콧방귀를 뀌었다.

"그러면야 다행이지. 맡고 싶지도 않은 학생회장은 그저 귀찮기만 한 일인데 요 몇 달 동안 조금 알게 된 것도 있다. 지금까지의 학생회는 정말 한심한 녀석들뿐이었어. 있으나 없으나 매한가지였을 정도였다고. 그렇다는 건 앞으로 얼마든지 손을 댈 여지가 있다 이거지."

이때 비로소 회장이 미소를 지었다. 약간 악랄한 느낌이 들긴 했지만 냉철 가면보다는 훨씬 인간적인 표정이다.

"학생의 자주성을 중요하게 여긴다는 건 좋은 말이야. 해석에 따라서는 어떻게든 받아들일 수 있으니까. 특히 예산에는 매우 흥미가 동하더군. 이것도 나름대로 재미있는 일이 있을 것 같아."

엄청난 회장님이시다. 과연 하루히의 눈에 찰 만한 녀석을 모셔 왔군. 확실한 악당이야.

"약간의 직권 남용은 인정하겠지만"코이즈미가 태연히 말한다. "너무 나서지는 말아주십시오. 아무리 우리가 도와준다 해도 그것도 한계가 있으니 말입니다."

"알고 있어. 교사들한테 뒤를 밟힐 만한 실수는 안 할 거고 집행부원의 인심은 모두 장악했다. 시끄럽게 떠들어대는 이전 학생회의 잔당들도 적당한 이유를 달아 깨끗이 청소했고. 내게 맞설 녀석은 이제 없어."

이 회장이 좋아지려 하고 있었다. 변변치 않은 소리를 하고 있지만 기묘한 구심력이 느껴진다. 이 남자라면 따라가도 괜찮지 않을까 하는 생각도 드는데….

갑자기 츠루야 선배의 얼굴이 경고음과 함께 뇌리에 떠올랐다. 복도에서 마주쳤을 때 그녀가 한 말은 이제는 명쾌했다. 예민한 육감을 가진 그분은 이번 학생회와 이 회장에 숨어 있는 배후가 있다는 것을 깨닫고 있었다. 학생회의 스파이―그건 제가 아니라 코이즈미였습니다, 츠루야 선배. 아니, 스파이 정도가 아니라 흑막이었습니다.

이 회장이 자기 뱃속을 채우든 악행을 저지르든 내 알 바 아니지만 만에 하나 하루히가 그 사실을 깨닫거나 하면 리콜을 꾀해 차기 회장으로 츠루야 선배를 추천할지도 모른다. 그리고 츠루야 선배도 호탕하게 웃으며 함께 돌진할 것만 같다. 그렇게 되면 자동적으로 나와 코이즈미도 하루히 측에 붙게 되는 거고, 회장은 실각이다.

역시 뒤에서 활약하기를 기도하고 있을게, 회장님. 우리가 안 보이는 곳에서 뭐든 마음대로 하라고.

뭐, 내가 말하지 않아도 그렇게 할 생각일 테고, 심심찮게 하루히한테 시비를 거는 역할을 연기할 테지만, 부디 그 시비를 거는 방향에 있어서만은 실수하지 않기를 바라 마지않는 바이다.

코이즈미와 나란히 학생회실을 나와 동아리방으로 돌아가며, 나는 꼭 물어봐야 하는 사항을 떠올렸다.

"회장한테 네 입김이 들어가 있다는 건 잘 알았다. 그런데 서기는 어떻게 된 거냐? 그 키미도리 선배도 네 협력자냐?"

"아닙니다."

코이즈미는 별일 아니라는 듯이 대답했다.

"키미도리 씨는 어느 사이엔가 서기 위치에 있었습니다. 정말 깨닫고 나니 그곳에 있었어요. 그때까지는 전혀 알아차리지도 못했을 정도로요. 현 학생회의 초기 단계에서는 다른 학생이 서기에 임명되었던 것 같은데 말입니다. 나중에 조사해보니 모든 문서 기록에는 처음부터 그녀가 서기였던 것처럼 기재되어 있더군요. 기억도요. 회장을 포함해 어느 누구도 의문을 품고 있지 않았습니다. 누가 손을 썼다 해도 상식 밖의 수준으로 손을 쓴 거죠."

상식 밖이라면 더 놀랐다는 듯이 말하는 게 어떠냐.

"그 정도로 놀랐다간 더 놀랄 일이 일어난 순간에 심장이 정지할지도 모르잖아요."

천천히 걸어가며 코이즈미는 복도에 난 창문으로 고개를 돌렸다.

"키미도리 에미리 씨는 나가토 씨의 동료입니다. 아마 틀림없을 거예요."

나도 그럴 거라고는 생각했다. 꼽등이 때에 의뢰하러 왔던 키미도리 선배, 그 일은 너무나도 타이밍이 좋았다.

그것만이라면 나가토가 전부 다 손을 써준 거라고 이해할 수도 있지만 이번 상황을 볼 때 아까의 만남은 우연은 아닐 거다. 어떤 동료인지가 마음에 걸린다.

"하긴 아사쿠라 료코 일도 있으니까요. 하지만 그 점은 그렇게 걱정할 일 없을 겁니다. 키미도리 씨와 나가토 씨는 비교적 가까운 관계인 것 같습니다. 적어도 적대관계는 아니예요."

그걸 어떻게 아냐? 사이가 좋은 것같이 보이지는 않던데. 나빠 보이지도 않더라만.

"저희 '기관'의 정보 수집 능력을 조금은 평가해주셨으면 좋겠군요. 많다고는 할 수 없지만 '기관'은 나가토 씨와 같은 TFEI 몇 명과 접촉해 의사소통을 꾀하고 있습니다. 그들은 결코 협력적이지는 않지만 대화의 일부를 통해 추론을 세울 수는 있지요. 아무래도 키미도리 씨는 정보통합사념체 중에 나가토 씨와는 다른 유파에서 파견된 것 같습니다. 하지만 아사쿠라 료코와 달리 공격적이지 않다는 것도 알고 있습니다."

이런 얘기를 마치 잡담이나 하듯 말하는 코이즈미도, 듣고 있는 나도 문제가 있는 것 같다는 기분이 들긴 하지만 하루 이틀 된 일도 아니니 나와 코이즈미 누구도 신경 쓰지 않는다.

그런데 우주인도 여러 가지가 있다는 건 알고 있었지만 그게 키미도리 선배였다니. 학생회실에서 노발대발하던 나가토를 꾸짖은 것 같았던 기척을 볼 때 온화한 일파겠지.

"아마도요. 그녀를 지나치게 의식할 필요는 없다고 봅니다. 제 생각에 키미도리 씨는 나가토 씨의 감시를 맡고 있는 거예요. 언제부턴지는 모르지만 지금은 그런 역할로 자리를 잡은 것 같습니다."

코이즈미는 소풍을 가서 한창 산을 타고 있을 때 같은 목소리로 말했고, 나도 더 이상 캐묻지 않았다. 나가토에 관해서는 내게도 여러 가지 추억이 있다. 그건 가능하면 비밀로 숨겨두고 싶은 일이 더 많다. 아무리 SOS단의 일원이라 해도 코이즈미에게 몇 번이고 설명을 해줄 만한 것은 아니다. 혼자 생각하는 것만이라면 얼마든지 기억을 재생하겠지만.

나는 그렇게 입을 다물고 동아리 건물로 걸음을 재촉했고 코이즈미도 입을 다물고 따라왔다.

정신없이 기묘한 정보를 주입당하다 보면 아무래도 나중에 들은 말이 기억에 남는다.

그래서 잊은 건 아니다.

나가토를 납치하듯 뛰쳐나간 하루히가 안에 있을 거라는 사실을.

그저 조금 멍하니 생각에 잠겨 있었을 뿐이다. 무법자 학생회장이나 키미도리 선배에 대해서.

문예부 문을 연 나는 하루히의 일갈로 백일몽에서 깨어났다.

"왜 이렇게 늦었어, 쿈! 코이즈미 너도. 뭘 하고 있었던 거니? 이미 시간은 한정되어 있다고! 재빨리 작업에 들어가야잖아!"

매우 기뻐 보이는 것은 딱히 지금에만 한정된 모습이 아니다. 뭐든 골인 지점이 있는 목표를 향해 달리겠다고 결정한 하루히는 항상 저런 얼굴이 된다.

"문예부가 만들었다는 회지를 필사적으로 찾아봤어. 유키한테 물어봐도 모른다고 해서 말야."

그 당사자인 나가토는 탁자 구석에 멀뚱히 앉아 있다. 가만히 바라보고 있는 것은 컴퓨터 연구부가 두고 간 노트북 화면이었다.

"저어…."

난처하다는 표정을 지은 아사히나 선배가 메이드 복장으로 꾸물거리며 서 있었다.

"책을 만드는 건가요? 저희들이? 그, 어떤 걸 쓰면 되는 걸까요…."

이것도 잊었던 건 아니다.

학생회장이 말한 문예부 회지 제작을 하루히는 그대로 받아들였다. 그것은 나가토를 위해서이다. 나가토는 유일한 문예부원이고 사실 그 이외의 사람들은 외부인임에도 동아리방을 점유하고 있는 학내 비합법 조직의 일원이었지만, 그런 단의 단장이 허락을 해버렸으니 회지 제작은 SOS단의 연대책임이 되는 거다. 즉 책임의 일부분은 확실히 내 머리 위에 퍼부어지고 있었고, 회지라는 것은 누군가가 뭘 써야지만 만들어지는 것인 이상, 그 누군가란 나를 포함한 단원 외에는 아무도 없었다.

"자, 이걸 뽑아봐."

곱게 접은 종잇조각 네 개가 하루히의 손바닥 위에 있었다. 교실에서 자리이동을 할 때와 같은 뽑기다. 대체 이 뽑기에서 뭘 결정하는 것인지 의아해하면서도 나는 그중 하나를 집었다. 갑자기 능글맞게 웃는 하루히.

코이즈미가 재미있다는 듯이, 아사히나 선배는 움찔거리며 종잇조각을 골랐고 하루히는 마지막 남은 제비를 나가토에게 건넸다.

"거기 쓰여 있는 걸 써줘. 그걸 회지에 실을 거니까. 그럼 어서 자리에 앉아! 집필에 들어가도록!"

나는 뒤통수로 불길한 예감을 느끼며 노트를 뜯어 만든 제비를 펼쳐 보았다. 하루히의 글자는 활어 횟감이 된 물고기처럼 춤을 추고 있었다.

"연애소설."

소리 내어 읽어보았다. 그리고 바로 고민에 들어갔다. 연애소설이라고? 내가? 그런 걸 쓰는 거냐?

"그래."

하루히가 남의 약점을 파고드는 책략가같이 웃었다.

"공명정대한 제비로 결정된 거야. 불평은 일절 접수하지 않는다. 자, 뭘 하는 거야, 쿈? 어서 컴퓨터 앞으로 가도록."

보아하니 탁자에는 사람 수만큼 노트북이 놓여 있었고 이미 전원이 들어와 있었다. 준비성이 좋은 건 곧 내 수고를 더는 것이니 좋지만 쓰라고 한다고 척척 글이 나오겠냐.

내가 손에 들고 있는 종잇조각을 핀이 빠진 수류탄처럼 지켜보며,

"코이즈미, 넌 뭐였냐?"

가능하면 교환해주길 바라는 마음에서 구원을 요청하는 질문에

"미스터리…네요."

코이즈미는 타고난 시원스런 미소로 대답했고, 딱히 당황한 얼굴은 아니었다. 여전히 난처하다는 얼굴인 아사히나 선배가,

"저는 동화예요. 동화라는 건 아동용으로, 으음, 잠을 푹 잘 수 있도록 도와주기 위한 이야기로 보면 되는 건가요?"

나한테 물어봤자 뭐라 대답할 말이 없다. 하지만 미스터리에 동화라. 연애소설과 비교해서 뭐가 더 나은거야?

나는 나가토에게로 시선을 돌렸다. 조용히 종잇조각을 펼치고 있던 나가토는 내 시선을 느끼자 손목을 돌려 하루히의 기운찬 문자를 보여주었다. 그곳에는 '환상 호러'라고 쓰여 있었다.

환상 호러와 미스터리의 차이는 잘 모르겠지만,

"적어도 연애소설이 아니라 안심했습니다. 그런 쪽은 저는 영 못 쓸 것 같거든요."

코이즈미는 내 신경을 긁어대는 소리를 하며 무척 안도했다는 표정을 짓는다. 어떻게 안심할 수 있는지 그 요령을 알고 싶다.

"간단합니다. 제 경우에는 작년 여름과 이번 겨울에 일어난 미스터리 게임을 마치 진짜 일어난 사건이었던 것처럼 소설로 쓰면 되는 거죠. 원래 그건 제 시나리오였으니까요."

코이즈미는 시원스런 얼굴로 탁자에 앉아 여유 만만한 얼굴로 노트북을 만지기 시작했다. 나가토는 액정에 시선을 떨군 채 꼼짝도 하지 않는다. 환상 호러가 뭔지 고민하고 있는지도 모를 일이고 키미도리 선배에 대해 생각하고 있는지도 모른다.

아무 설명도 못 들었을 아사히나 선배는 눈 속에 물음표를 흩뿌리며 안절부절못하고 있었고 그 점은 나도 마찬가지였다. 가만히 생각해보자. 제비는 모두 네 개였다. SOS단은 총 다섯 명이다.

"하루히"

나는 웃음 가스를 흡입한 인왕상처럼 서 있는 단장에게 물었다.

"너는 뭘 쓸 거냐?"

"뭔가 쓰기는 할 거야."

하루히는 단장 책상에 앉아 거기에 있던 완장을 들어올렸다.

"하지만 나한테는 더 중요한 일이 있다고. 알겠어? 책을 만들려면 여러 가지 작업이 필요한 것 같더라. 감독할 사람이 있는 거지. 내가 그걸 해주겠다 이거야."

재빨리 완장을 장착한 하루히는 거만하게 가슴을 젖히며 말했다.

"오늘부터 1주일 동안 나는 단장의 자리를 일시적으로 봉인하겠어. 여기는 문예부니까 다른 직함이 더 어울릴 테니 말이야."

찬연이 빛나는 새 완장이 모든 것을 말해주고 있었다.

이렇게 하여 하루히는 멋대로 자신을 편집장으로 선출했고 당황하고 있는 나와 아사히나 선배를 무시한 채 기염을 토했다.

"자, 다들! 열심히 일을 하도록! 투덜대지 말고 일단 재미있는 작품을 쓰는 거야."

하루히는 단장석에 거만하게 앉아 가엾은 단원들을 둘러보았다.

"물론 내가 재미있다고 느낀 게 아니면 안 돼."


이리하여─.

그날부터 1주일 동안 문예부 동아리방에 상주하는 우리들은 갑자기 문예부 활동에 매진하게 되었다.

기특함의 최첨단을 달리는 것은 아사히나 선배였다. 동화라고 결정된 것은 그녀다워서 좋았지만 갑자기 쓰라고 한다고 쓸 수 있다면 누구나 쉽게 동화작가가 될 수 있을 것이다.

그래도 아사히나 선배는 노력파였다. 도서실에서 빌려온 책을 탁자에 쌓아놓고 진지한 얼굴로 읽고 부분부분 포스트잇을 붙여가며 열심히 연필을 놀리고 있었다.

한편 하루히는 만화 연구부에서 자료로 빌려온 동인지를 보며 기분 나쁘게 웃거나, 단장 책상의 데스크톱 컴퓨터로 인터넷을 검색하는 것이 주요 업무가 되었다.

아사히나 선배는 열심히 원고를 제출했고, 하루히는 열심히 꽝을 선언해댔다.

"으음─."

하루히는 그럴싸하게 신음하며 아사히나 선배가 녹초가 되어 제출한 몇 번째인지 알 수 없는 원고를 다 읽은 뒤 입을 열었다.

"제법 좋아지기는 했는데 역시 임팩트가 약해. 그래, 미쿠루, 삽화를 넣어봐라. 그림책처럼 만드는 거야. 딱 봤을 때 느낌도 더 살고 문장만으로는 이끌어낼 수 없는 맛도 날걸."

"그림요?"

이어지는 어려운 과제를 듣고 아사히나 선배는 울 것 같은 표정을 지었다. 하지만 하루히 편집장이 한번 꺼낸 말을 번복한다는 것은 거의 일어날 수 없는 일이었고, 아사히나 선배는 이제는 열심히 그림을 그리는 처지에 놓이고 말았다.

성실한 아사히나 선배는 이번에는 미술부에 가서 데생 수업을 받고 만화 연구부에까지 가서 네컷 만화를 그리는 법을 배우는 등 그렇게까지 안 해도 된다는 말을 해주고 싶을 정도의 노력을 보였고, 당연히 차를 내올 여유도 없는 탓에 한동안 나는 나나 코이즈미가 탄 맛대가리 없는 차를 묵묵히 마셔가며 시간을 헛되이 보내고 있었다.

하필이면 연애소설이 뭐냐고. 고양이 관찰일기라면 소재거리가 얼마든지 있는데 말이야. 순조로이 펜을 놀리고 있는 것은 코이즈미뿐이었고 나가토조차 가끔 키보드를 두드리는 게 고작이었다.

게임 대전의 고속 터치 타이핑이 거짓말같이 느껴졌지만 아무래도 머릿속에 있는 정보를 밀로 바꾸는 데에는 많이 서투른가보다. 말이 없는 것은 그런 이유 때문이기도 한가보다는 생각을 하게 됐지만, 그래도 나가토가 쓰는 환상 호러에 관심이 동해 화면을 훔쳐보자,

"…………."

나가토는 노트북을 옆으로 돌려 내 눈에서 화면을 보호하며 무표정한 얼굴을 들었다.

조금만 보면 어디가 덧나냐.

"안 돼."

나가토는 무뚝뚝하게 말을 한 뒤 내가 훔쳐보려고 할 때마다 노트북의 각도를 절묘한 타이밍으로 재빨리 바꿨다. 몇 번 시도를 해보았지만 소용이 없었다. 그 일에 재미를 붙인 나는 한동안 나가토의 등 뒤에서 반복 옆뛰기를 해보았지만, 반사신경에서 나가토를 이기기란 불가능했고, 마침내,

"…………."

무언의 시선을 직각으로 꽂아대는 나가토에게 격퇴당하고 말았다. 나는 내 자리로 돌아와 한 글자로 쓰지 못한 워드의 하얀 화면을 감시하는 작업으로 돌아갔고―.

아무튼 요새 동아리방에서 펼쳐지는 것은 이런 식의 일상이었다

적잖이 꽉 막힌 상황에 약간 맛이 간 상태이니 여기에서 기분전환을 겸해 아사히나 선배의 동화 그림책을 미리 소개하고자 한다.

편집장 하루히에 의해 연속 꽝을 맡고 삽화 첨가를 명령받아 고뇌를 계속하던 아사히나 선배의 작품은 언어 선정에 생고생을 하는 모습을 보다못한 내 조언이 더해져 결국 편집장이 직접 가필 수정을 해 완성되었다.

아무튼 일단 봐주시기 바란다.

# ❶

그렇게 오래전 일은 아닙니다만 지금보다는 예전에 있었던 이야기입니다.

어느 작은 나라의 깊은 숲 속에 오두막 한 채가 있었습니다.

그곳에는 백설공주가 일곱 명의 난쟁이들과 같이 살고 있었습니다.

그 백설공주는 쫓겨난 것이 아니라 자기 발로 성에서 가출을 한 것이었습니다. 성에서 사는 것이 별로 재미가 없었나봅니다. 작은 나라였지만 그녀도 공주였기 때문에 언젠가는 정략결혼의 도구로 쓰일 것이라 정해져 있었습니다. 그런 건 싫잖아요. 백설공주도 그랬던 거죠.

하지만 숲에서 사는 것도 점점 지겨워지고 있습니다.

난쟁이들 덕분에 의식주로 고생하는 적은 없었고, 숲의 동물들과는 완전히 친해졌지만 성에서 사는 것도 그다지 나쁘지는 않았지 하는 생각을 하게 되었습니다.

자기 멋대로 뛰쳐나왔지만 성에 있었던 것은 모두 좋은 사람들뿐이었습니다. 정략결혼도 어쩔 수 없는 길인 겁니다. 군웅이 할거하는 그 시대에 소국이 살아남기 위해서는 강한 곳에 인질을 보내어 동맹을 맺어야 합니다.

**❷**

같은 무렵, 숲 근처 바다에서 헤엄치고 있던 인어가 난파한 배에서 물에 빠진 왕자를 구하러 갔습니다.

인어는 왕자님을 바닷가로 데려갔지만 기절한 왕자님은 계속 잠만 자고 있었습니다. 어떻게 손을 써도 일어나지 않았습니다. 난처해진 인어는 왕자를 백설공주에게 데리고 가기로 했습니다.

백설공주와는 그녀가 숲에 온 뒤로 친구가 되었습니다. 인어는 백설공주가 "재미있는 걸 발견하면 가지고 와라" 하는 말을 한 것을 떠올렸던 것입니다. 착한 마녀가 꼬리를 다리로 바꿔주자 인어는 의식을 잃은 왕자님을 난쟁이들의 오두막까지 업고 갔습니다.

인어가 데리고 온 왕자님을 봤지만 백설공주는 별로 기쁘지 않았습니다. 그녀가 생각하는 재미있는 것과는 조금 달랐기 때문입니다. 잠만 자는 왕자님은 재미있는 일을 해주지도 않았고요….

그래도 처음에는 간병을 하는 게 재미있었지만 백설공주는 역시 점점 따분해졌습니다. 전혀 눈을 뜨지 않으니까요. 잠든 얼굴을 보고 있는 것도 질려버렸습니다.

힘껏 패면 깨지 않을까 하는 생각을 했을 때, 백설공주에게 급한 소식을 알리는 사자가 성에서 찾아왔습니다. 그 사자는 말했습니다. 이웃의 대제국이 갑자기 대군을 동원해 국경을 넘어 성을 포위하고 말았다, 이내로 있다가는 머지않아 함락될 거다, 아니, 이미 함락되었을 거라고요.

큰일났습니다.

**❸**

그 소리를 들은 백설공주는 아무리 기다려도 일어나지 않는 왕자님의 간병을 인어에게 맡기고 일곱 명의 난쟁이들을 데리고 숲을 나갔습니다. 제일 먼저 향한 곳은 험한 산이었습니다. 그곳에는 세상을 등진 책사가 한 명 살고 있었습니다. 원래대로라면 세 번을 찾아가지 않으면 동료가 되어주지 않았겠지만 백설공주는 난쟁이들에게 명령해 책사를 잡아와 참모장에 임명했습니다. 책사는 쓴웃음을 지었지만 "뭐 좋습니다"라며 백설공주에게 충성을 맹세했습니다.

이렇게 합계 아홉 명이 된 백설공주 일행은 산을 내려오자마자 제국군이 아직 도착하지 않은 마을들을 지나며 의용병을 모집했습니다. 대제국의 세력을 무찌르기에는 턱없이 부족한 숫자밖에 모이지 않았지만 백설공주는 반제국의 깃발을 들고 성으로 향했습니다. 싸우러 나온 제국군을 차례로 무찌른 뒤 각지에서 연전연승해 마침내 성을 탈환, 후퇴한 제국군을 추격해 섬멸한 다음에는 반대로 제국을 침공해 순식간에 멸망시키고 자기 나라의 영토로 만들어버렸습니다. 깜짝 놀랄 일입니다.

상황은 거기에서 끝나지 않았습니다. 백설공주와 책사와 일곱 난쟁이들은 대군을 결성해 대륙 전역을 휘저으며 다양한 전략과 음모를 구사해 대륙을 통일하고 말았습니다. 전국 시대가 끝나고 평화로운 천하태평의 시대가 찾아왔습니다.

**❹**

더 이상 할 일이 없어진 백설공주는 뒷일을 책사에게 맡기고 숲으로 돌아가기로 했습니다. 정략결혼을 할 걱정은 없어졌지만 성으로 돌아가봤자 따분한 일상이 기다리고 있을 뿐입니다. 그렇다면 숲에서 자유롭게 사는 것이 더 좋았던 겁니다.

일곱 명의 난쟁이들과 오두막으로 돌아온 백설공주는 아직도 잠만 자고 있는 왕자님을 보고 깜짝 놀랐습니다. 까맣게 잊고 있었거든요.

아, 그동안 인어는 왕자님을 열심히 간병하고 있었어요.

백설공주는 숲에 사는 곰이 병문안 선물로 가져온 사과로 왕자님의 머리를 때렸습니다.

"언제까지 잠만 잘 거야. 어서 일어나."

왕자님이 눈을 뜬 것은 그로부터 사흘 뒤의 일이었다고 합니다.

그 후에 사람들이 어떻게 됐는지 아직 아무도 모릅니다.

아마 분명히 모두 다 행복해졌을 겁니다. 그렇게 되면 좋겠다고 생각해요.

…뭐랄까, 아사히나 선배답다고 해야 할지, 옛날이야기를 뒤죽박죽으로 섞어 전기물을 섞어 넣은 우화인데 필사적인 느낌만큼은 내 일처럼 생생하게 전해졌다. 이 정도만 했으면 충분하다. 어느 부분에 하루히의 손이 들어갔는지는 상상에 맡기도록 하겠다.

자, 아사히나 선배의 걱정은 그쯤 해두고, 문제는 내가 맡은 과제에 아직까지 손도 못 대고 있다는 점에 있다. 도대체가 나한테 소설을 쓰라고 한 것 자체가 처음부터 말도 안 되는 소리인데다 연애가 주제라니, 이건 무리를 뛰어넘어 알지 못하는 개념의 세계다. 이걸 어떻게 하나.

한편 놀랍게도 하루히는 비교적 편집장다운 활동에 종사하고 있었다.

우리 네 명의 원고로는 페이지가 부족하다, 다양성도 없다고 말을 꺼낸 하루히는 마침내 외주 작가를 모집하는 수단을 동원한 것이다.

제일 먼저 먹이가 된 것은 타니구치와 쿠니키다로 그 뒤를 이어 츠루야 선배와 컴퓨터 연구부 부장이 하루히가 설정한 마감을 끌어안는 처지가 되었다.

하루히한테는 그 모두가 준단원과 같은 존재인지 몰라도 문예부와는 전혀 상관도 없는 인물들인데 말이다.

하지만 그들을 동정할 여유는 내게 없었다. 오히려 내가 써야 할 부담이 사라진다면 그 편이 좋다. 하루히가 내 문장적 도피를 봐줄 것이라고는 생각할 수 없었지만.

악당을 가장한 학생회장이 설정한 기간이 점점 다가오는 가운데, 타니구치가 내지른 "왜 내가 재미있는 일상 에세이 따위를 써야 하는 건데!"라는 원성과 "진정해라, 타니구치. 나처럼 과목별 도움이 되는 학습칼럼 12편보다는 낫잖아"라는 쿠니키다의 느긋한 목소리를 들어가며 아침 조회를 기다리고 있던 어느 날.

나보다 늦게 등교한 하루히는 아침 인사도 없이 복사용지를 내밀었다.

"뭔데?"

"어제 집에 갈 때 유키가 제출한 원고야."

하루히는 치아에서 빠진 충전물을 치약과 같이 삼킨 듯한 표정을 지었다.

"받은 뒤에 집에 가서 천천히 읽어봤는데 좀 묘한 소설이야. 환상적이고 호러라고 하면 호러이기는 한데 평가하기가 모호하네. 분량도 쇼트쇼트(주4)고 말이지. 너 한번 읽어봐라."

말 안 해도 나가토가 쓴 문장이라면 얼마든지 읽어보고 싶다.

나는 하루히에게서 복사용지를 받아들고 인쇄된 문장을 눈으로 쫓아갔다.

주4) 쇼트쇼트 : 단편보다 더 짧은 소설.

『무제1』 나가토 유키

내가 유령이라고 말하는 소녀와 만난 것은 ××××쯤 전의 일이었다.

내가 그녀에게 이름을 물어보자 그녀는 "이름은 없습니다"고 대답했다. "이름이 없으니까 유령이에요. 당신도 마찬가지잖아요"라고 말하며 소녀는 웃었다.

그랬다. 나도 유령이었던 것이다. 유령과 대화할 수 있는 존재가 있다면 그 존재도 유령인 것이다. 바로 지금의 나처럼.

"그럼 가죠."

그녀가 말해서 나도 따라갔다. 소녀의 발걸음은 가벼워 마치 살아 있는 것처럼 보였다. 어디로 가는 건지 묻자 소녀는 걸음을 멈추고 돌아보았다.

"어디로든 갈 수는 있습니다. 당신이 가고 싶은 곳은 어디입니까?"

나는 잠시 생각에 잠겼다. 나는 어디로 가려고 했던 걸까. 여기는 어디지. 왜 나는 여기에 있는 것인가.

멈춰 선 나는 소녀의 어두운 눈동자를 바라보는 수밖에 없었다.

"××××로 가려고 했던 건 아닌가요?"

해답을 제시한 것은 소녀였다. 그 말을 듣고나서야 비로소 나는 내 역할을 알게 되었다. 그렇다. 나는 그곳에 가려고 했던 것이다. 어떻게 잊고 있었던 걸까. 이렇게 중요한 일을, 내가 살아서 존재하는 그 의의를.

잊어서는 안 되는 일이었는데.

"그럼 이제 됐군요."

소녀는 기쁜 듯 미소를 지었다. 나는 고개를 끄덕이고 그녀에게 감사의 말을 전했다.

"안녕."

소녀는 사라졌고 나는 남겨졌다. 그녀는 자기가 있을 곳으로 돌아간 것이리라. 내가 내 자신이 있을 곳으로 돌아오려 했던 것처럼.

하늘에서 하얀 물체가 떨어진다. 많고 작고 불안정한 물의 결정체. 그것들은 지표에 떨어져 사라진다.

시공에 흘러넘치는 기적 중 하나였다. 이 세계에는 기적이 넘쳐나고 있다. 나는 계속 서 있었다. 시간의 경과는 의미를 잃어버리고 있었다.

솜을 겹친 듯한 기적은 계속해서 내려온다.

이것을 내 이름으로 하자.(주5)

그렇게 생각했고 그 생각으로 인해 나는 유령이 아니게 되었다.

주5) 일어로 눈은 '유키'

"흐으음…?"

거기까지 읽은 뒤 고개를 들었다.

아침 조회 전에 반 친구들이 요란스레 떠들고 있는 평소의 풍경이 교실 안에 펼쳐져 있었다. 평소 같았으면 하루히도 내 뒷자리에서 창 밖을 바라보거나 샤프로 내 등을 찌르거나 하고 있었겠지만 이때의 하루히는 고개를 쭉 뻗어 내 손을 훔쳐보고 난처한 듯하면서도 생각에 잠긴 듯한 얼굴로 내가 들고 있는 복사용지의 글자들을 눈으로 쫓고 있었다.

뭐, 나도 하루히와 비슷한 표정을 짓고 있을 것이다.

그런 표정을 지을 만한 내용이 쓰여 있으니까 말이다. 아침 일찍 읽기에는 약간 난해한 것 같다는 느낌인걸.

분명히 나가토가 뽑은 제비에는 '환상 호러'라고 쓰여 있었다.

나는 나가토의 소설에서 뗀 눈을, 옆에 있는 하루히의 옆얼굴로 돌렸다.

"야, 하루히, 나는 환상이나 호러 둘 다 잘 모르긴 하지, 요즘 환상 호러는 이런 거냐?"

"나도 잘 몰라."

하루히는 턱에 손을 괴고 판단하기 심란한 물건을 쓴 작가를 앞에 둔 편집자처럼 고개를 갸웃거렸다.

"환상적이기는 한 것 같은데 전혀 호러가 아니잖아. 하지만 으음, 유키답다고 할 수는 있는 것 같아. 혹시 유키는 그런 게 무서운지도 모르지."

나가토가 공포를 느끼는 대상이 있다면 내 입장에서 보면 그것은 가장 크고 가장 흉악한 공포가 될 것이다. 그런 건 정말 나타나지

말아줬으면 하는 바람이다. 아무리 소설 속에서라도 말이다.

"그런데 너."

나는 하루히의 난처해하는 얼굴을 신선하게 바라보며 물었다.

"환상 호러가 뭔지도 모르는데 그런 걸 쓰라고 한 거냐? 장르를 좀 생각한 다음에 구분하지 그랬어."

"조금은 생각했어."

하루히는 내 손에서 첫 번째 복사용지를 잡아챘다.

"그냥 호러는 재미가 없을 것 같아서 환상을 붙인거라고. 제비에 쓴 장르들도 다 숙고해서 내린 결론이야. 미스터리랑 동화랑 연애소설—그게 나왔으면 남은 건 호러잖아."

SF가 빠져 있다. 그리고 그 장르 선정에 3초 이상 생각했을 것 같지 않구나. 적당히 떠오르는 순서대로 써갈긴 거겠지.

하루히는 살짝 미소를 지었다.

"가능한 한 미스캐스팅으로 이상한 걸 맡기지 않으려고 생각했을 뿐이라고. SF라면 유키가 잘 쓸 것 같은데 그래서는 재미가 없잖아?"

나도 모르게 움찔 놀라 눈에 보이지 않는 손으로 가슴을 쓸어내렸다. 그게 SF가 될지 어떨지는 둘째치고, 나가토라면 우주적인 글을 술술 막힘없이 써버릴지도 모른다. 우주인이니까 말이다. 혹시 하루히가 눈치를 챈 건 아닐까 생각했지만 나가토의 장서 중에 SF가 다수 포함되어 있는 건 하루히도 잘 알고 있는 사실이니 이 녀석이 나가토의 특기 분야를 알고 있다 해도 전혀 이상할 건 없다.

아니, 잠깐만. 그렇다면 미스터리도 비슷한 거 아닐까.

"응, 가능하면 미쿠루나 너한테 미스터리를 맡기고 싶었지. 무슨 엉뚱한 물건이 나올까 관심이 있었거든. SF는 너무너무 황당한 게 나와도 뭐든 다 용서가 되잖아. 그래서 그런 거지. 단장의 마음으로 잘라낸 거야."

그건 편견이라고 반박하고 싶었지만, 이제 와서 제비뽑기의 내용이나 결과에 불평을 해봤자 시간은 되돌아가지 않는다. 현재 내 의무로 되어 있는 '연애소설'의 집필 명령이 해제되는 것도 아닐 테고, 참고로 말하자면 미스터리도, 동화도, 환상 호러도, 나는 도저히 못 쓸 것 같다. 그렇다고 연애소설이라면 그나마 나은가 하면 그것도 아니다. 단지 SF라면 그나마 경험들을 살릴 수 있었을지도 모르지. 물론 내가 실제로 경험한 것을 그대로 하루히 편집장에게 가르쳐주지는 않겠지만 말이다.

하루히는 나가토의 환상 호러 SS(쇼트쇼트)를 팔락거렸다.

"뭐, 코이즈미한테 미스터리가 걸려서 다행이야. 역시 최소한 하나만이라도 제대로 읽을 만한 게 없으면 회지가 안 될 테니까 말이야. 너무 기괴함만 내세우면 독자들이 도망치게 되니까."

이 녀석, 문예부 회지를 이대로 정기간행물로 만들 생각은 아니겠지. 이번 일은 어디까지나 학생회장의 음모를 무너뜨리기 위한 긴급 조치다. 그 사실을 상기시켜줄 필요가 있을지도 모르겠다.

SOS단은 문예부와 한 집에 살고 있는 게 아니라 문예부에 기생하고 있을 뿐이란 말이다.

"그건 나도 알아. 너한테서 배울 거라고는 학교 내외를 불문하고 아무것도 생각이 안 난다. 왜냐면 나는 단장이고 너는 일개 단원이니까."

하루히는 매섭게 나를 노려보았다.

"그런 건 신경 끊어. 유키의 소설은 더 있다고. 두 번째 페이지를 읽어봐."

나는 내 손에 남겨져 있던 복사용지로 시선을 내려 나가토가 직접 쓴 게 아닐까 싶을 정도로 깔끔한 서체로 인쇄된 문장을 읽기 시작했다.

『무제2』 나가토 유키

그때까지 나는 혼자가 아니었다. 다양한 내가 있다. 집합 안에 나도 있었다.

얼음처럼 함께 있던 동료들은 어느새 물처럼 퍼졌고, 마침내 수증기처럼 확산되었다.

그 증기의 한 입자가 나였다.

나는 어디든지 갈 수가 있었다. 여러 곳에 가서 많은 것을 보았다. 하지만 나는 배우지 않는다. 보기만 하는 행위, 그것만이 내게 허락된 기능이다.

오랫동안 나는 그렇게 있었다. 시간은 무의미. 거짓된 세계에서는 모든 현상은 의미를 갖지 않는다.

하지만 마침내 나는 의미를 발견했다. 존재의 증명.

물질과 물질은 서로를 끌어당긴다. 그건 올바른 일, 내가 끌어당겨진 것도 그것이 형태를 갖고 있었기 때문이다.

빛과 어둠과 모순과 상식. 나는 만났고 각각과 섞였다. 내게 그런 기능은 없었지만 그렇게 해도 되는지도 모를 일이었다.

만약 허락이 된다면 나는 그렇게 할 것이다.

기다리고 있는 내게 기적이 찾아올까.

아주 자그마한 기적.


두 번째 페이지는 이걸로 끝났다.

"으으으음…."

나는 고개를 갸웃거리며 여러 번 반복해서 다시 읽어 보았다. 호러도 아닐뿐더러 환상 호러라고 하기도 힘들었고, 아무래도 소설도 아닌 것 같기도 했지만, 군이 구분을 하자면 일기 같다. 혹은 어떤 감상이나 단순히 생각난 말을 늘어놓은 것처럼도 보인다.

나가토의 일기라….

글을 읽으며 나는 다른 생각을 하고 있었다. 아무리 해도 잊을 수 없을 것 같은 작년 12월의 기억이다. 그리고 내용물이 바뀌어버린 나가토에 대한 기억. 그때 문예부에 있었던 나가토라면 혹시 소설을 쓰고 있었을지도 모른다. 홀로 있는 동아리방 안에서 구식 컴퓨터로….

내 침묵과 생각에 잠긴 얼굴을 어떻게 받아들였는지, 하루히는 두 번째 종이를 내 손가락에서 채어갔다.

"그게 마지막이야. 세 번째 페이지. 읽으면 읽을수록 이해가 안 가는 얘기야. 네 감상을 꼭 듣고 싶다고."

『무제3』 나가토 유키

그 방에는 검은 관이 놓여 있었다. 그 밖에는 아무것도 없었다.
어두운 방 한가운데에 있는 관 위에 한 남자가 앉아 있다.

"안녕."

그는 내게 말한다. 웃고 있었다.

안녕.

나도 그에게 말한다. 내 표정은 알 수 없다.

내가 계속 서 있자 사내의 뒤로 하얀 천이 내려왔다. 어둠 속에
서 그 천은 희미한 불빛에 감싸여 있었다.

"늦고 말았군요."

하얀 천이 말했다. 그것은 하얗고 커다란 천을 뒤집어쓴 인간이
었다. 눈에 해당하는 부분이 동그랗게 잘려 있었고 검은 눈동자가
나를 바라보고 있다.

그 안에 있는 이는 소녀인 듯했다. 목소리로 알 수 있었다.

사내가 낮은 목소리로 웃었다.

"발표회는 아직 시작하지 않았습니다."

사내는 관 위에서 움직이지 않는다.

"아직 시간은 있어요."

발표회.

나는 떠올리려 했다. 나는 여기에서 뭘 발표하는 걸까. 초조하다.
생각이 안 난다.

"시간은 있습니다."

사내가 말한다. 내게 미소를 짓고 있다. 하얀 색의 소녀 도깨비는

즐거운 듯 춤을 추고 있었다.

"당신이 생각해낼 때까지 기다리지요."

소녀는 말한다. 나는 검은 관을 바라보았다.

한 가지, 나는 목적을 기억하고 있었다.

나는 거기서 나가 다시 그곳으로 돌아오기 위해 돌아온 것이다. 관에는 사내가 걸터앉아 있다. 그가 비키지 않는 한, 나는 그곳으로 들어갈 수 없다.

하지만 내게는 발표할 게 없다. 발표회에 참가할 자격이 없는 것이다.

사내는 낮은 목소리로 노래하기 시작했다. 마치 하얀 천의 춤에 맞추기라도 하듯.

그가 비키지 않는 한, 나는 그곳에 들어갈 수 없다.


"…으음, 이거 참 곤란하군."

세 번째 종이를 책상에 내려놓은 뒤 나는 하루히를 동정했다.

역시 나가토다, 도통 이해가 되지 않는 얘기를 써놨다. 환상 호러라는 과제를 완전히 무시한 것처럼 보이기도 하고 이래서는 소설이라기보다 완전 시잖아.

"평범한 시로도 안 보이지만."

하루히는 세 장의 종이를 모아 자기 가방에 집어넣었다.

"쿈. 있잖아, 나 말야, 유키가 이걸 아무 생각도 안 하고 쓴 것 같지는 않아. 아마 여기에는 유키의 내면이 반영되어 있지 않나 생각하는 거지. 도깨비니 관이니 하는 것도 무슨 비유 같지 않아?"

"내가 그걸 어떻게 아냐."

대답은 그렇게 했지만 사실 은근히 간파해낼 수 있었다. 이 소설에 나오는 '나'가 나가토라는 사실에는 이견이 없을 것이다. 다른 등장인물은 '유령 소녀'와 '남자'와 '도깨비 소녀'인데 유령과 도깨비소녀는 동일인물 같았고, 이것도 은근히 느낀 것이지만 남자는 코이즈미 같고 소녀는 아사히나 선배 같다는 느낌이 든다. 일단 가까이에 있는 인간을 등장인물의 모델로 삼았는지도 모른다. 나와 하루히가 나오지는 않았지만 그렇다고 출연을 희망할 정도로 내가 자의식 과잉 인간은 아니다.

"뭐 어때."

나는 창 밖으로 아무도 없는 테니스 코트를 내려다보았다

"나가토가 자기 마음 가는 대로 쓴 소설이잖아. 소설에서 작가의 내면을 읽어내려고 해봤자 귀찮기만 할 뿐이야. 그런 문제는 국어 시험만으로도 충분하다고."

"그렇긴 해."

하루히도 창 밖을 바라보고 있었다. 계절에 맞지 않는 눈이라도 내리게 하는 건 아닐까 살피듯 관찰하는 시선이었지만 마침내 나를 돌아보며 봄꽃처럼 미소를 지었다.

"유키 건 이걸로 오케이하겠어. 어디를 어떻게 손을 봐야 할지 견적이 안 잡히니까. 코이즈미는 순조롭게 쓰고 있는 것 같고 미쿠루의 그림책도 대강 틀이 잡혀가는 것 같아."

그 미소는 단장에서 편집장의 그것으로 바뀌었다.

"그래, 네 거는? 아직 프롤로그도 못 받아봤는데 언제 완성되는 거니?"

잊고 있기를 기대했던 내가 잘못이지.

"미리 말해두겠는데."

하루히는 기분 나쁘게 실실거렸다.

"네가 쓰는 건 누가 봐도 확실한 소설이야. 물론 연애물이 아니면 꽝이다, 꽝. 호러도, 미스터리도, 동화도 안 돼. 괜히 머리 굴리려 해도 안 통할 거다."

나는 도움의 손길을 찾아 교실을 돌아보았다.

사실 아직 한 글자도 안 쓴 상태다. 당연하지. 대체 무슨 낯짝으로 연애소설 따위를 써야 한단 말이냐고. 그 의문은 현재 독감 바이러스에 대한 저항력 이상으로 내 몸속을 돌아다니고 있었고, 마찬가지로 한 글자도 쓰지 않았을 동료 타니구치와 쿠니키다를 원군으로 부르려 했지만, 아까부터 이쪽을 쳐다보며 소곤소곤 밀담을 나누고 있던 내 두 친구는 나란히 시선을 피했다. 아무래도 이대로 있다가는 우군과 함께 하루히한테 격파당하겠다 싶어 십자를 그으려는 순간, 마침내 수업을 알리는 종소리가 들렸다.

이리하여 눈앞의 중책은 잠시 회피되었고, 그렇다고 도망칠 수 있는 건 아니지만 일단 나는 몇십 분의 시간을 버는 데에 성공했다.

하지만, 야, 연애소설이라니 말이지.

1교시 수업을 진지하게 듣는 척하며, 나는 챌린지 해구로 빠져드는 침몰선만큼 깊은 생각에 잠겨 있었다.

대체 뭘 쓰지?


빙과 후 하루히의 원고 재촉에서 도망치듯 동아리방으로 찾아온 내게.

"실제 경험을 쓰는 건 어떨까요?"

코이즈미가 노트북 키보드 위에서 쉼 없이 손가락을 놀리며 말했다.

"그러니까 연애가 들어가 있기만 하면 되는 거잖아요? 그렇다면 실제로 있었던 일을 그대로 써서 이건 단연코 픽션이다 그렇게 주장하면 되는 거죠. 일인칭 형식으로 쓰는 게 좋을 겁니다. 이 경우에 당신이 평소에 생각하고 있던 것을 그대로 문장으로 만들어도 아무 문제 없을 거고요."

"지금 비꼬는 거냐?"

나는 아무렇게나 대답한 뒤 노트북 화면이 보여주는 화면보호기로 눈을 돌렸다.

동아리방은 일시적인 안식처가 되었다. 왜냐하면 하루히가 자기 멋대로 자리를 비웠기 때문이다.

학생회와 전면전을 펼치고 있다고 생각하는 하루히는 완장의 '편집장' 부분에 '도깨비'라고 첨가하고 싶을 정도로 놀라운 실력을 발휘했고 지금도 사방을 뛰어다니고 있다.

제일 첫 표적은 가까이에 있던 반 친구인 타니구치와 쿠니키다였다. 종례가 끝나기가 무섭게 교실에서 도망치려던 타니구치를 하루히는 잽싸게 포획해 "집에 갈 거다", "못 보낸다" 한바탕 소동을 벌인 뒤, 그런 모습을 도망치지도 않고 지켜보고 있던 쿠니키다까지 수중에 넣은 뒤 강제로 자리에 앉혀 백지인 스프링 노트 다발을 내밀고 말했다.

"다 쓸 때까지 집에 못 갈 줄 알아!"

그 얼굴이 무척 기뻐 보였던 것은 뭘까, 스스로의 새로운 가학 취미를 각성해서 그런지도 모르겠군.

타나구치는 연신 투덜투덜 불평을 해댔고, 쿠니키다는 천천히 고개를 저으며 샤프를 들었다. 쿠니키다는 여유로워 보였지만 타니구치는 정말 무척 귀찮다는 투였다. 마치 하루히가 일으키는 모든 말썽에 관여하면 장래 천국행 버스를 못 타게 되리라는 사실을 깨달은 것 같은 얼굴이다. 심정은 이해한다. 재미있는 에세이를 쓰라고 해봤자 하루히의 눈에 찰 만한 물건을 바로 써낼 수 있었다면 도주를 꾀하지는 않았을 것이다.

"뭐가 재미있는 일상 에세이냐"고 말하는 타니구치.

"콘, 네 일상이 훨씬 더 재미있잖아. 네가 써줘."

거절하겠다. 나는 내 작업만으로도 이미 벅찬 상태야.

"스즈미야, 칼럼 열두 개는 너무 많지 않아?" 쿠니키다가 느긋하게 말한다. "다섯개로 줄여줄 수는 없을까? 영어와 수학, 고전, 화학, 물리는 자신 있지만 생물과 일본사와 공민(주6)은 자신이 없는데."

잘하는 게 그 정도만 있어도 충분하고, 나도 네 원고만큼은 진심으로 기다리고 있다. 과목별 도움이 되는 학습칼럼 열두 개. 정말 도움이 된다면 이만큼 읽어보고 싶은 글은 없다.

하루히는 붙잡아둔 두 명에게,

"한 시간 뒤에 다시 올게. 그때 자리에 없으면…… 알고들 있겠지?"

명쾌한 협박을 던진 뒤 교실에서 달려나갔나. 우리 편집장은 참 바쁘기도 하시지.

한편 하루히의 집필 의뢰를 흔쾌히 받아들인 마음씨 좋고 시간 많은 사람도 있었다는 것을 알려주고자 한다.

주6) 공민 : 우리나라의 윤리와 비슷한 과목

한 명은 말할 것도 없이 츠루야 선배다. 어쩌면 하루히보다 더 모든 일에 뛰어날지도 모르는 선배는,

"뭐든 좋으니까 써주지 않겠어?"

라는 하루히의 추상적인 의뢰를 흔쾌히 허락했고,

"마감은 언제야? 응, 그때까지는 꼭 넘길게! 으하하, 재밌겠다."

라는 시원스런 말과 웃음으로 대답했다고 한다. 대체 그 사람은 뭘 쓸 생각일까.

다른 한 명은, 아니, 이것은 한 명이 아니라 집단이라고 하는 편이 더 나으려나, 컴퓨터 연구부이다.

예의 사기 컴퓨터 대전의 경과에 더해 종종 나가토가 방문 중이라는 인연도 있어 하루히한테는 완전히 SOS단 제2지부가 되어 있는 컴퓨터 연구부에 뛰어든 본가 당주 단장은 '최신 컴퓨터 게임 완전 리뷰·게임 완벽 해체 독본'인가 하는 뭔지 알 수 없는 것을 쓰겠다는 확약을 받은 뒤에 돌아왔다. 어떻게 된 연유인지 컴퓨터 연구부는 부장 이하 전원이 의욕을 보였다고 한다. 참고로 나는 컴퓨터로 제대로 된 게임을 해 본 적이 없기 때문에 영 흥미가 없지만.

그래도 아직 하루히가 할 일은 끝나지 않은 상태였다. 회지 표지를 좀 제대로 된 것으로 해야겠다는 생각을 한 하루히는 그 길로 바로 미술부까지 쳐들어가 가장 그림을 잘 그리는 부원이 누구냐고 물은 뒤 그 녀석에게 그림을 한 장 내놓으라고 강요했고, 문장만으로는 그림이 안 사니, 삽화도 필요하다고 말하더니만 곧장 만화 연구부로 딸려가 일러스트를 발주했다. 당한 쪽은 왕 민폐겠지만, 안타깝게도 나는 타인이 느끼는 폐에 이 이상 싱크로하고 싶지 않아서 타니구치와 쿠니키다를 교실에 남겨두고 동아리방을 찾아온 것

이다.

　동아리방에는 하루히가 없었다. 앞에서 말한 이유로 온 학교를 휘젓는 중이었기 때문인데, 나로서는 매우 마음 편히 쉴 수 있는 시간이었지만 화면보호기와 눈싸움만 하고 있는 시간은 안식과는 조금 거리가 멀었다.

　"끄응, 끄응─."

　비장한 얼굴로 탁자에 앉아 있는 사람은 보기 드물게 교복을 갖춰 입은 아사히나 선배였다.

　이때는 아직 아사히나 선배의 그림책 비스무리한 동화도 완성되지 않은 상태라 탁자 앞에 머리를 감싸쥐고 앉아 종이에 연필을 놀리는 모습을 보는 것이 전부로, 차를 마시려면 직접 타는 수밖에 없었다.

　그 옆에서 나가토는 평소의 모습을 유지하고 있었다. 독서인형처럼 양장본을 펼치고 앉아 있는 모습에는 이미 모든 일이 끝났다는 느낌이 감돌고 있었다.

　"…………."

　하루히에게 제출한 세 장짜리 쇼트쇼트로 자기의 역할은 다 끝났다고 판단했는지 완전히 평소의 나가토로 돌아와 있었다. 요 전에 학생회실에서 보여줬던, 눈에 보이지 않는 아우라가 거짓말 같다.

　거짓말 하니 생각나는데, 내가 그런 나가토가 신경 쓰이지 않는다고 하면 그 말도 거짓말이 될 테니 솔직히 고백해두겠다. 그 기묘한 소설 비스무리를 나가토가 어떤 심정으로 썼는지, 그 글을 하루히에게 보여주고 아무 생각도 안 들었는지, 그건 대체 어떤 이야기인지 자신의 작품을 해설을 좀 해달라든지, 아무튼 물어보고 싶은 것은 많았지만 아사히나 선배와 코이즈미가 있는 앞에서 그런 말을 하는 것도 좀 그렇잖아.

나중에 단둘이 있게 될 때 물어보기로 하고 나중으로 미루자.

나는 평소 모드의 무표정으로 책을 읽고 있는 문예부원에게서 시선을 돌렸다. 탁자 위에서 돌아가고 있는 노트북은 두 대뿐이다. 주인의 입술과 마찬가지로, 나가토 앞에 놓인 노트북은 조개처럼 뚜껑이 닫혀 옆으로 밀쳐져 있었다.

가능하면 나도 그렇게 하고 싶다. 지구상에 한정된 자원을 낭비하는 행동에 자책하는 마음을 갖고 있는 몸으로서는 내게 지급된 노트북 전원을 즉시 꺼야 할 것이다. 이대로 전원을 켜둬봤자 에너지를 낭비하는 것밖에 안 되고, 끄는 김에 머릿속 스위치도 꺼서 지금 당장 깊은 잠에 빠지고 싶었다.

그런 생각을 하며 한숨을 내쉬고 있는데 코이즈미가 말을 걸었다.

"깊이 생각할 것 없어요. 있는 그대로를 쓰면 되는 겁니다."

너야 이미 머릿속에 있는 내용을 문장으로 만들면 되니 편하겠지만 나는 처음부터 다 생각해내야 한다고. 뭐하면 네 연애 경험을 가르쳐주지그래. 너를 주역으로 한 러블리한 이야기를 써줄 테니까.

"그건 사양하고 싶군요."

코이즈미는 키보드를 두드리던 손을 멈추고 내게 묻는 듯한 미소를 보낸 뒤 작은 목소리로 물었다.

"정말 없습니까? 지금까지 살아온 인생 가운데 연애 감정의 노예가 됐던 적이나 여자와 사귄 적이 말이에요. 아니, 이 고등학교에서 보낸 1년 동안 그 비슷한 일은 없었다—기보다 못 쓸 테니 그 이전에 있었던 일이라면 어떤가요? 중학교 때는 어때요?"

내가 천장을 바라보며 내 과거의 기억을 참조하고 있자 코이즈미가 더욱 작은 목소리로 말했다.

"아마추어 야구 대회에서 제가 했던 말을 기억하고 계신가요?"

글쎄, 너는 너무 말을 많이 하잖아. 그 말을 일일이 기억에 담아둘 거라는 생각은 안 하는게 좋을 거다.

"스즈미야 씨가 바랐기 때문에 당신이 4번 타자가 되었다는 얘기정도는 기억하고 계실 텐데요."

나는 코이즈미의 잘생긴 미소를 수상쩍다는 눈으로 바라보았다. 또 그 소리냐.

"네, 또 그겁니다. 그러니까 당신이 연애소설을 뽑은 건 우연이아니에요."

제비뽑기의 우연성에 대해서는 나도 오래전부터 의심을 품고 있었다. 마술사가 아니라도 계획한 대로 목적한 제비를 뽑게 만들 수있다는 건 나도 알고 있어.

나가토를 흘끗 쳐다보자 대회를 몰래 엿듣고 있는 것 같지는 않았다. 아사히나 선배는 연필과 지우개와 친구가 되느라 바빠 보였다.

"그러니까 스즈미야 씨는 당신의 과거의 연애에 대해 알고 싶다고 생각한 겁니다. 그래서 장르 중 하나를 연애소설로 삼은 거죠. 연애 체험담—이라고 하지 않은 건 스즈미야 씨 나름대로 약간 주저를 한 결과지요."

그 녀석의 어느 구석에 주저라는 감정이 있다는 거야. 그 어떤 곳이든 거리낌 없이 인사도 않고 쳐들어가는 녀석이라고.

코이즈미가 슬쩍 미소를 지었다.

"마음이라는 부분에 말이에요. 저래봬도 스즈미야 씨는 어딘가에 아슬아슬한 선이 있다는 걸 잘 알고 있는 사람입니다. 무의식적으로겠지만, 그렇다면 더욱 훌륭하고 날카로운 감각이라고 할 수 있겠지요. 실제로 그녀는 우리들의 마음속을 짓밟고 들어오는 짓은 절대로 하지 않습니다. 적어도 저는 당한 적이 없어요. 뭐, 반대로 저는 조금 스즈미야 씨의 정신 속으로 들어가곤 했습니다만."

나도 두 번쯤 가봤지, 그러고 보니.

"하지만 그 녀석이 거리낄 줄 모르는 여자라는 선은 양보할 수 없다."

나는 최소한의 반항심에서 그렇게 말했다.

"안 그랬으면 학생회실의 문을 박차고 들어가거나, 아니, 처음부터 문예부를 강탈하려 들지 않았을 거 아냐. 내가 이런 걸 쓰게 되지도 않았을 거고."

"뭐 어떻습니까. 이건 이 나름대로 즐거운 작업이에요. 약소 클럽 활동을 지키기 위해 강대한 학생회에 투쟁하는 고등학생들…"

코이즈미는 기분 나쁠 정도로 시원스러운 눈으로 먼 곳을 바라보더니 다시 미소를 지었다.

"사실은 저도 이런 학창시절을 꿈꾸고 있었습니다. 더더욱 스즈미야 씨를 신으로 인정하고 엎드려 절하고 싶은 심정인데요. 꿈을 이루어주고 있으니까요."

네 자작극으로 말이지. 뒤에서 조종해놓고선 뭐가 꿈이 실현됐다는 거야. 노력하고 있다는 건 인정해줄 수 있다만.

"하지만 당신이 어느 제비를 뽑을 것인가까지는 저도 조작할 수 없는 부분입니다. 얘기를 원래대로 되돌리도록 하죠. 알기 쉽게 말하자면 스즈미야 씨는 당신의 연애관이 글로 나오길 기대하고 있는 겁니다. 참고로 말하자면 저도 알고 싶군요."

코이즈미는 약간 큰 목소리로 말을 이었다.

"언뜻 들은 얘깁니다만, 당신에게는 중학교 때 친했던 여자애가 있었다고 하던데요. 그 에피소드를 써보는 건 어떻습니까?"

그러니까 벌써 여러 번 얘기했을 텐데. 그건 전혀 그런 얘기가 아니란 말이야.

나는 미간을 좁히고 손가락으로 문질러대며 동아리방에 있는 다른 두 명의 얼굴을 훔쳐보았다.

아사히나 선배는 삽화가 들어간 동화를 작성하는 데에 정신을 집중하고 있느라 우리들의 대화를 듣고 있는 것 같지 않았다.

나가토는—,

이쪽도 독서에 모든 시신경을 집중시키고 있는 듯 보였지만 청신경까지는 나도 확인할 길이 없었고, 게다가 아무리 목소리를 낮춰도 나가토를 상대로 완벽하게 숨길 수 있으리라는 생각은 도저히 할 수 없었다.

도대체가 말이야, 왜 내가 이렇게 꺼림칙하고 불편한 기분이 들어야 하는 거냐고. 왜 쿠니키다도 그렇고 나카가와도 그렇고, 내 중학교 때 친구들은 하나같이 묘하게 착각을 하고 있는 거냔 말이다. 진짜 신기하다.

"아무튼 그 얘기는 할 생각도, 쓸 생각도 없어."

나는 단언했다. 특히 흥미본위를 눈을 빛내고 있는 녀석한테는

─뭐야, 코이즈미. 다 알고 있다는 듯한 그 눈은. 그러니까 아니라고 했잖아. 떠올리기 싫은 과거라서 그러는 게 아니야. 정말 별거 아닌 시시한 얘기라고.

"그렇다고 해두죠."

화나는 말이었지만, 코이즈미는 입을 다물 줄 모르고 새로운 제안을 꺼냈다.

"그럼 그 밖에 쓸 만한 추억 하나를 서둘러 떠올려주십시오. 하나 정도는 있을 것 아닙니까. 누구랑 어디서 데이트를 했다거나, 누구한테서 고백을 받았다거나 하는 거요."

없어.

라고 말을 하려던 내 입은 반쯤 벌어졌다 닫혔다. 그 광경을 보고 코이즈미의 미소가 더욱 환해졌다.

"있군요? 그래요, 바로 그겁니다. 스즈미야 씨와 제가 알고 싶은 이야기지요. 그걸 써주십시오."

너 언제부터 부편집장이 된 거냐? 어서 샤미센 실종 사건이라도 쓰고 있어라. 내가 뭘 쓸지는 스스로 결정하게 내버려두라고.

"물론 결정하는 건 당신입니다. 저는 단순한 관찰자, 좋게 말해 조언자로 얘기하는 것밖에 안 되지요. 지금은 스즈미야 씨를 대변하고 있는 것 같다는 느낌이 들긴 합니다만."

코이즈미는 어깨를 으쓱한 뒤 나와의 대화를 끝내고 자기 노트북으로 손가락을 향했다.

나는 생각하기 시작했다.

미안하지만 코이즈미, 너는 아직도 착각하고 있다. 네 상상 속에서는 중학교 때의 내가 매우 중학생다운 남녀교제를 잠깐이라도 했을 거라는 생각이 소용돌이치고 있을지 몰라도, 자랑은 아니지만 나는 지금까지 누구한테 고백을 받아본 적도 없고, 해본 적도 없다. 첫사랑 상대는 나이 차이가 많이 나는 사촌누나였지만 그 누나는 변변찮은 남자와 사랑의 도피를 했다. 트라우마라고 하면 트라우마지만, 그것도 먼 옛날 일이지.

고백도 아니고 데이트는 더더욱 아닌 것.

문득 정경 하나가 눈에 떠올랐다.

그건 지금으로부터 약 1년 전 중학교 졸업식을 마치고 이 고등학교에 오기 직전의 기간에 해당하는 풍경이었다. 설마 내 고등학교 생활이 이렇게 정신없는 것이 될 줄은 모기 다리만큼도 생각하지 못한 채 느긋하게 빈둥거리던 중학교 마지막 봄방학.

동생이 수화기를 들고 내 방에 찾아온 것을 시작으로 하는 작은 일화가 힘겹게 머릿속 틈새를 비집고 올라왔다.

한참 천장을 올려다보던 나는 가볍게 콧노래를 부르며 노트북에 손을 올렸다.

화면보호기가 사라지고, 켜둔 채 그대로 방치해둔 텍스트 에디터가 하얀 화면을 복귀시켰다.

옆에서 코이즈미가 기분 나쁘게 웃고 있는 기척을 느끼며 나는 시험 삼아 키보드를 두드려보았다.

뭐, 그냥 손가락을 푸는 것뿐이다. 쓰고 있는 도중에 재미없어지거나 하면 바로 모든 문장을 삭제해도 될 그런 가벼운 운동이라고.

기억의 연못에서 소쿠리로 사금을 캐는 것 같은 작업이라고 생각하며 머리에서 건져낸 문장을 손끝으로 전달해 도입부를 쓰기 시작했다.

일단 이런 식으로 나가면 어떨까.

『그건 내가 고등학교에 들어오기 전, 얼마 남지 않은 중학교의 마지막 봄방학을 보내고 있을 때였다……….』

그건 내가 고등학교에 들어오기 전, 얼마 남지 않은 중학교의 마지막 봄방학을 보내고 있을 때였다.

이미 중학교 졸업장을 받기는 했지만, 아직은 고등학생이 되지 않은 신분으로, 가능하다면 이 신분이 영원히 계속되면 좋겠다는 생각을 했던 게 기억이 난다.

중3때부터 어머니의 강요로 다녔던 보습 학원 효과 덕인지 단독 지원으로 무사히 합격을 한 건 편하고 좋았다. 하지만 입시 전 예비 조사차 간 시점에서 버가 끝없이 이어지는 언덕길을 오르며 이 학교를 3년이나 다녀야 하나 하는 생각을 끔찍하게 해댔던 것도 사실이다. 참고로 말하자면 학구 구분 관계상 그때까지 친했던 친구들은 모두 가까운 시립 학교나 먼 사립으로 진학이 결정되어 있어 고독감은 더욱 커졌다.

이 시점의 나는 설마 고등학교 생활이 시작되자마자 기피한 여자와 만나 그머로 기묘한 단체의 창설에 이름을 버걸게 되리라고는 백일몽에서도 생각지 못했었기 때문에 중학교 시절을 회고하며 미지의 하이스쿨 라이프에 은근히 불안감을 느끼고 있었다. 달리 말하자면 진지하고도 애절한 기분을 느끼고 있었던 것이다.

그런 연유로 마음의 머부분을 지배하는 고독에 파묻히기 위해 점심시간 전까지 뒹굴며 늦잠을 자거나, 다른 고등학교로 진학하는 친구들과 툭하면 작별파티라는 이름의 게임 머회를 열거나, 나란히 영화를 보러 가는 등—의 일에 빠져 있었는데, 마침버 그런 나날에도 질려서 아침과 점심을 겸한 식사를 하고 소라도 되어 볼까 하는 마음으로 방에서 뒹굴거리던 4월 직전의 오후였다.

자다 깨서 밥을 먹고 다시 잠을 자려고 침머에 누워 있던 버 귀에 집 전화기가 전화가 왔다는 멜로디를 연주하는 소리가 들려왔다.

내 방에는 연결된 전화기가 없으니 놔두면 어머니가 동생이 받을 거라고 방치하고 있었는데 잠시 뒤에 동생이 무선 전화기를 들고 방으로 들어왔다.

이것도 새삼스레 드는 생각이지만, 이 녀석이 전화기를 들고 날 찾아올 때마다 묘한 일들이 발생하는 것 같다는 기분이 드는군.

하지만 다시 말하지만, 이 시점의 나는 아직 순진무구했고, 압도적으로 경험치가 부족했다.

"큰, 전화야—."

묘하게 싱글거리며 찾아온 여동생.

"누구냐?"

동생은 내게 수화기를 건네고 실실 웃더니 몸을 빙글 돌려 깡충 거리듯 방에서 나갔다. 별일이군. 평소 같았으면 내가 쫓아낼 때까지 방에 눌러앉아 있는데 무슨 급한 일이라도 있나.

아니, 그보다 누구지? 나는 내게 전화를 걸 만한 여자애의 얼굴을 머릿속의 선택 표시 화면으로 검색하며 수화기의 통화 단추를 눌렀다.

"여보세요?"

잠시 짧은 침묵 끝에.

『…네, 저어…』

확실히 여자 목소리가 그렇게 말했다. 하지만 아직 검색 모드가 끝나지 않은지라 누군지는 알 수가 없었다. 어디선가 들어본 적이 있는 목소리이긴 한데.

『저예요, 요시무라 미요코. 안녕하세요. 지금 시간 괜찮아요? 바쁜 건 아니었나요?』

"아…."

요시무라 미요코? 누구지?

머리를 굴리기 시작한 것과 동시에 머릿속 스크롤이 정지했다.

들어본 적이 있는 것도 당연하다. 몇 번 본 적이 있는 사람이었다. 성까지 다 대니까 더 알기 어렵잖아. 요시무라 미요코, 통칭 미요키치다.

"아, 너구나. 응, 하나도 안 바빠. 무지 한가한걸."

『다행이다』

진심으로 안도했다는 목소리가 들리자, 나는 의아하게 생각했다. 대체 얘가 나한테 무슨 볼일이지?

『내일 시간 괜찮아요? 모레라도 되는데. 4월로 넘어가면 안 되거든요. 시간 좀 잠시 빌릴 수 있을까요?』

"으음, 나한테 물어보는 거냐?" (※1)

『네. 갑자기 이런 말해서 미안해요. 내일이나 모레, 바쁜가요?』

"아니, 전혀. 둘 다 하루 종일 한가해."

『다행이다』

또다시 진심에서 우러나오는 듯한 정직한 목소리로 말을 한다.

『부탁이 있어요』

미요코는 긴장한 듯한 목소리로 말을 이었다.

『내일 하루면 되니까 나랑 같이 있어주지 않을래요?』

나는 방에서 나간 동생의 그림자를 뒤쫓듯 활짝 열린 방문을 바라보았다.

"내가?"

『네』

"너랑?"

『네』

미요코는 목소리를 죽였다.

『단둘이 있는 게 좋아요. 안 될까요?』

"아니, 안 될 건 없는데."

『다행이다』

다시 과장되게 안심한 한숨 소리가 들리고 억지로 밝게 버려 노력한 목소리가 말을 이었다.

『그럼 부탁할게요』

전화기 너머에서 인사를 하는 미요코의 모습이 눈에 그려지는 듯 했다.

그뒤로 그녀는 연신 내 사정을 신경 쓰며 약속 장소와 시간을 제안했고 나는 그저 "알았다"는 말만 계속했다.

『갑자기 전화해서 미안해요』

"아냐. 어차피 한가한걸."

마지막까지 저자세인 그녀에게 모호한 대답을 한 뒤 전화를 끊었다. 내가 끊지 않으면 아마 언제까지고 감사의 말을 계속 해댈 것이 분명했기 때문이었다. 요시무라 미요코, 통칭 미요키치는 그런 애였다.

나는 전화기를 원래 위치로 돌려놓으려 복도로 나갔다. 그러자 그곳에서 여동생이 실실거리며 기다리고 있었다. 마침 잘됐다 싶어 전화기를 안겼다.

"냐하하~."

동생은 바보처럼 웃더니 수화기를 휘두르며 자리를 떴다.

나는 동생의 앞날을 걱정하며 미요키치의 차분한 목소리를 떠올렸다. (※2)


그리고 이튿날이 되었다.

자세히 쓸 생각은 없다. 한마디로 말하자면 귀찮기 때문이다. 이건 소설이지 업무 보고서도, 항해일지도 아니다. 더군다나 일기는 더더욱 아닐 것이다.

그렇다는 건 쓰는 사람인 내 마음대로 하면 되는 거다. 어디 그렇게 해보자 이거다.

그날, 약속장소에 나간 나는 먼저 와서 기다리고 있던 미요키치를 보고 빠른 걸음으로 다가갔다. 나를 알아본 그녀는 고개를 내 쪽으로 돌린 채 어색하게 인사했다.

"안녕하세요."

모기 소리만한 목소리로 인사를 한 뒤, 포셰트(주7)를 비스듬히 어깨에 걸치고 땋은 머리를 흔들 듯 고개를 든다. 꽃무늬 블라우스에 하늘색 카디건을 걸치고 아래는 7부 길이 슬림 진. 날씬한 체형에 잘 어울리는 차림이었다.

나는 "여어"라고 대충 인사를 받은 뒤 천천히 주위를 둘러보았다.

역 앞이었다. SOS단의 집합 지점으로 익숙한 장소다. 하지만 이때의 나는 몇 달 뒤에 의미불명의 단체에 소속되어 이 세상을 제패하려 드는 맛이 간 단장에게 시달리게 되리라고는 생각도 못 하고

주7) 포셰트 : pochette. 어깨에 비스듬히 메는 끈이 긴 조그만 가방.

있었기 때문에 그냥 아무 생각 없이 주위를 둘러봤을 뿐이다. 여자와 단둘이 만나는 모습을 누가 보면 귀찮을 거라는 생각을 한 것도 아니었다. 그런 생각은 처음부터 하지도 않았다(※3)

"저어."

미요키치는 우아하게 생긴 얼굴을 약간 긴장시키며 말했다.

"가고 싶은 곳이 있는데 괜찮으세요?"

"그래."

그러려고 온 거니까. 갈 마음이 없었으면 어제 전화를 받았을 때 거절했을 것이다. 그리고 버게는 미요키치의 의뢰를 무시할 이유가 없었다.

"감사합니다."

그렇게 정중하게 대할 필요는 없는데 미요키치는 말끝마다 고개를 숙여 인사를 한다.

"보고 싶은 영화가 있거든요."

물론 상관없다. 그녀의 몫까지 티켓을 사줘도 좋을 정도다.

"그럴 수는 없어요. 제가 버게습니다. 제가 억지로 나와달라고 한 거니까요."

딱부러지게 말한 뒤 그녀는 미소를 지었다. 더러운 것을 모르는 미소란 이런 것이겠지. 동생파는 다른 의미로 너무나도 순수한 미소였다.

참고로 이 근처에는 영화관이 없다. 나와 미요키시는 억으로 가 표를 사고 전철에 올라탔다. 그녀가 보고 싶어하는 영화는 복합상영관이나 큰 극장에는 걸리지 않은 무지하게 마이너한 작품으로 작은 단관 극장에서 상영하는 작품이었다.

전철에 몸을 맡기고 가는 동안 그녀는 시내 가이드 잡지를 꼭 쥐고 버버 창 밖을 바라보다가 가끔씩 생각이 난 듯 내 얼굴을 올려다보고 살짝 고개를 숙인다.

딱히 침묵만 지키고 있었던 것은 아니고 나름대로 대화를 나누기는 했지만, 여기에 쓸 만한 내용은 아니다. 시시한 잡담 정도였다. 올봄부터 어느 학교에 가게 된다거나 내 동생에 대해 얘기를 했던 게 기억난다. (※4)

목적지인 역에 도착해 영화관까지 걸어가는 동안에도 마찬가지였다. 하지만 그녀는 약간 긴장한 듯 보였다. 그 긴장은 극장에 도착해 티켓 판매소 앞에 도착할 때까지 계속되었다. (※5)

슬슬 다음 회가 시작될 시간인데 매표소에는 아무도 없었다. 그 영화가 얼마나 안 나가는지를 보여주고 있었다. 나는 미요키치를 힐끔 쳐다본 뒤 유리창 안에서 따분한 표정을 짓고 있는 아줌마에게,

"학생 두 장요."

라고 말했다.


…여기까지 쓰고 나서 나는 키보드에서 손가락을 뗀 뒤 철제 의자에 기대 크게 하품을 했다.

아무래도 익숙하지 않은 짓을 해서 그런지 어깨가 무척 뻐근하다. 내가 고개를 빙글빙글 돌리고 있는데,

"잘 쓰고 있는 것 같은데요."

코이즈미가 흥미진진하다는 얼굴로 미소를 지으며 말을 걸었다.

"그 상태로 끝까지 잘 부탁하겠습니다. 아니, 정말 읽는 게 기대

되는걸요."

아쉽지만 코이즈미, 내기를 해도 좋은데 읽어봤자 재미있지는 않을 거라고 말해두고 싶구나. 연애소설하고는 조금 거리가 먼 얘기가 될 테니까 말이야.

"그래도."

코이즈미는 자기 노트북의 액정을 손가락으로 튀기며 말했다.

"저는 당신이 쓰는 것에 관심이 갑니다. 그게 무엇이든 문장에는 그 집필자의 내면이 조금이라도 포함되어 있으니까요. 행간에서 배어나오는 작가의 소리 없는 목소리를 들을 수가 있지요. 저는 나가토 씨나 아사히나 씨의 문장 이상으로 당신의 소설에 마음이 쓰여요."

네가 마음을 쓸 필요는 없을 텐데. 넌 언제부터 하루히의 정신면 담당 이외의 일을 시작하게 된 거냐? 내 정신 분석은 임무 외 작업 아냐?

"당신이 어떻게 하느냐에 따라 스즈미야 씨의 정신 상태가 변한다는 것을 생각하면 무조건 그렇다고도 단언할 수는 없습니다만."

정말 건방진 녀석이다.

나는 코이즈미를 상대하기를 그만두고 동아리방을 돌아보았다. 하루히는 아직 돌아오지 않았고 아사히나 선배는 그림을 그리고 있는 중이다.

"으음―, 끄응…."

폭신폭신한 상급생인 아사히나 선배는 당혹스런 표정으로 종이를 보며 연필을 어린애처럼 쥐고 깨작깨작 선을 그었다가 잠시 생각한 뒤 지우개로 벅벅 지운 뒤 다시.

"으음―."

고개를 숙이고 열심히 작업을 계속하고 계시다. 아사히나 선배의 그림책 같은 동화는 이미 소개했지만, 지금 그녀가 작업하고 있는 것은 바로 그 글이다. 완성도를 봐도 그녀의 노력은 결실을 맺었다고 해도 좋을 것이다. 매우 아사히나 선배다운 작품이었으니까.

그리하여 현 시점에서 내 작업을 종료하게 만든 것은,

"…………."

탁자 구석의 정위치에서 조용히 책을 읽고 있는 나가토밖에 없었다. 저 무제 초단편 3부작을 제출한 것으로 완전히 손을 턴 작은 몸집의 문예부원은 신이 나서 뛰어다니는 하루히와 신음하는 아사히나 선배 및 나와는 완전 다른 세상에 있다는 듯이 묵묵히 독서에 열중하고 있었다.

나는 무제 1, 2, 3의 자작 해설을 나가토에게 부탁하고 싶은 마음이었지만 왠지 아무것도 묻지 않는 편이 좋을 것 같다는 생각도 들었다. 그보다 신경을 써야 할 것은 지금 내가 붙잡고 있는 '연애소설'인지 뭔지 하는 녀석일 것이다. 필사적으로 썼는데.

"재미없어. 꽝이다."

하는 한마디로 바로 쓰레기통으로 직행한다면 참을 수 없는 일이다. 하지만 하루히의 마음에 들 만한 것을 써야 한다고 신경을 써가며 쓰는 것도 화나는 일이다. 왜 내가 이런 별거 아닌 일에까지 그녀석을 배려해야 한단 말이냐.

점점 화가 치밀고 있는데 또다시 옆에서 시원상쾌 미소 소년이 끼어들었다.

"그렇지는 않지요."

내 혼잣말을 엿들었나보다. 코이즈미는 노트북에서 손가락을 떼지 않고 자판을 보지 않은 채 키보드를 두드리며 말했다.

"당신이 과거에 실제로 한 체험, 그것도 저나 스즈미야 씨를 만나기 전에 경험한 기록을 쓴 거라면 스즈미야 씨는 관심을 갖고 읽어줄 겁니다."

글을 쓰면서 대화가 가능하다니 재주도 많은 녀석이다. 하지만 네가 보장을 해봤자지.

"예를 들어서 말이에요."

코이즈미는 뭐가 그리 즐거운지 계속 입을 놀렸다.

"제 과거를 알고 싶다고 생각한 석 없으세요? 이 학교에 전학 오기 전까지 제가 어디서 뭘 했는지. 무슨 생각을 하며 세월을 보냈는지, 그 일부나마 알고 싶다고 생각해본 적 없습니까?"

그거야…, 군이 말하자면 들어보고 싶긴 하지, 초능력자의 일상이 그려진 논픽션이 있다면 초등학교 때의 나라면 신이 나서 읽어댔을 거다. 특히 '기관'인가 하는 조직이 어떻게 된 건지는 지금도 지적 호기심을 자극하는 소재라고.

"알아봤자 실망만 하실 겁니다. 별로 재미있는 에피소드가 없어요. 당신도 아시다시피 저는 지역과 시간이 한정되어 있는 초능력자니까요."

코이즈미는 그렇게 말을 이었다.

"하지만 일반 사람들과 나른 일상을 보냈던 건 맞습니다. 언젠가 모든 일이 정리가 되면 자서전이라도 써볼까 생각했을 정도로요. 다 쓰고 나면 헌사에게 당신의 이름을 넣어드리죠."

"안 넣어도 돼."

"그렇습니까. 그때는 꼭 당신에게 책을 바치려고 생각했는데요."

나는 그 말에는 대답을 않고 차를 찾아 손을 뻗었다. 손에 든 찻잔은 이미 비어 있었다. 아사히나 선배는 그림책 작업에 매진하고 있었기 때문에 이번에도 내가 타 마시는 수밖에 없겠다 싶어 자리에서 일어난 순간,

요란하게 동아리방 문을 열며 기세 좋은 여인네가 들어왔다.

"어때? 다들 잘 쓰고 있어?"

하루히는 묘하게 흥분해서 안으로 들어오자마자 단장석에 앉아서는 들고 있던 종이 다발을 책상에 놓고는 내 쪽으로 괴광선을 내뿜는 듯한 눈을 돌렸다.

"아, 쿈, 차 탈 거라면 내 것도 부탁해. 미쿠루는 일하는 중이니까 방해하면 안 되잖아."

이 말에 괜히 저항을 하는 것도 유치해서 싫다. 최소한의 반항의 표시로 나는 들으란 듯이 한숨을 내쉰 뒤 재탕한 차를 나와 하루히의 찻잔에 따른 다음 임시 웨이터가 되어 단장석으로 가져갔다.

하루히는 기분 좋게 찻잔을 받아들고 후루룩거렸다.

"이게 뭐니? 차가 목욕하고 지나간 물이잖아. 찻잎을 바꿔야지."

"네가 해라. 난 바빠."

바쁜 건 사실이었기 때문에 아무리 단장의 황공한 말이라도 이정도의 항명은 허락되어야 한다. 회지 작성보다 차 따르는 게 우선이라는 말은 못 할걸.

"흐음?"

하루히가 능글맞게 쪼갠다.

"너 제대로 쓰고 있구나. 드디어? 감동 먹었어. 마감에는 맞춰야

한다. 슬슬 레이아웃 작업에 들어가야 하니까 말야."

나는 직접 탄 차를 마시며 하루히가 저렇게 기분이 좋은 이유를 찾아보았다. 아무래도 책상에 던져놓은 A4 용지 더미들이 요인인 것 같다.

"이거?"

하루히는 날카롭게 내 시선을 알아차렸다.

"발주 나갔다가 들어온 원고야. 다들 아주 노력을 많이 했더라고. 타니구치는 도저히 못 쓰겠다고 해서 내일까지 마감을 늦춰줬지만 쿠니키다도 반 정도까지 했어. 걔는 성실한 애니까 내일까진 끝까지 다 낼 거야."

콧노래를 흥얼거리며 하루히는 원고를 체크하듯 한 장 한 장 집었다.

"이게 만화 연구부에 부탁했던 일러스트고, 이게 미술부에 부탁했던 표지 초안이야. 그리고 이게 컴퓨터 연구부 거고. 이것만으로도 꽤 페이지를 벌 수 있을 것 같아. 뭘 썼는지는 도통 모르겠지만 뭐 무슨 상관이람. 열의는 전해지는데다 아는 녀석들이 읽으면 재미있어할 거야."

그렇군. 현재 회지 제작이 착실하게 진행되고 있다는 사실에서 희열을 찾고 있나보다. 아무것도 없던 것에서 형태를 갖춘 무언가를 만들어 서서히 완성으로 이끌어가는 과정은 나도 즐겁긴 하다. 플라모델을 조립하거나 RPG에서 라스트 보스에게 다가가는 여정, 뭐 그런 거다. 그래, 재미있겠지. 내가 플라모델 부품이나 논플레이어 캐릭터의 입장이 아니라면 말이다.

"뭘 꿍얼대고 있는 거야?"

하루히는 순식간에 차를 마시더니 찻잔을 대롱대롱 흔들며 능글맞은 웃음을 지어 보였다.

"어서 자기 자리로 돌아가서 쓰기나 해. 외부인인 컴퓨터 연구부가 이렇게 노력을 하고 있는데 네가 농땡이를 부리면 체면이 안 서잖아. 원래 이건 우리들이 받아들인 승부니까 말이야."

하루히는 안성맞춤인 라이벌 조직을 찾은 덕에 패기가 넘치고 있다. 울컥하는 심정이 들어 여기에서 학생회장의 정체를 가르쳐주고 싶을 정도다. 참고로 말하고 싶다. 처음에 시비를 건 건 문예부원인 나가토고 너는 갑자기 옆에서 끼어든 구경꾼인데 왜 네가 리더십을 발휘해야 하는 거냐. 편집장이라는 완장까지 차고 말이야.

나는 코이즈미의 옆모습을 노려보며, 하루히가 따분해하는 것을 막기 위한 작전이 이걸로 몇 탄째에 해당하는지 생각해보았다. 섬이 첫 번째였고, 마가 꼈던 설산이 제2탄이군. 아니, 잠깐만. 키미도리 선배가 찾아왔던 꼽등이는—그건 나가토였나.

무의미하게 그런 회상을 하고 있는데 노크 소리가 들렸다.

"실례하겠다."

대답도 기다리지 않은 채 장신의 인물이 문을 열고 동아리방에 침입해 들어왔다.

피잉—.

피아노선을 니퍼로 잘라낼 때 나는 소리를 들은 것은 아마 나쁜 일일 것이다.

마치 슈팅 게임 속의 보스처럼 갑자기 등장한 것은 학생회장이었다.

그리고 그 비스듬히 뒤쪽으로 키미도리 선배가 있었다.

회장은 괜스레 안경이 번쩍이는 진지 모드로 천천히 동아리방을 둘러보았다.

"제법 괜찮은 방이군. 점점 자네들에게는 아깝다는 생각이 드는군."

"뭐 하러 왔니? 일하는 데 방해되니까 그만 돌아가주겠어?"

하루히는 특촬 히어로 변신보다도 더욱 빨리 불쾌 모드로 변했다. 회장보다 거만한 태도로 팔짱을 낀 채 자리에서 일어서려고조차 않고 있었다.

회장은 하루히의 살인적인 시선 공격을 정면으로 받아 넘겼다.

"적을 시찰왔다고 생각해라. 나는 자네들의 숙적이나 뛰어넘어야할 벽이 된 건 아니다. 상황을 보러 왔을 뿐이지만 일단 조건 제시를 한 책임이 있지. 자네들이 진지하게 하고 있는지 어떤지 확인차 순찰을 온 거라 생각해주게. 흐음, 보아하니 나름대로 일을 하고 있는 것 같긴 하군. 제법이지만 운동 총량이 언제나 직접적으로 결과로 직결된다는 보장은 없다. 결코 정진을 게을리 해서는 안 된다는 말을 해두지."

별로 묻고 싶지도 않았지만, 나보다 먼저 반응한 것은 단장(현재 상태로는 편집장)이었다.

"시끄러워."

휘리릭. 하루히의 눈이 좁다란 역삼각형으로 변하는 효과음이 들렸을 정도다.

"트집을 잡으러 온 거라면 안 됐군. 나는 그 정도의 저열한 헛소리를 상대해줄 생각은 없으니까."

"나는 그렇게 한가하지 않다."

회장은 보란 듯이 손가락을 튕겼다. 당장에라도 "갸르송!"이라고 말할 것 같았지만 안경을 쓴 민완 학생회장은 급사를 부른 게 아니었다.

"키미도리, 예의 물건을."

"네, 회장."

키미도리 선배는 옆구리에 끼고 있던 책다발을 들고 조용히 하루히 앞으로 나섰다.

나가토는 무릎 위에 펼쳐놓은 양장본에 시선을 되돌린 채 꼼짝도 안 하고 있다.

"…………."

키미도리 선배 역시 나가토는 있는지 없는지도 모른다는 듯한 표정으로 얼굴에 미소를 가득 펼치고,

"받으세요. 자료입니다."

하루히에게 낡은 책자 여러 권을 내밀었다.

"이게 뭔데?"

하루히는 성가시다는 표정을 숨기지도 않은 채, 하지만 주는 거라면 저주받은 도구라도 받겠다는 듯이 낡은 책자를 받아들고 눈썹의 각도를 하늘이라도 찌를 듯 높이 상승시켰다.

회장이 비아냥거리듯 안경을 만지작거리며 대답했다.

"옛날에 문예부가 작성한 회지다. 어디 참고나 해보게. 독자적인 이론으로 뭔가를 만드는 자네의 성격이니만큼 문예라는 말의 의미를 엉뚱한 걸로 바꿨을 가능성이 있어서 말이지. 인사는 필요 없네. 감사의 말이라면 키미도리에게 하도록. 자료실 서가에서 그걸 찾아내는 수고를 한 건 그녀니까."

"흐음, 고마워. 하나도 기쁘지는 않지만 말야."

일방적으로 소금을 선사받았지만 딱히 염분이 부족한 상황이 아니었던 카이국 영주(주8) 같은 얼굴로 하루히는 책자 다발을 단장 책상에 던져놓았다. 그리고 그제야 비로소 서기의 얼굴을 보고 뭔가 생각이 났다는 듯이 물었다.

"어라, 너…, 흐음, 학생회 사람이었어?"

"네, 올해부터요."

키미도리 선배는 차분히 대답한 뒤 인사를 하고 조용히 학생회장 옆으로 돌아갔다. 하루히는 아무래도 상관 없다는 표정으로 물었다.

"그 남친하고는 어때? 잘 지내고 있어?"

하루히가 말하는 남친이란 컴퓨터 연구부 부장이 분명하다.

"그때는 감사했습니다."

키미도리 선배는 미소에 조금의 동요도 보이지 않았다.

"하지만 이미 헤어졌어요. 지금 생각하면 사실은 처음부터 사귀지도 않았던 것 같다는 기분이 들 정도로 참 오래된 기억이에요."

애매한 대답이었지만 나는 그 이유를 알 것만 같았다. 아마 컴퓨터 연구부 부장도 내 의견에 동의해줄 것이다. 그에게는 사귀었다는 자각이 없다. SOS단의 사이트를 체크했다 벌을 받았을 뿐이다.

뭐 약간 가엾기는 하다만.

"…………."

나가토는 조용히 책장을 넘기고 있다.

이 시점이 되니 나가토와 키미도리 선배는 서로 적극적으로 무시

주8) 전국시대인 1569년 1월11일 에치고국의 우에스기 켄신이 대립하고 있던 카이국의 타케다 신겐에게 소금을 보낸 것을 빗댄 말. 에치고와 카이는 격렬하게 대립하고 있었고, 바다와 접한 지역이 없어 소금을 구하기 힘든 카이국을 봉쇄했던 우에스기 켄신이 생활에 절대적으로 필요한 소금으로 고생하는 카이를 보다 못해 1년 5개월 뒤 소금을 선사한 사건. 의리를 중요하게 여기는 우에스기 켄신의 성격을 잘 보여주는 일화다.

대전을 벌이고 있는 게 아닌가 하는 느낌이 들었다. 하지만 나가토는 상대가 누구이든 늘 이런 태도라, 아마 그건 내 주관에 불과할 것이다. 아무래도 요즘 이상한 색이 들어간 안경을 쓰고 있는 듯한 감각이 든다.

"흐음, 그래."

하루히는 입가를 이상하게 일그러뜨렸다.

"뭐, 젊으니까 여러 일들이 있겠지."

말해두겠는데 네가 연하다—는 저속한 참견을 할 생각은 없다. 지금은 그냥 내버려두는 게 제일이다. 그리고 키미도리 선배의 실제 연령은 아마 나가토와 비슷할 것이다. 더 위일지는 의심스럽다. 우연히 2학년으로 존재하고 있는 게 아닌가 싶었다.

하지만 여기에서 그런 걸 가르쳐줄 수도 없는 노릇이다. 나가토의 반응으로 보아 키미도리 선배는 적은 아닐 것이다. 나는 은근슬쩍 아사히나 선배의 상태를 시선 끝으로 살폈다. 그녀는 적어도 나가토가 우주인 관계라는 것을 알고 있었다. 처음에 여기에 데리고 왔을 때 놀라던 모습이 그렇다고 보여주고 있다. 그렇다면 키미도리 선배 또한 그렇다는 걸 알아차리고 있는 게 아닐까 추측하는 내 마음의 움직임은 당연하다 할 수 있겠지.

하지만—.

"으음, 아. 그러니까 이게, 으으음."

이 사랑스러운 선배께서는 일사불란하게 그림책을 그리는 데에 필사적인 나머지, 동아리방에 찾아온 두 명의 침입자를 전혀 알아차리지 못하고 있는 듯 보였다. 탄탄한 집중력을 칭찬해줘야 할지, 아니면 실수쟁이 소녀로 점점 다가가고 있다는 사실을 걱정하는게 좋을지. 후자라 한다면 하루히의 교육이 일궈낸 성과다.

내가 막연히 서 있는 동안에도 하루히와 회장은 언어 공격으로 서로에게 응수하고 있었다.

"소설지로 한다는 것 같던데."

회장의 한심하다는 듯한 목소리.

"과연 자네들이 제대로 된 작품을 쓸 수 있을까."

"얼마든지 말해주지. 미안하게 됐네요."

하루히의 결연한 목소리.

"나는 전혀 걱정 안 하고 있거든."

하루히는 어디 있는 웜 홀에서 솟아나는지 조사하고 싶을 정도로 대단히 자신에 찬 얼굴을 했다.

"가르쳐 주지 않아도 소설을 쓰는 건 간단해. 이 바보 콘도 할 수 있는걸. 대부분의 사람들은 글자를 쓸 줄 알잖아? 글자만 쓸 줄 알면 문장도 쓸 줄 알 거고 그 문장을 이을 줄도 아는 거지. 글을 쓰는 데에 특별한 훈련은 필요 없는 거 아냐. 이제 고등학생이나 됐으니 말이지. 그러니까 소설을 쓰는 데에 훈련 따위는 필요 없어. 그냥 써보면 그걸로 되는 거야."

회장은 안경을 치켜올렸다.

"자네의 낙관적인 견해에는 정말 감탄밖에 안 나오는군. 하지만 너무나도 유치해."

나도 전면적으로 같은 의견이었지만 여기에서 하루히를 부채질하는 짓은 좀 삼가줬으면 하는 바람이다. 아무리 그게 회장으로서 누군가가 할당해준 대사라 해도 불타오른 하루히 아우라를 뒤집어쓰는 건 여기에 있는 우리들이니까 말이다.

우려한 대로 점점 하루히의 눈썹과 눈의 각도는 날카로운 칼날처럼 바뀌어갔다.

"네가 얼마나 잘났는지는 몰라. 하지만 말이지! 아무리 네가 끝내주게 잘났다 해도 나는 거만하게 구는 녀석이 질색이라고. 잘나지도 않았는데 잘난 척하는 건 더 싫지만!"

말싸움이라면 질 줄 모르는 녀석이다. 이대로 있다간 끝도 없는 단어의 충돌을 보여줄 것 같다. 회장은 하루히보다 더 거만해 보이기 때문이다. 이 또한 연기겠지만, 분노의 불덩이가 된 하루히를 앞에 두고 태연할 수 있다니 참 대단하다. 회장도, 키미도리 선배도.

"흐음, 나는 별로 잘나지 않았는데. 자넨 잘났다, 아니다를 가지고 인간을 판단하나? 내가 약간이나마 자랑스럽게 생각할 점을 갖고 있다면 그건 공정한 선거 결과로 이 지위에 서 있다는 것이다. 그런데 자네는 어떻게 그 자리에 앉아 있는 건가, 단장?"

역시 코이즈미에게 뽑힌 인재라고 해야 할지, 이 회장은 쇠심줄의 소유자였다. 하루히를 이렇게까지 당당하게 조소할 수 있는 사람은 이 고등학교에는 다시 없을 것이다.

하지만 하루히도 역시 대단한 녀석이다. 내가 하는 말이니까 틀림없다.

"도발하려 해봤자 안 통해."

학원 내 비합법 조직의 영수는 화를 내는 대신 기분 나쁜 미소를 지었다.

"학생회는 문예부를 이용해 SOS를 무너뜨리고 싶겠지만 그렇게는 안 될걸."

하루히는 힐끔 나를 쳐다봤다. 뭐냐, 그 시선은.

빛나는 눈동자는 이내 회장을 찔렀다.

"나는 절대로 여기에서 움직이지 않을 거니까. 왜인지 알려줄까?"

"어디 물어보도록 하지" 라고 대답하는 회장.

하루히는 그 목소리가 마이크로파라면 어떤 전자레인지보다 효과적일 거라 생각되는 음량으로 이렇게 말했다.

"이곳은 SOS단의 방이고 이 SOS단은 내 거니까!"


하고 싶은 말만 하고 하루히가 말하고 싶은 만큼 말하게 놔둔 뒤 회장과 그 동행인 키미도리 선배는 돌아갔다.

"진짜 화나네. 저 바보 회장은 대체 뭐 하러 온 거래?"

하루히는 입술을 삐죽거리며 투덜대면서 키미도리 선배가 가져온 이전 문예부 회지를 휘리릭 넘겨보았다.

하루히의 외침으로 인해 아사히나 선배도 겨우 손님이 왔다는 사실을 깨닫고 황급히 차를 낼 준비를 하려 했지만 이미 때는 늦었다. 하지만 그 덕분에 나는 마침내 아사히나 선배의 맛있는 차를 얻어먹게 되어 마음도 상쾌, 집필도 순조…롭지는 않았다.

왠지 한 번 흐름을 놓치고 나니 의욕도 사라진다. 게다가 제비뽑기에서 정해진 주제가 한때 나 자신의 과거 에피소드라니 말이다.

하지만 그런 말을 하고 있을 수도 없었다. 회장의 등장으로 불타오른 하루히의 의욕은 거의 동아리방의 천장을 불태울 정도의 수준을 보이고 있었다.

"다들 알겠어?"

하루히가 오리 주둥이같이 쭉 내민 입을 벌려 던진 말을 이러했다.

"이렇게 되면 죽어도 회지를 만드는 거야. 그것도 엄청난 걸 만들어서 완전 매진을 시키는 거다. 한 부도 안 남겨 학생회의 코를 납작하게 해주자고. 알았지!"

회지는 파는 게 아니라 배포하는 거고. 이런 걸 위해 죽을 각오를 할 마음도 들지 않았지만, 마감을 어긴다면 죽지 않아도 죽을 만한 벌칙 게임을 당하고 말 것 같다. 정말 아무리 그런 역할이라고는 하지만 저 회장도 연출이 너무 지나친 거 아냐? 코이즈미도 그래, 만족스럽다는 듯이 쓴웃음을 짓고 있을 때냐, 지금이.

"제 입장에서 보면 말입니다." 코이즈미는 평소같이 낮은 목소리로 내게 속삭였다. "아주 만족스럽습니다. 스즈미야 씨의 눈이 일상적인 사건에 향해 있는 한, 저는 예의 공간과는 신경을 끊고 살 수 있으니까요."

그래, 너야 좋을지 모르지. 하지만 나는 어떻게 되는 거냐. 이대로 학생회를 상대로 한, 학원 투쟁에 돌입하는 것만은 제발 참아줬으면 하는데. 저 회장이 그냥 척만 하는 중이라는 건 알고 있지만 그 사실을 모르는 하루히가 무슨 짓을 해댈지 그야말로 모르는 일이다.

만약 이번 회지 제작이 회장의 조건대로 끝나지 않거나 해봐. 하루히가 순순히 동아리방을 비워줄 리가 없다고. 나는 이런데서 농성을 하다 군량미가 떨어져 생고생하는 처지에 놓이고 싶지는 않다고.

코이즈미는 새처럼 쿡쿡거리며 웃었다.

"너무 지나친 생각입니다. 저희가 지금 생각해야 할 일은 회지를 완성시키는 거예요. 그걸로 어떻게든 해결이 될 겁니다. 안 됐을 때에는—"

온화한 미소로 가득한 얼굴에 책략가와 같은 표정이 잠시 스쳤다.

"또 다른 시나리오를 발동시키도록 하죠. 농성전이라, 그것도 좋을 것 같은데요."

츠루야 선배의 관찰안에 따르면, 학생회장은 사마의 같은 느낌이라는데 그녀라면 코이즈미를 누구와 비교할까. 쿠로다 칸베에(주9) 정도?

나는 물공격을 당한 타카마츠 성 성주(주10)와같은 기분을 맛보며, 아무래도 학내 음모물에 동경을 갖고 있는 듯한 코이즈미가 정말로 책략을 발동시키지 않기를 기도했다.


결국 이날 나는 원고를 완성하지 못했다. 방해꾼이 끼어든 탓도 있어 그뒤로 한 글자도 더 나아가지 못했다.

다행히 하루히는 완성된 원고 검토를 마치자마자 방에서 뛰어나갔다. 새로운 외주처가 떠올랐는지, 아니면 독려를 하러 갔는지….

하루히가 돌아온 것은 하교를 재촉하는 음악이 흐르기 시작할 무렵으로 나가토가 책을 덮은 시각과 정확하게 일치했다. 순조로이 글을 쓰고 있던 코이즈미와 기특하게 쉬지 않고 노력 중이던 아사히나 선배에 휩쓸려 나도 가방을 들고 일어났다.

아무리 하루히라도 노트북을 가지고 가서 집에서 쓰라는 말은 하

주9) 쿠로다 칸베에: 일본 전국시대의 전략가. 도요토미 히데요시의 명책략가로 그를 도와 천하를 재패했지만 그를 두려워한 히데요시는 1등 공신인 그를 좌천시켰다.
주10) 1582년 히데요시가 모우리를 공략하기 위해 중간에 자리한 타카마츠 성을 함락시킬 때 쓴 공격이 바로 물 공격이다. 세 군데가 습지에 둘러싸이고 나머지 한 곳은 큰 호수로 단단한 수비를 자랑하고 있던 타카마츠 성을 함락시키기 위해 히데요시는 제방을 쌓아 장마철의 큰 비를 이용해 성 주변 민가를 모조리 물에 잠기게 만들었다. 결국 성주인 시미즈 무네하루는 자신의 충복들과 함께 할복해 백성을 구해냈다.

지 않았다. 너무 화를 내느라 잊고 있었는지는 몰라도 내게는 고마운 일이다.

다 함께 하교하는 길에 산 위에서 불어오는 차가운 바람에 몸을 맡기면서도 그 속에서 확연한 봄의 숨결을 느끼며, 내년에 문예부 가입을 희망하는 신입생이 나타난다면 그 녀석은 자동적으로 SOS단에 들어오게 되는 걸까—라는 생각을 하는 사이 집에 도착했다.

그리하여 내가 자전적 소설의 뒤를 쓰게 된 것은 다음날 방과 후가 되어서였다.

으음, 어디까지 썼더라. 아, 영화표를 사는 데까지였지.

그럼 거기서부터 재개하도록 하지.


순조로이 극장에 들어선 나와 미요키치는 단관인 만큼 넓다고는 할 수 없는 극장의 한가운데 부근에 자리를 잡았다. 무척 한산한 곳인지 손님이 거의 없는 정도가 아니라 텅 비어 있었다.

그 영화가 뭐였냐 하면, 스플래터 계열의 호러 영화였다. 솔직히 그다지 좋아하는 장르는 아니었지만 이날만큼은 그녀의 희망을 들어줘야 한다. 그런데 얌전한 외모와는 참 안 어울리는 취미를 갖고 있네. 그렇게 보고 싶었나.

영화가 상영되는 버 그녀는 열성적인 영화 팬이 되어 스크린을 감상했지만 가끔씩 호러 영화 특유의 깜짝 연출이 나올 때는 솔직히 놀라기도 하고 고개를 돌리기도 하고, 딱 한 번은 내 팔을 잡기도 하며, 나를 미소 짓게 만들었다.

하지만 그 외에는 빠져들 듯이 영화를 감상했다. 정말 이렇게 집중해서 봐주다니 영화 제작자도 바라 마지 않을 만큼 진지한 모습이었다. 일단 영화에 관해 내 감상을 말하자면, 단적으로 "이건 B급이군"이란 말밖에 달리 할 말이 없었다. 시간 낭비였다는 생각은 안 들었지만 딱히 뭔가 얻었다는 기분도 들지 않았다. 영화 평도 전혀 듣도 보도 못 했고, 선전도 거의 하지 않았을 것이다.

어째서 그녀는 이 영화를 고른 걸까.

그렇게 묻자,

"좋아하는 배우가 나왔어요."

조금 부끄러운 듯 그녀가 대답했다.

엔딩 크레딧이 채 끝나기도 전에 막이 버리고 우리는 극장을 나왔다.

오후 무렵이었다. 어디서 점심이라도 먹을까. 아니면 그냥 집에 갈까 생각하고 있는데 그녀가 여전히 조심스런 목소리로 말했다.

"가보고 싶은 가게가 있는데 괜찮으세요?"

보아하니 그녀가 펼쳐 들고 있는 안내 책자 페이지의 구석에 빨간 펜으로 동그라미가 쳐져 있었다. 여기에서 걸어갈 수 있을 만한 거리에 있는 가게였다.

나는 잠시 생각한 뒤,

"당연히 괜찮지."

라고 대답하고 잡지에 기재된 간이 지도를 보고 걸어가기 시작했다. 그녀는 무척이나 얌전하게 내 뒤에 서 걸어왔다. 이때도 대화를 하기는 했을 텐데 기억이 나지 않는다.


한참을 걸어 도착한 곳은 자그마한 카페였다. 딱 보기에도 한껏 멋을 부린 외관과 실내장식 덕에 남자 혼자 들어가기에는 엄청난 용기가 필요해 보이는, 완전 분위기 잘못 파악, 이라는 느낌이 확 오는 곳이다. 나도 모르게 가게 앞에서 멈춰 섰지만 미요키치가 더 정스러운 눈으로 바라보기에 아주 자연스럽게 보이려 노력하며 수동 나무문을 열었다.

예상했던 대로 가게 안의 손님은 대부분이 여자들이었다. 화려하다. 남녀 커플이 몇 쌍 있어 나는 은근히 안도했다.

자리로 안내해준 여종업원은 흐뭇하다는 표정으로 나와 미요키치를 보고는 역시 흐뭇하다는 듯이 물잔을 가져오더니 더더욱 흐뭇하다는 듯이 주문을 받았다. 메뉴를 꼼꼼히 살피기를 30초, 나는 나폴리탄 스파게티와 아이스커피, 그녀는 특제 케이크 세트를 주문했다. 아무래도 그녀는 처음부터 여기에서 뭘 주문할지 결정해놓았는지 여종원이 샘플로 가져온 열 종류가 넘는 케이크 중에서 주저하지 않고 몽블랑을 가리켰다.

"케이크 세트만 시켜도 돼?"

라고 내가 물었을 것이다.

"그것만으로는 배고프지 않아?"

"아뇨, 괜찮아요."

그녀는 등을 쭉 펴고 손을 무릎 위에 올려놓은 뒤 긴장한 얼굴로 말했다.

"전 소식을 하거든요."

의외의 대답이었다. 내가 너무 뚫어져라 쳐다본 탓인지 그녀는 슬쩍 고개를 숙였고, 나는 황급히 변명을 늘어놓아 겨우 미소를 되찾는 데에 성공했다. 지금 생각해보면 땀이 나올 만큼 부끄러운 말을 했던 것 같다. 그대로도 정말 귀엽다거나, 윽, 이렇게 쓰는 것만으로도 못 참겠다. 하지만 실제로 미요키치는 예쁜 아이였다. 그녀의 반에 있는 남자애들의 반 정도는 사랑을 퍼붓고 있지 않을까 생각될 정도로 말이다.

주문으로 나온 몽블랑과 다질링 차를 그녀는 30분 정도 시간을 들여 입으로 가져갔다. 나는 재빨리 음식을 먹고 그후 아이스커피에 들어 있던 얼음이 녹은 물까지 다 마셨을 정도의 시간이 흘렀다.

무척 무료했지만 그녀에게 들키지 않도록 나는 적당한 화제를 던져 그녀가 고개를 끄덕이거나 젓게 만드는 등…, 뭐 생각해보면 그렇게까지 배려할 건 없었는데 하는 생각이 든다. 그때의 나는 배려의 결정체였다. 나도 긴장했었는지도 모르겠다.


차 정도는 내가 사줄 수도 있었다. 하지만 그녀는 완고하게 자기 몫은 자기가 내겠다며 말을 듣지 않았다.

"오늘 이렇게 같이 있어달라고 한 건 저니까요."

라는 게 그녀의 설명이었다.

계산을 마치고 우리는 밝은 햇살 속을 걸어 갔다. 호러 영화, 예쁘장한 커피숍 다음은 어디에 가고 싶은 걸까. 아니면 그만 돌아갈까.

"…………"

걸어가며 그녀는 잠시 입을 다물고 있었다. 그리고 마침내,

"마지막으로 한 곳만…"

작은 목소리로 말한 장소, 그곳은 우리 집이었다.


그리하여 나는 그녀를 집으로 데리고 와 우리가 돌아오기를 기

다렸다는 듯이 나타난 동생과 셋이서 게임을 하며 놀았다.


"후우."

거기까지 쓴 뒤 나는 손놀림을 멈췄다.

이곳 동아리방에 있는 건 코이즈미와 나가토뿐이다. 하루히는 여전히 뛰어다니고 있었고 아사히나 선배는 그림을 마지막으로 체크하기 위해 미술부에 가 있었다.

내가 쓴 문장을 처음부터 다시 보고 있는데 시야 구석에서 코이즈미의 얼굴이 다가왔다.

"끝까지 다 쓴 겁니까? 벌써요?"

"글쎄…."

그렇게 대답을 했지만 듣고 보니 이걸로 끝을 내도 좋을 것 같다는 느낌이 들었다. 생각해보면 이런 걸 열심히 써서 대체 무슨 이득이 있겠냐. 문예부를 위해, 나아가서는 나가토를 위해서— 라면 의욕도 나겠지만, 따지고 보면 SOS단이 이 방을 계속 근거지로 삼을 수 있기 위한 수단이자 하루히의 따분함을 메우기 위한 계획의 일환일 뿐이다. 뒤에서 조종하고 있는 것은 코이즈미였고, 회장은 직권 남용 꿍꿍이를 품고 있는 코이즈미의 꼭두각시 같은 존재다. 말하자면 이 사건은 번거롭게 빙빙 돌려 꾸민 자작극이다.

하지만 코이즈미가 기대하는 것 중 두 번째 무대 같은 대 학생회 전면전쟁은 무슨 일이 있어도 피하고 싶은 느낌이었다. 무엇보다, 일단 표면상이긴 하지만 나가토가 중심에 있다. 나는 그 녀석이 평온한 학창시절을 만끽했으면 좋겠다. 이 방의 한구석에서 조용히 책을 읽고 있는 나가토를 보며 마음의 평정을 느끼는 것은 나만이 아니라고 믿고 싶다.

"에라, 모르겠다."

나는 코이즈미를 향해 턱을 까닥였다.

"하루히한테 보여주기 전에 네 의견을 들어보고 싶군. 읽어봐라."

"그럼 읽어보겠습니다."

흥미진진하다는 코이즈미의 얼굴을 보며 나는 터치 패드를 조작했다.

단원에게 지급된 노트북은 단장 책상에 있는 데스크톱 컴퓨터를 서버로 LAN에 연결되어 있다. 간단한 조작만으로도 방구석에 놓인 프린터가 작동을 개시하며 인쇄된 종이를 뱉기 시작했다.


몇 분 뒤.

다 읽은 코이즈미는 능글맞게 웃으며 이렇게 말했다.

"글쎄, 미스터리의 역할은 제 일이라고 생각했습니다만."

역시 눈치를 챘군.

"무슨 소리야?"

시치미를 떼기로 하자.

"나는 미스터리를 쓴 게 아니라고."

코이즈미는 더더욱 활짝 웃었다.

"그럼 더욱 문제군요. 이래서는 연애물이 아니잖아요."

그럼 내가 쓴 그건 뭐냐?

"이건 단순한 자랑담입니다. 귀여운 여자애랑 데이트를 했다는 자랑담요."

그냥 읽으면 그렇게 보이려나. 하지만 코이즈미, 너는 다른 걸 깨달았겠지? 어디가 수상쩍었냐?

"처음부터요. 이렇게 뻔하다니 느끼지 않는게 더 힘들죠."

원고를 하나로 모은 코이즈미는, 볼펜을 쥐더니 그중 몇 장에 표식을 달기 시작했다. ※표식이다. 그리하여 앞에 있었던 (※)는 바로 코이즈미가 단 것이다.

"당신도 참 친절한 분이시네요. 단서를 연속해서 써주시다니 말이에요. 아무리 둔한 독자라도 (※4) 정도는 곧장 눈치 챌 겁니다.

나는 시치미를 떼듯 혀를 차고 옆으로 고개를 돌렸다. 나가토의 움직이지 않는 모습을 보고 평안을 찾으려 했다. 덕분에 눈은 편안해졌지만 코이즈미는 귀에 연속해서 타격을 가했다.

"이대로는 결말이 시시해요. 그래서 제안을 하나 하겠습니다. 한 줄이나 두 줄 정도 이 뒤에 덧붙일 말이 있겠죠? 숨은 내막을 공개하는 부분 말이에요. 별로 번거로울 것 같지는 않은데요."

역시 있는 게 좋을까.

코이즈미의 충고에 따르자니 내키지 않지만 이번만큼은 귀를 기울이는 것이 좋을 듯 하다는 생각도 든다. 하루히의 정신분석에 관해서는 녀석이 전문가니까.

아니, 잠깐만? 왜 내가 하루히의 독서 감상에 신경을 써야 하는 거지? 연애소설을 쓰라는 말도 안 되는 소리를 꺼낸 건 그 녀석이고, 말도 안 되는 그 요구를 어떻게든 이뤄낸 건 나고, 그 점은 아사히나 선배와 나가토도 마찬가지다. 이것을 가지고 트집을 잡으려든다면 편잡장의 자리에 멋대로 주저앉아버린 하루히야말로 규탄을 받아야 할 것이다.

내가 액정화면에 표시된 내용을 응시하고 있자 코이즈미가 의미

심장한 미소를 지었다.

"그렇게 고민할 일은 없을 것 같습니다만. 그리고 제가 알아차릴 만한 내용을 스즈미야 씨가 알아차리지 못할 리가 없을 거예요. 괜히 심문을 당하기 전에…, 아."

코이즈미는 교복 재킷의 주머니를 눌렀다. 벌레의 날갯짓 같은 소리가 들렸다.

"잠시 실례."

휴대전화를 꺼낸 코이즈미는 화면을 잠시 쳐다보더니,

"조금 볼일이 생겼군요. 잠시 자리를 비우겠습니다. 아니, 안심 하십시오. 그냥 정시보고 같은 겁니다. 이른바 그건 아니에요."

그 말을 뒷받침하듯 코이즈미는 생글거리는 표정을 유지한 채 동 아리방을 나갔다. 의외로 이 녀석이야말로 몰래 뒤에서 여학생과 사귀고 있는지도 모르겠다. 빈틈 없어 보이는 코이즈미의 성격이니 만큼 우리가 모르는 곳에서 평범한 삶을 살고 있다 해도 전혀 신기 할 일도 아니다.

그리하여 나와 독서에 몰두하고 있는 나가토만이 남았다.

나가토는 고개도 들지 않는다. 뭔가 말을 건넬까도 싶었지만 나 는 나대로 아직 고민의 틈바구니에서 벗어나지 못하고 있는 중이 다. 사족이라는 것을 알면서도 써야 하나.

침묵 속에서 나는 그때까지 쓴 소설 비스무리한 파일을 저장하 고 종료한 뒤 새 텍스트 파일을 열었다. 새하얀 화면이 모니터에 표 시된다.

일단 써보기나 해볼까. 코이즈미의 말대로 두 줄 정도로 끝날 거 다.

따각거리며 글을 쓰고 퇴고할 정도로 길지도 않은 내용이라 그대로 프린트를 눌렀다. 프린터에서 나온 한 장의 복사용지를 가만히 바라보고 있자니 글 전체를 삭제하고 싶어졌다. 이건 안 되겠어. 아무리 옛날 얘기라도 너무 쪽팔린다. 나는 마지막 페이지가 되는 그 한 장의 종이를 접어 교복 안주머니에 넣었다.

그와 동시에.

"타니구치 녀석이 또 도망쳤네. 내일은 줄에 꽁꽁 묶어서라도 쓰게 만들어야겠어. 쿈, 너도다. 슬슬 완성하지 않으면 편집장으로서 화낼 거야."

하루히가 동아리방에 들어왔다.

그리고 코이즈미가 테이블에 놔두고 간 내 원고를 보았다.


잠깐만 기다리라는 내 바람도 허무하게, 하루히는 프린트한 복사용지를 바람처럼 빠르게 채어가서는 자기 책상에 앉아 열심히 읽기 시작했다.

나는 자포자기와 배째라의 심정을 반반씩 품고는 강권을 자랑하는 편집장의 안색을 살폈다.

하루히는 처음에는 능글맞게 웃어대더니 중반쯤부터 무표정해져서는 매수가 넘어감과 동시에 표정이 사라졌지만, 마지막 페이지를 다 읽고 나더니 다시 표정이 바뀌었다.

아이쿠, 웬일이람. 하루히기 얼빵한 표정을 짓고 있네.

"이걸로 끝이야?"

나는 공손이 고개를 끄덕였다. 나가토는 아무 말 없이 펼친 책의 페이지를 바라보고 있다. 아사히나 선배는 외출 중. 코이즈미는 일이 있다며 밖으로 나갔다. 하루히에게 괜한 보고를 할 사람은 아무도 없다.

그리고—

하루히는 내 원고를 책상에 놓고는 다시 나를 쳐다보았다.

그리고 능글맞게 웃었다. 마치 코이즈미처럼.

"결말은?"

"결말이라니?"

나는 시치미를 떼기로 했다.

하루히는 기분 나쁠 정도로 부드럽게 미소를 지었다.

"이걸로 끝이라니 그럴 리는 없겠지? 이 미요키치라는 애는 나중에 어떻게 됐는데?"

"글쎄. 어디선가 행복하게 잘 살고 있지 않을까?"

"거짓말. 너 알고 있지?"

단장 책상에 손을 올린 하루히는 그대로 책상을 뛰어넘어 내 앞에 섰다. 피할 틈도 없이 내 넥타이를 움켜쥔다. 이 괴력 여인네가. 숨막히잖아.

"놔주길 원한다면 말해. 솔직하게 말야."

"뭘 솔직하게 말하라는 거야? 그래, 픽션이다. 거기 쓰여 있는 나는 내가 아니고 내가 쓴 1인칭 소설의 캐릭터야. 미요키치도 그렇고."

하루히의 미소가 점점 더 다가왔고 내 목은 더욱 강한 힘으로 조여들었다. 큰일났다. 질식당할 위험이 닥쳐온다.

"거짓말하고 있네."

하루히는 시원스레 말했다.

"네가 순 거짓말투성이인 소설을 쓸 수 있을 거라고는 처음부터 생각도 안 했어. 어차피 네 가까이에서 일어난 사건이나 주위 사람한테서 들었던 얘기를 쓰는 게 고작이지. 내 감으로는 이건 아무리 읽어봐도 실화를 근거로 하고 있다. 바로 너의."

하루히의 눈은 휘황찬란하게 빛나고 있었다.

"미요키치가 누구야? 너랑 어떤 관계야?"

넥타이는 계속해서 조여들었고 나는 결국 진실을 털어놓았다.

"가끔 집에와서 저녁 먹고 돌아가곤 한다."

"그것뿐이야? 아직 할 말이 더 남아 있는 거 아니니?"

나는 반사적으로 교복의 가슴팍을 눌렀다. 하루히에게는 그 정도로 충분했다.

"아항. 거기에 나머지 원고가 숨어 있구나. 이리 내놔."

냄새 하나는 기가 막히게 맡는 녀석이다. 감탄을 금치 못하겠다.

하지만 내가 칭찬의 말을 하기도 전에 하루히는 실력 행사로 나왔다.

버둥거리는 내 허벅지에 오른쪽 다리를 찔러 넣고는 어디서 배웠는지 멋들어진 안짱다리 걸기를 선보였다.

"우왓." 나는 허무하게 소리를 내질렀다.

체중을 실은 하루히의 무게로 나는 바닥에 쓰러졌다. 하루히는 승마 자세로 내 몸에 올라탔다. 교복 안쪽에 손을 집어넣으려 한다. 어떻게든 저항을 시도하는 나.

"유키, 좀 도와줘. 쿈의 손을 눌러."

말하자마자 하루히는 내 교복을 벗기려 들었다. 야, 야. 너는 수치심이란 것도 없냐? 벗기는 건 아사히나 선배만으로 만족해라. 이

변태 치한 여자야.

"야, 그만해!"

도움을 요청하는 시선을 나가토에게 향한 나는 어떻게 할까 망설이고 있는 듯한, 그런 느낌의 미묘한 무표정에 직면했다.

어느 사이엔가 나가토는 자기 컴퓨터 뚜껑을 열고 있었다.

언제부터지? 컴퓨터 연구부의 컴퓨터에 침입해 프로그램을 바꿔버릴 만한 기술을 갖고 있는 이 녀석에게야 내 컴퓨터 내부를 훔쳐보는 것 정도는 우스운 일이겠지. 으음, 다 보고 있었나?

"…………."

나가토는 어느 쪽에도 가세하지 않은 채 냉정한 눈으로 나와 하루히의 싸움을 지켜보고 있었다.

바로 그 순간,

"다녀왔습니—아앗?!"

아사히나 선배 등장. 끝내주는 타이밍에 나타나시는 분이다. 바닥에 드러누워 있는 나와 그 위에 올라타 역 성추행을 감행하고 있는 하루히를 보고 그녀는 무슨 생각을 했는지.

"죄, 죄송해요! 전 아무것도 못 봤어요! 정말이에요."

착각도 유분수인 소리를 내지르며 튀쳐나갔다.

"…………."

나가토는 가만히 지켜보는 중.

"편집장이 말을 못 듣겠다는 거야? 자, 어서 내놔."

라며 하루히는 흉악한 미소를 짓고 있다.

나는 하루히의 두 손을 가드 포지션으로 물리치며 마음으로 빌었다.

코이즈미, 이제 믿을 건 너밖에 없다. 어서 돌아와다오.

마지막으로 인쇄한 한 장. 교복 안주머니에 들어 있는 그것에는 이렇게 쓰여 있다.

**참고로 요시무라 미요코, 통칭 미요키치는 내 동생과 같은 학년으로 동생의 가장 친한 친구이자 그 당시 초등학교 4학년 열 살이었다.**

지금이나 1년 전이나 미요키치는 동생과 같은 학년이라고는 생각되지 않을 만큼 어른스런 모습이었다. 어디가 소식인지 의심하고 싶어질 만큼 키도 컸고, 행동도 그렇고 순간적으로 보이는 표정도 그렇고, 잘못하면 아사히나 선배보다 어른으로 보일 정도였다. 그런 초등학생답지 않은 외모 덕분에 영화관의 발권 창구 직원과 입장할 때 표를 확인하는 아르바이트의 눈도 피할 수 있었던 거겠지. 알아차렸다 하더라도 입장은 막았을지는 의문이지만, 학생증을 제시하지 않았는데도 학생티켓을 팔았으니 말이다.

보러 갔던 영화는 영화 윤리위원회에 의해 PG-12(12세 이하 관람 제한) 지정을 받은 작품이었다. 그러니까 12세 미만은 성인 보호자를 동반하라는 조건이 붙은 것이다. 나는 그때 이미 15세였으니 상관없다.

문제는 미요키치였지만 그녀는 올바르게 이해하고 있었다. 자신의 외모가 12세 미만으로 보일 리는 없다는 사실을 말이다.

하지만 혼자서 가기에는 발걸음이 떨어지지가 않았다. 그녀의 부모님은 비교적 완고한 분들로 피 튀기는 B급 호러 영화를 이해하지 못하셨고 그런 걸 보러 가고 싶다고 한다면 설교나 들을 거라는 것이 그녀에게서 들은 설명이었다.

그렇다고 해서 친구한테 같이 가자고 하러 해도 내 동생은 지금 봐도 초등학교 저학년으로밖에 안 보인다. 영화 상영은 3월이면 끝이 난다. 서두르지 않으면 감상할 기회를 놓치게 된다.

그래서 그녀는 생각했다. 같이 가서 자연스럽게 표를 사줄 만한 사람은 누굴까?

나였다.

내가 말하기는 뭐하지만 난 옛날부터 아이들이 무척 잘 따르는 사람이었다. 사촌들 대부분이 나보다 어렸고, 시골에 다 같이 모였을 때 잘 돌봐주던 습성에서 기인한 것이리라.

당연히 동생의 친구들을 돌봐주는 일도 일상다반사였다. 그 가운데에는 미요키치도 있었고 그녀는 나를 잘 알고 있었다.

자주 놀러 가는 친구네 오빠로 봄방학을 맞은데다가 한가해 보이는 녀석. 초등학교 4학년의 교우 범위에서 생각나는 인물로 떠오른 것이 바로 나였던 것이다.

그녀는 또 이렇게 생각했다. 영화를 보러 가는 김에 어린애 혼자서는 들어가기 힘들 만한 곳에도 가보자. 그래서 그 카페가 뽑혔다. 그때 여종업원이 그렇게 흐뭇한 표정을 지었던 것도 당연하겠지. 억지로 어른스레 꾸민 초등학생이 혼자 들어오기에는 문턱이 너무 높은 가게였고 신분상으로는 아직 중학생인 나도 어색히게 느꼈을 정도였다. 카페 내의 나와 미요키치. 남들이 본다면 절대로 남매 이외로는 보이지 않았을 것이다.

현재는 초등학교 5학년. 이제 곧 6학년이 되는 미요키치, 본명

요시무라 미요코. 앞으로 5년만 기다리면 아사히나 선배의 대항마가 될지도 모른다.

어디선가 하루히의 눈에 띄게 된다면 말이지만.

자, 여기에서부터가 후일담이다.

회지는 기일까지 완성되었다. 복사용지에 인쇄한 것을 커다란 업무용 스테이플러로 찍은 것이 고작인 책자였지만, 내용은—사심을 버리고 하는 말이지만—제법 충실하다고 해도 좋을 것이다.

특히 그중에서도 두드러지게 좋았던 것은 츠루야 선배가 썼던 모험 소설이었다. '가엾어라! 소년 N의 비극'이라는 제목이 붙은 슬랩스틱 단편 소설은 읽는 이들을 모조리 데굴데굴 배를 잡고 구르게 만들었다. 나는 너무 웃어서 눈물이 나왔을 정도다. 이 세상에 이렇게나 재미있는 얘기가 있었다니—그런 느낌을 받은 건 참 오랜만이었다. 이걸 읽고 안면의 얼굴 근육을 꿈쩍도 않았던 건 나가토 정도밖에 없었지만, 그런 나가토도 자기 방에서 몰래 펼쳐보며 키득거리고 있는 건 아닐까 생각될 만큼 츠루야 선배의 약동적인 문체로 이루어진 슬랩스틱 소설은 포복절도할 만했다.

어렴풋이 생각은 하고 있었지만 새삼 실감하게 된다. 어쩌면 저 사람은 천재가 아닐까?

SOS단 관계자 외에 타니구치가 쓴 무시무시할 정도로 재미없는 일상 에세이와, 쿠니키다의 간단 지식 같은 학습 칼럼, 만화 연구부의 누군가가 그려야 했던 네 컷 만화 등등, 하루히가 열심히 집필의 뢰와 원고 독촉을 하러 뛰어다닌 덕분에 문예부의 회지로는 너무 두꺼운 물건이 되어 한 다발마다 묶어 스테이플러로 찍는데 무척 고생을 하기는 했지만, 준비한 2백 부는 호객 행위도 하지 않았는데 하루 만에 매진되었다. 아마 외주를 받느라 뛰어다니던 하루히의 행위가 의도하지 않은 사전 광고가 되었는지도 모르겠다.

그런 하루히였지만, "나도 쓸 거야"라고 말한 대로 거만한 편집 후기 외에 단문을 기고했다.

'세계를 오지게 들썩이게 만들기 위한 첫 번째, 내일을 향한 방정식을 외워 써라' 하는 제목의 도형인지 기호인지가 가득한 논문 같은 글로, 하루히의 설명에 따르면 SOS단을 항구적으로 존속시키기 위해 생각해보았다는 물건인 것 같긴 한데, 나는 도통 이해하기 힘든 문장이었다. 혼돈된 질서라고 형용하고 싶어지는 의미 불명의 내용을 보고는 마치 하루히의 머릿속이 그대로 새어나온 것 같다는 인상을 받았는데—.

그 논문 비스무리를 읽은 아사히나 선배는 무척이나 놀랐다.

"그럴 수가…. 이게 그거였다니…."

활짝 벌어진 눈에서 사랑스러운 눈동자가 떨어지지는 않을까 싶을 만큼 경악한 표정으로 이유를 묻는 내게 아사히나 선배는,

"자세한 건 금지 사항이라 말할 수 없지만요…."

라고 입을 연 뒤,

"이건 시간 평면이론의 기초 중의 기초예요. 우리 시대의…. 으음, 저 같은 사람이라면 누구나 가장 먼저 배우게 되죠. 발안자가 어느 시대의 어떤 사람이었는지 계속 수수께끼였는데…. 그게 설마 스즈미야 씨였다니…."

그리고 입을 다문다. 나도 따라서 입을 다물었고 뒤이어 이런 망상이 떠올랐다.

하루히는 자기가 만든 회지를 최소 한 부는 집에 가져갈 것이다. 그 회지가 그 박사 같은 안경 소년의 눈에 뜨일 기회가 없다고는 말할 수 없을 것이다. 하루히는 그 소년의 임시 가정교사니까. 박사에 관해서는 나와 아사히나 선배도 큰 계기가 되기는 하지만 그것만이 다가 아니었는지도 모를 일이다. 결국 하루히가 근원적인 원인이 되는 건가. 그렇지 않다 해도 다양한 복합 요소가 있을 것 같군. 아사히나 선배(대)에게 물을 사항이 또 하나 늘어났다.

회지가 당일에 배포 완료되자 하루히는 굳이 학생회실을 찾아가 그 내용을 보고했다. 몸속에서부터 거만 아우라가 뿜어져 나오고 있었다는 건 말할 필요도 없겠지.

학생회장은 하루히의 습격과 같은 등장에도 눈썹 하나 까딱하지 않고 그저 안경만을 빛내며.

"약속은 약속이다. 문예부의 존속을 허락하지. 하지만 SOS단의 존재에 대해서는 아직까지 알지 못한다. 내 임기는 아직 남아 있다는 사실을 잊지 말도록."

이런 속이 뻔히 보이는 말을 남긴 채 등을 돌렸다.

그 말을 패배 선언이라 받아들인 하루히는 의기양양하게 동아리 방으로 돌아와 담담히 지켜보고 있는 나가토의 앞에서 승전의 춤을 아사히나 선배와 함께 추었다. 정말, 이런 이런이다.


어쨌든 하나의 소동이 이걸로 종말을 고했다. 이제 남은 건 본격적인 봄이 오기를 기다리는 것뿐이다.

이대로 아무 일도 없다면 우리는 각각 진급을 하게 된다. 남아 있는 행사 가운데 하루히가 뭔가 사고칠 법한 시기라면 봄방학 정도겠지.

뭐라 표현하기 힘든, 길고도 짧은 듯한 1년이었다. 이건 비밀이지만 나는 올해 4월의 달력 한 곳에 동그라미를 달아놓았다. 그것은 작년 시업식이었던 4월 모일이기도 했다. 그 누가 잊는다 해도, 하루히 자신이 기억하지 못한다 해도 나만큼은 절대로 잊지 않고 기억하고 있는 기념일이다.

하루히와 만난 그날을, 나는 평생 잊지 않을 자신이 있다.

기억을 잃기라도 하지 않는 한 말이다.

## 원더링 섀도

있는 힘껏 던진 공이 바닥에서 튕기는 기분 좋은 소리와 동시에 터질 듯한 함성이 났고, 체육관 천장에 반사되어 내가 있는 곳까지 퍼부어 내렸다.

나는 곳곳이 흙으로 더러워진 체육복을 입고 두 손을 뒤에 대고 나른하게 다리를 쭉 뻗고 있었다. 온몸이 완전히 이완된 상태로, 그런 편안한 자세로 내가 뭘 하고 있느냐 하면 아주 순수하게 단순한 관객 역할을 하고 있다. 이제 내가 할 일은 아무것도 없었고, 할 일이 없어졌다고 해도 허락도 없이 학교를 떠날 수는 없는 노릇인지라, 그렇다면 이렇게 아래층에서 일어나는 상황을 지켜보는 것 외에는 할 수 있는 일이 없다.

내가 앉아 있는 곳은 체육관 양옆에 있는 캣워크. 손잡이가 달린 좁은 통로 같은 곳이다. 보통 어느 체육관에나 이런 데가 있을 것이다. 대체 뭐 때문에 있는지는 모르겠지만, 아마 내가 지금 하고 있는 것 같은 시합 감상용으로 마련된 것임에 틀림없었고, 해이해진 분위기에서 명백하게 자유로운 신체와 시간을 주체 못 하고 있는 것은 나뿐만이 아니었다.

옆에서 나와 같은 자세를 취하고 있던 타니구치가,

"우리 반 여자애들 참 강하네."

그다지 감탄한 것같이 들리지 않는 감상을 입에 담았다.

"그러게."

나는 맥없이 맞장구를 치며 코트의 상공을 가르는 하얀 배구공을 눈으로 좇았다. 상대 진영에서 포물선을 그리며 날아온 공은 포물선의 낙하점에서 리시브되었고 그 다음에는 토스라는 순서를 밟아 거의 수직으로 상승했다.

그 공을 뒤쫓듯이 공격 라인의 저 멀리에서 달려와 점프한 체육복 차림의 여학생이 완벽한 약동감으로 오른손을 휘둘렀고, 위치에너지와 운동에너지 모두를 얻어맞은 가엾은 공은 살인 스파이크가 되어 상대팀의 이중 블록을 깨고 코트 모서리로 빨려 들어갔다. 완벽한 백어택, 주심을 맡고 있는 배구부원이 호각을 불었다.

환성이 터졌다.

너무 한가한 탓인지.

"야, 콘. 누가 이길지 내기라도 안 할래?"

타니구치가 별 열의도 없이 말을 꺼냈다. 좋은 생각이긴 하다만 핸디라도 주고 싸우지 않는 한, 절대로 공정한 내기는 안 될 것 같다.

나는 타니구치가 입을 열기 전에 선언했다.

"틀림없이 5반이 이길 거다."

타니구치는 혀를 찼고 그 옆모습을 향해 나는 이렇게 말을 이었다.

"여하튼 저 녀석이 있으니까 말이야."

네트 바로 옆에 화려하게 착지한 여자애가 도도한 미소를 지으며 돌아본다. 나를 올려다본 게 아니며, 언제나 동아리방에서 보이는 의기양양한 미소와는 또 다른 미소다. 달려오는 멤버들에게 마치 "이런 건 못 하는 게 바보지"라고 말없이 선언하는 듯한 얼굴이다.

15포인트 선점 원 세트 매치.

예상대로 우리 1학년 5반 여자 A팀은 더블 스코어로 압승을 이루었다. 득점원이 된 에이스 공격수는 하이 파이브를 나누는 반 친구들에 뒤섞여 혼자만 주먹을 불끈 쳐들고 한 명 한 명의 손바닥에 가벼운 펀치를 먹이고 있었다.

사이드라인 밖으로 나가는 도중에 마침내 체육관 벽 위쪽에 주렁주렁 모여 있는 우리들을 보았는지 걸음을 멈추고 잠시 올려다보았지만, 나는 이내 예의 노려보는 듯한 시선에서 해방되었다.

뭘 시켜도 깔끔하게 해치우고 승부에 관련된 일이라면 그 누구보다도 지기를 싫어하는 욕구의 화신으로 변신, 이 배구 시합에서도 거의 모든 득점을 터뜨려 승리의 공로자가 된 그 녀석— 라고 애써 모호하게 설명할 필요도 없겠군—, 그러니까 스즈미야 하루히는 즉석에서 한 팀이 된 반 친구가 나눠준 스포츠 음료를 맛있게 들이켜고 있었다.

다들 알겠지만 그러니까 지금은 구기대회라는 것을 하고 있는 중이다.

3월 초, 학기말 시험이 끝나고 나면 학교란 녀석은 다음 방학을 향한 준비 기간에 들어가는 게 당연지사인 곳이고 이 현립 고교도 마찬가지였다. 학사 일정에 따르면 봄방학을 애타게 고대하고만 있으면 되는 것인데, 나름대로 달리 할 일이 없을까 누군가가 머릿속에 불을 밝힌 결과인지 매번 이 시기에는 구기대회라는 행사가 짜여 있다.

시험공부로 딱딱하게 굳은 머리를 풀어주자는 학교 측의 배려인지는 모르겠지만 이런 걸 하느니 차라리 방학을 늘려줬으면 좋겠다.

참고로 이번 메뉴는 남자가 축구, 여자가 배구로, 내가 속한 1학년 5반 B팀은 토너먼트 방식의 제1회전에서 숙적인 9반에 참패했다. 코이즈미가 있는 반이라 적대시하는 게 아니라, 9반이라면 특별 진학 이과반으로, 당연지사 머리 좋은 녀석들만 모여 있어 최소한 축구만이라도 이기지 않으면 다른 일반반에 체면이 서지 않는데, 덕분에 지금 나와 타니구치를 포함한 다른 남자애들은 완전히 체면을 구긴 상태다.

너무 구겨진 상태라 이렇게 체육관까지 찾아와 여학생들의 체육복 차림을 감상하는 길밖에 없는 정도였다.

"그런데 스즈미야 참 대단하다."

조용히 말한 건 쿠니키다였다. 하루히의 대활약으로 약진하는 여자 배구팀 시합은 다음이 세 번째 시합, 우리는 두 번째 시합 중간부터 관중이 되어 있었다.

"왜 운동부에 안 들어가는 거지? 저만한 물건은 좀처럼 찾기 힘들 것 같은데."

정말 동감이다. 만약 하루히가 육상부에 있었다면 아마 장중단거리 모든 경주에서 고교체전에 출전했을 것이다. 다른 어떤 스포츠라 해도 마찬가지다. 장난이 아니게 지기를 싫어하는 녀석이니까. 1등이나 우승이라는 말을 저렇게나 좋아하는 녀석도 없다.

나는 아직 시합 중인 옆 코트로 시선을 돌렸다.

"저 녀석한테는 청춘을 스포츠에 소비하는 것보다 중요한 일이 있나보지."

나가토나 아사히나 선배가 시합을 하지 않을까 싶어 봤는데 체육관에서 두 사람의 모습은 보이지 않았다. 조금 아쉽군.

"SOS단 말이구나."

타니구치가 코웃음을 쳤다.

"흥, 스즈미야답다. 그 녀석이 평범한 학생처럼 사는 건 상상도 안 되니까. 중학교 때부터 그랬어. 지금은 콘이랑 도통 이해 불가능한 놀이를 하는 게 좋은가보지."

더 이상 반론을 할 마음도 안 든다.

아무튼 이 1학년도 얼마 남지 않았다. 구기대회 이후에는 단축수업에 들어가기 때문에 교실에 있는 시간도 자동적으로 줄어들 것이다. 무사히 봄방학에 돌입해 벚꽃이 피는 계절이 되면 마침내 우리들은 2학년으로 자동 승격된다. 그렇게 되면 반 편성이라는, 학생에게는 비교적 중요한 셔플 이벤트가 찾아오고 이후의 1년간의 고락이 정해질지도 모른다. 나는 이 바보 타니구치와 쿠니키다라는 녀석들이 나름대로 마음에 들었기 때문에 다음에도 같은 반이 되었으면 좋겠다 생각하고 있기는 하지만 이것만은 좀 그렇지.

내가 멍하니 생각에 잠겨 있는데 쿠니키다가 몸을 내밀며 주의를 환기시켰다.

"다음 시합이 시작되는 것 같은데."

보아하니 주장으로 완전히 자리를 잡은 하루히를 중심으로 5반 여학생들이 코트에 흩어지고 있었다.

슬슬 봄이 숨결을 내뿜어도 좋을 무렵인데 산중턱에 있는 이 고등학교는 아직 상당히 서늘했다. 서늘하다고 느끼는 것은 내 심정적인 요소가 가미되어 있기 때문인지도 모르는데 그 원인이 며칠 전 내 손에 들어온 시험지에 적힌 점수 때문이라는 것은 의심할 여지가 없었다.

나로서는 그럭저럭 만족할 만한 수치였지만 어머니의 만족 보자기를 완전히 덮을 만큼은 되지 못했는지 연신 입시 학원과 보습학원 팸플릿을 가져와선 내 눈이 닿는 곳에 두기 때문에 위가 따끔거린다. 아무래도 국공립이라면 어디든 좋으니까 들어가달라는 의향 같은데, 사실 내 서류상의 진로 희망도 그랬다. 뭐, 희망은 높게 가지라는 거지. 그리고 뭐냐, 그 하루히가 참견을 한 것도 있었고 말이다.

기말고사가 낙제 커트라인을 저공비행을 하지 않았던 것은 오로지 임시 가정교사가 된 하루히가 동아리방에서 내게 벼락치기 방법을 전수해준 덕분이다. 시험 개시 며칠 전 탁자에 펼친 교과서와 노트를 펄럭이며 하루히는 이렇게 말했다.

"추가 시험이나 보충 수업은 용서하지 않을 거야. SOS단의 평상 업무에 지장을 미치는 실수는 봐주지 않겠어."

단의 업무에 대해서는 달리 말하지 않겠다. 그 업무의 시급은 얼마냐고 말하기 전에 내 지갑에서 돈이 줄줄 새고 있긴 하다만 그것도 좋다.

아무튼 나도 교실에서 선생들의 감시를 받아가며 새로운 문제에 도전하거나 따분한 수업을 추가로 받는 것보다는 동아리방에서 아사히나 선배가 타준 차를 마시며 코이즈미의 상대를 하는 게 훨씬 더 편하다는 사실만은 부정할 수 없었기에, '교관'이라 적힌 완장을 차는 하루히에게 가르침을 청하기로 했다.

하루히 교관의 시험 대책은 지극히 단순했다. 시험에 나올 만한 곳만 중점적으로 암기시키는, 찍기에 기댄 게 전부지만 하루히의 날카로운 감에 대해서는 이미 잘 알고 있는 나는 순순히 그 말에 따랐다. 나가토에게 물어보면 시험문제와 모범답안을 통째로 가르쳐 줄지도 모를 일이고, 코이즈미에게 애원하면 요상한 수를 써서 교무실에서 시험용지를 훔쳐내줄지도 모르지만 아무튼 나는 초자연적인 수단도, 학원 내 음모도 무시한 채 솔직히 공부에 매진하기로 했다. 무엇보다 신이 나서 지휘봉을 휘두르며 가짜 안경까지 준비해 온 하루히의 가정교사 노릇을 하는 얼굴을 보고 있자니 다른 방법을 택할 마음도 들지 않았고, 나 자신을 위한 길이 아니라는 것 또한 당연한 것이었으니까 말이다.

아마 하루히는 내년에도 내 뒷자리에 앉을 생각인 게 틀림없다. 그리고 수업 중이든 뭐든 내 등을 샤프 끝으로 콕콕 찔러대며 "야, 쿈. 조금 생각해본 건데ㅡ" 이러면서 안 가르쳐주는 게 더 나았을 생각을 신이 나서 떠들어댈 게 틀림없다. 그러기 위해서는 같은 반이 될 필요가 있고, 당연히 진로 희망도 비슷한 곳으로 잡아야 하니까 자동적으로 내 성적에 신경을 쓸 필요도 생기는 거겠지. 나는 SOS단 전속 잡역부 같은 존재니까 말이야. 사관밖에 없는 군대가 전장에서 도움이 안 되는 것과 마찬가지다. 지시를 내리는 건 하루히의 역할, 그때마다 짐을 짊어지고 뛰어다니는 건 나란 말이다.

실제로 요 1년 동안은 그렇게 보냈고 다음 한 해도 비슷하리라는 것을 나는 의심도 하지 않았다. 하루히는 절대적으로 그렇게 바라고 있고 자기의 바람을 이루기 위해서라면 어떤 비상식적인 짓도 저지를 것이다. 여차하면 영원히 1학년을 반복하는 것도 해치울 수 있을 것이다.

물론 그 8월 같은 일은 일어나지 않을 거라 생각한다. 하루히는 올 한 해를 리셋하거나 하진 않을 것이다. 그런 확신이 내게는 있었다. 왜냐? 그거야 말할 것도 없이 SOS단 결성 이후의 1년간이 하루히에게 즐거운 경험이었음을 나는 알고 있기 때문이다. 그런 다양한 추억을 하루히는 없었던 걸로 만들지는 않을 것이다. 그런 일은 정말 절대로 없을 것이다.

지금의 하루히를 보면 알 수 있다.

나는 눈앞의 광경을 다시 바라보았다.

하루히가 이끄는 배구팀은 결승전에 나가 있었다.

매섭고 날카롭게 공격하는 하루히, 뛰어오를 때마다 젖혀지는 옷자락 사이로 보이는 배꼽에는 아무 관심 없다고 말해두겠다. 주목해야 할 것은 하루히의 표정이다.

1년 전 4월, 처음 만났을 때의 하루히는 반에서 완전히 고립되어 있었다. 아니, 스스로 융화되려 하지 않았다. 미소도 전혀 보이지 않고 뚱하니 불쾌한 얼굴로 내 뒷자리에 앉아 내내 반의 공기를 차갑게 만드는 역할에 매진했었잖아. 그후 얼마 뒤 나하고만 말을 하게 되긴 했지만, 다른 여자애들과는 소원했는데, 지금은 그렇지가 않다. 무리를 지어 다니는 애들과 어울리지는 않았지만 다가오는 모든 것을 밀쳐내던 태도는 과거의 것이 되었다.

아마 SOS단의 가동은 녀석에게 긍정적인 변화를 재촉했을 것이다. 그리고 그와 동시에 그것은 원래 하루히가 갖고 있던 바탕이기도 했던 것이다. 하루히가 얌전해진 것은 중학교 때고, 그 이전에는 액티브 레이더 미사일(주11) 같은 행동력과 애프터버너(주12)급의 쾌활함을 본질적으로 갖고 있었음에 틀림없다. 그렇다면 지금의 하루히는 좋아졌다기보다는 원래로 돌아갔다고 해야 맞겠지.

나는 중학교 1학년 이전의 하루히를 모른다. 그 중1 하루히도 잠깐 만난 것이 전부다. 나중에 하루히와 같은 초등학교를 다녔다는 녀석을 조사해 당시의 하루히가 어땠는지 물어보고 싶다는 생각이 들기도 하지만 아마 나는 그런 짓은 하지 않을 것이다.

체육관의 배구코트 안에서 하루히는 반 아이들과 평범하게 구기대회를 즐기고 있다. 다만 약간 억제하고 있는 느낌을 주기는 한다. 끝내주는 벌칙 게임을 떠올렸을 때와 같은 백 와트짜리 의기양양한 얼굴은 단원들 앞에서만 보여주는 건가. 너무 아끼는 건 좋지 않아, 하루히.

스파이크를 날린 하루히는 자신에게 뻗은 반 친구의 손을 마치 쑥스러워하듯 주먹으로 찰싹 때렸다.


그리고 구기대회는 종료됐고 오늘 안에 학교에서 해야 할 일은 다 끝났다.

동아리 활동을 하는 녀석들은 각자 그리로 향했고 그렇지 않은 녀석은 일찌감치 돌아갔다. SOS단의 단원들은 문예부실에 집합했고 나도 기분 좋게 스텝을 밟는 하루히와 함께 친숙한 철제 의자가 있는 동아리방으로 향했다.

하루히가 기분이 좋은 것은 당연히 배구 시합에서 우승을 했기

주11) 액티브 레이더 미사일 : Active Radar Missile. 미사일에 딸려 있는 레이더로 정밀 유도해 공격하는 미사일. 모기의 유도를 필요로 하지 않아 발사 후 바로 자리를 이탈할 수 있다는 이점이 가장 크지만, 탑재되는 레이더가 1회용이라 소형이라 명중 정밀도가 떨어지는 단점이 있다.
주12) 애프터버너 : afterburner. 자동차의 배기가스를 재연소시키는 장치, 또는 터보엔진의 추진력 증가 장치. 터빈 뒤쪽의 배기가스에 다시 연료를 분사하여 연소시켜서 분류속도를 증가시킨다.

때문이다. 꼭대기에 올랐다고 뭐가 어떻게 되는 것도 아닌데 내 옆에서 힘차게 걷고 있는 하루히는 무척 힘이 넘쳤다. 문예부의 휴부미수 소동에서 순조롭게 학생회장을 해치운 사건도 있고, 이 녀석을 우울하게 만드는 일들이 그리 금방 찾아올 거란 생각은 별로 들지 않았다. 굳이 말하자면 역시 2학년 진급 문제 정도?

코이즈미의 말에 따르면 하루히의 소원은 대부분 이루어진다고 했으니 나와 나가토와 코이즈미가 모조리 하루히와 같은 되어버릴 가능성도 있다. 특별반에 있는 코이즈미지만 그런 정도쯤은 어떻게든 처리해버리는 것이 하루히의 변태 파워다. 아사히나 선배의 눈에서 빔을 내보내는 것에 비하면 그런 건 그나마 상식적이라 할 수 있겠다. 문제는 하루히가 그런 자신의 힘을 모른다는 사실로, 모두 다 뿔뿔이 흩어질 수도 있다고 생각하고 있을지도 모른다.

하루히만이 아직까지 모르고 있다. 나가토의 정보 조작과 코이즈미의 조직을 사용하면 웬만한 일은 해결이 가능하다는 사실을 말이다.

그래서 나는 낙관하고 있었다. 탁 까놓고 정직하게 말하지. 나는 2학년이 되어도 하루히의 앞자리에 앉고 싶다. 만약 갈라지거나 하면 나는 크리스마스 직전에 일어난 하루히 소실 사건의 축소판 같은 기분을 맛볼 것 같다. 내가 보지 않는 곳에서 무슨 사고를 칠지 불안불안한 것도 있고 말이다.

하지만 한편으로 그래도 괜찮다고 생각하고 있는 것도 사실이니 이런 것을 두고 이율배반이라고 하는 거겠지. 이 또한 코이즈미의 말처럼 하루히의 엄청난 능력이 점점 안정을 찾고 있다면 그것도 나름대로 괜찮은 일이다.

하지만 역시 뭐랄까, 조금은 허전한 기분이 들지도 모르겠다.

"왜?"

내가 무척 달관한 표정을 짓고 있었는지 기세 좋게 걸어가던 하루히가 밑에서 나를 훔쳐보듯 올려다보았다.

"너 이상하다, 기분 나쁘게 실실거리질 않나 갑자기 진지한 표정을 짓지 않나. 안면신경통이니? 아니면 축구 시합에서 진 걸 계속 생각하고 있는 거야? 정말 5반 남자애들은 하나같이 도움이 안 된다니까."

구기대회의 반 편성과 포지션을 제비로 뽑았으니까 그렇지. 운동 신경이 좋은 애들은 다 A팀으로 가버렸다고. B팀의 수비수 셋은 나, 타니구치, 쿠니키다였다. 9반의 포워드에 태클을 날리기는 했지만 사령탑의 위치에 서서 킬러 패스를 쏘아대는 코이즈미에게까지는 닿지 않은 게 아쉽다. 그런 9반도 준결승에서 6반에 졌으니 왠지 코이즈미다운 어중간한 대회 결과라 할 수 있겠다. 고의로 그런 것은 아니겠지만.

"무슨 말을 하는 거니?"

하루히가 재미있다는 듯이 웃는다.

"하지만 코이즈미라면 그럴지도 몰라. 9반이잖아. 너랑 타니구치 같이, 똑똑한 애들을 괜히 미워하는 바보가 돌격해와 다치기라도 하면 웃기지도 않는 일이잖아. 확실히 그중에는 재수 없는 애도 있긴 하지만 나는 9반 녀석들 올 그렇게 싫어하진 않아."

통째로 다른 학교로 보내버렸지. 아니, 그건 나가토가 한 짓이었으니.

회고록을 들춰보는 사이 우리는 동아리방 앞에 도착했다. 예의나 노크의 습성 따위는 어딘가에 두고 온 하루히가 기세 좋게 문을 열고.

"미쿠루, 구기대회는 어땠어? 그런데 시원한 차는 없니? 계속 배구를 하느라 또 목이 마르다. 아마 수분이 부족한 모양이야."

저벅저벅, 털썩, 이렇게 자신의 단장 책상에 앉았다.

동아리방에는 이미 모든 단원들이 모여 있었다. 나가토와 코이즈미는 정위치에 있었고 완벽하게 메이드 차림이 몸에 익어버린 아사히나 선배가 쟁반을 껴안듯 들고 서 있는 익숙한 풍경을 렘브란트나 루벤스를 데리고 와서 충실한 묘사를 부탁하고 싶을 만큼 완벽한 장면이었다.

"시원한 건 없는데요. 죄송합니다."

아사히나 선배는 마치 자신의 실수를 사죄하듯 말했다.

"아, 급하게 식혀볼까요? 냉장고로…."

그러고 보니 여기에는 냉장고가 설치되어 있었다. 냉동고가 없는 작은 물건이지만 냄비 요리를 할 때나 캔 음료를 식힐 때에는 도움이 된다. 뭐, 이곳에서 나의 메인 음료는 아사히나 선배가 타주는 뜨거운 차니까 미니 난로보다는 불필요한 비품이다.

"됐어."

하루히는 너그럽게 말했다.

"식히는 것도 번거롭고 차는 갓 탄 게 제일 맛있으니까."

즉시 하루히와 내 자리에 두 개의 찻잔이 운반되었다. 차를 따르는 아사히나 선배의 자세도 무척 좋아졌다. 이 하녀 기능의 향상을 칭찬해야 될지 고민스럽지만, 아사히나 선배는 무척 기쁜 듯이.

"시원한 차요. 그래요, 다음에는 찬물로 타는 차를 사볼까요?"

라는 말을 하고 계시다. 미래에서 와서 얻는 지식이 찻잎에 관련된 것뿐이라는 건 좀 그렇지 않나 하는 생각이 들지 않는 것은 아니지만, 내 본심을 말하자면, 만만세다. 아사히나 선배가 너무 이리저리 돌아다니며 무리하게 하고 싶지 않다. 어디를 봐도 귀여운 메이드 이외의 그 무엇도 아닌 아사히나 선배이지만, 역시 미래에서 온 사람이고, 아사히나 선배가 자기 사정으로 허둥대면 그건 시간이 어쩌고 하는 이야기와 얽힌 것임에 틀림없고, 그리고 나는 코이즈미와 달리 시간 얘기를 생각하면 머리가 아파진다. 한동안은 어려운 도형과는 인연이 없었으면 하는 바람이다.

코이즈미는 이미 자기 자리에 앉아 혼자 오셀로를 하고 있었다.

"참 옛날 생각나는 걸 가져왔네."

나는 차를 홀짝이며 코이즈미가 손에 쥔 것을 쳐다보았다. 생각해보면 동아리방에 갖춰진 최초의 보드 게임이자 그것도 내가 가져온 것이다.

"네, 슬슬 우리가 만난 지 1주년이 됩니다. 여기에서 원점으로 회귀하는 것도 좋지 않을까 싶어서요."

축구 시합 중에도 싱글거리고 있었지만 동아리방에 온 뒤 더더욱 상쾌하게 미소 짓는 코이즈미는 내가 대답을 하기도 전에 오셀로판을 초기 상태로 돌려놓았다.

원점 회귀라.

과거를 돌아볼 만큼 긴 인생을 살아온 선 아니지만, 왠지 한 번 입에 담아보고 싶어지는 말이군.

나는 자석이 들어간 오셀로 말을 들며 문득 시선을 옆으로 돌렸다. 오셀로. 1년 전. 이 말을 들으니 한 가지 연상되는 모습이 있었

고 그 모습의 주인은 지금 테이블 구석에서 조용히 외국 문학을 즐기고 있었다.

"............."

차분히 독서하는 나가토 유키의 모습. 우주인이 만든 이 유기 안드로이드가 처음 감정다운 것을 드러낸 건 여기에서 나와 아사히나 선배가 오셀로를 두고 있던 때였다는 기억도 생생하다.

그러고 보니 나가토와 이런 식의 게임으로 승부를 낸 적은 없군. 고의로 수를 쓰지 않는 한 내게 승산은 없겠지만, 코이즈미에게는 거의 지지 않는다. 이것도 고의로 그러는 거냐, 혹시?

그건 그렇다 치고, 단장 책상에 막 자리를 잡은 하루히는 한참 동안 비교적 얌전히 있었다. 일단 컴퓨터를 켜고 인터넷 순회를 하는 게 평소의 일과다. 물론 브라우저를 켜면 제일 먼저 뜨는 것은 우리 SOS단의 초라한 사이트로, 하루에 한 번 카운터를 단장이 직접 올리는 것이 업무 중 하나이다. 그런 다음에는 전뇌 세계 안의 신비한 것 찾기가 이름 붙은 인터넷 서핑을 하고, 가끔 어디선가 묘한 무료 소프트웨어를 내려받아서 멋대로 인스톨을 하곤 해서 이제 이 데스크톱 컴퓨터 안에 뭐가 들어 있고 뭐가 없는지 나는 도통 알 길이 없다. 가끔 하루히도 모르는지 문제가 생길 때에 불려 오는 것은 컴퓨터 연구부의 부장이다. 뭐, 적재적소란 좋은 거지.

봄을 앞둔 온화한 오후, 구기대회 직후라 모두가 약간 지쳐 있을 시간이 비교적 느긋하게 흘러가는 듯해 참 기분이 좋았다.

오셀로도 잘 풀렸고, 아사히나 선배가 타준 차도 맛있다. 오늘도 아무 일 없이 시간이 지나 이대로 집에 돌아가야 할 시간을 맞이할 것이다.

─그렇게 되면 좋았을 텐데 안식의 시간은 영원히 계속되지는 않는 법이었다.

원점 회귀.

바로 그 말을 중얼거리고 싶을 만한 의뢰가 SOS단에 들어왔기 때문이다.

그렇다, 의뢰다. 절대로 우리가 먼저 참견하러 간 것도, 하루히가 계획없이 무작정 일으킨 결과도 아니다.

그 의뢰인은 동아리방 문을 노크하더니 곰의 집에 초대받은 아기 사슴처럼 조심스럽게 들어와서 하루히를 기쁘게 만들 말을 했다.

집 근처에 유령이 나온다는 소문의 장소가 있어. 그걸 좀 조사해 주지 않겠어?

"유령?"

하루히는 눈을 빛내며 되풀이했다.

"…이 나온다고?"

"응."

사카나카는 차분히 고개를 끄덕였다.

"근처에서 그런 소문이 돌아. 그건 혹시 유령이 있는 게 아닌가 하는 소문이."

성은 사카나카…. 이름은 기억이 안 나지만 나와 하루히와 같은 1학년 5반 아이다. 손님용 철제 의자에 앉아 아사히나 선배가 타준 차를 손에 든 사카나카는 눈썹 주위를 찡그리며.

"그런 얘기가 나온 건 최근 들어서야. 사흘 전쯤인가? 나도 조금은 이상하단 생각을 하기는 했지만…."

손님용 찻잔을 홀짝인 뒤 신기한 구경이라도 하듯 실내를 돌아보았다. 특히 옷걸이에 가득 걸려 있는 아사히나 선배의 의상 쪽을.

나는 하루히가 의욕을 보이던 배구 시합을 떠올렸다. 여자 A팀에서 공격수인 하루히와 호흡이 잘 맞았던 센터를 맡았던 학생이 여기 있는 사카나카였다.

솔직히 말하자면 반에서의 내가 갖고 인상은 흐릿했다.

아니, 1학년 5반에서 가장 눈에 띄었던 건 지금은 존재하지 않는 아사쿠라였고, 그 녀석이 사라진 뒤로 그 후임자의 자리에 앉은 녀석은 결국 나타나지 않았다. 현재의 반상이 누군지도 잘 모른다. 그걸 생각하면 타니구치와 쿠니키다는 다른 반 애들과 비해 하루히와 가까이 있는 편이다. 지구에서부터의 거리로 말하자면 목성과 천왕성 정도의 차이이지만.

하지만 하루히는 반 내의 거리감은 전혀 신경도 쓰지 않는 듯했다.

"꼭 자세한 얘기를 들었으면 하는데. 유령…. 그래, 유령. 사카나카, 그거 틀림없이 유령인 거지? 그럼 우리가 나설 자리라는 데에는 의문을 품을 여지가 전혀 없다고 해도 과언은 아니야."

당장에라도 '심령 탐정'이라는 완장을 차고 현장으로 달려가 주위 불문하고 노랗고 까만 침입 금지 테이프를 두를 기세다.

"잠깐만, 잠산만 기다려봐, 스즈미야."

사카나카는 당황한 듯 손을 흔들었다.

"유령이라고 확정이 난 건 아니야. 유령 같다고 해야 하나? 아무튼 그런 거라고. 그냥 소문일 뿐이고…. 하지만 나도 그 장소를 이상하다고 생각하는 거지."

나가토를 포함한 단원 모두의 주목의 대상이 된 사카나카는 다섯 명의 시선을 받고 있다는 사실을 그제야 깨달았는지 고개를 움츠렸다.

"저…. 이런 말을 하러 오면 안 되는 거였나?"

"전혀 안 될 것 없어. 사카나카!"

하루히가 소리쳤다.

"악령이든 생령이든 지박령이든 부유령이든 마음대로 해. 유령을 만날 수 있다면 나는 어디행 티켓이라도 살 테니까. 아무튼 이런 소리를 듣고 가만히 앉아 있을 수는 없지."

원래 가만히 앉아 있는 경우가 적잖아.

"쿈, 지금은 주제넘게 떠들지 마라. 유령이라고, 유령. 넌 보고 싶지 않니? 아니면 본 적이 있는 거야?"

없다. 영원히 없어도 돼.

하루히는 낮잠에서 깬 지 30분이 지난 유치원 같은 기세였다.

"하지만 눈앞에 나타나면 조금은 얘기를 해보고 싶다고 생각하겠지?"

미안, 안 해.

나는 눈 속에서 어화(주13)를 이글거리고 있는 하루히에게서 시선을 돌려 뭔가 말을 하려다가 입을 다무는 동작을 반복하는 사카나카를 보았다.

왜 사카나카가 학년이 끝나가는 이런 시기에 유령 얘기를 듣고 찾아온 걸까? 의뢰인으로서는 키미도리 선배 이후로 제2호…. 그 7월에 키미도리 선배가 꼽등이 얘기에 이은 고민 상담을 하러 왔던

주13) 어화 : 고기잡이배에 켜는 등불이나 횃불.

직후 나는 즉시 의뢰인 모집 포스터를 뜯어내 쓰레기통에 버렸고, 그 덕분인지 그뒤로 SOS단을 학내의 만능 해결사로 착각한 학생은 한 명도 오지 않았다. 혹시 사카나카는 그 포스터가 게시되어 있는 동안 그걸 보고 내용을 계속 기억하고 있었다는 말인가? 그렇다면 더 유효한 정보를 기억하는 데에 뇌세포를 쓰는 편이 좋을거다.

내가 그렇게 말하자 뜻밖에도 사카나카는 고개를 저었다.

"아니야. 내가 기억하고 있는 건 다른 거야. 누가 줘서 버리지도 못 하고 집에 책상 서랍에 넣어뒀거든. 그게 생각나서…."

사카나카가 가방에서 꺼낸 한 장의 종이. 낡은 갱지를 보고 아사히나 선배가 묵주를 본 신참 흡혈귀처럼 당황했다.

"그, 그건…."

아사히나 선배의 트라우마의 원흉이자 하루히의 눈부신 SOS단 행동 제1탄. 그리고 그 실체는 학교의 기재를 무단으로 사용해 찍은 한 장의 전단지였다.

SOS단 결단에 따른 소신 표명.

거기에는 이렇게 씌어 있을 것이다.

'우리 SOS단은 이 세계의 신비한 현상을 대대적으로 모집하고 있습니다. 과거에 신비한 경험을 한 적이 있는 사람, 지금 현재 매우 신비한 현상이나 수수께끼에 직면한 사람, 머지않아 신비한 경험을 할 예정인 사람, 그런 사람이 있다면 우리에게 상담을 하십시오. 즉시 해결해드리겠습니다. 확실합니다…."

수수께끼의 바니걸 2인조가 교문에서 뿌려댔던 그 전단지다. 이 세계의 신비한 현상을 직접 손에 넣으려던 하루히가 작성한, 말도 안 되는 광고.

어째 이럴 수가. 하루히가 뿌린 씨앗이 정말 싹을 틔워 날아오다니.

게다가 가까스로 1년을 무난하게 끝마치려고 하는 이 시기에 말이다. 누가 희망한 커튼콜이냐? 앙코르는 전혀 준비되지 않았다고. 새삼스레 원점으로 돌아갈 때냐, 지금이.

나와 아사히나 선배의 분위기를 느꼈는지, 사카나카가 불안한 듯 말했다.

"…여기…. SOS단이지? 이제 유명하니까…. 스즈미야네가 하는 게 그런 쪽의 그런 거지? 호러나 그런…."

미안하지만 사카나카, 현재 호러 요원은 결원이다. 여기에 있는 건 책을 좋아하는 우주인에 미스터리를 좋아하는 초능력자에다 눈에 보양이 되어주시는 미래에서 온 분 정도고 굳이 구분하자면 SF 쪽이 더 전문이라 할 수 있어. 그렇다고 딱히 내가 전문도 아니고.

그만 입을 다물어버린 나를 밀어내고 하루히는 몸을 내밀며 자신만만한 표정을 지었다.

"이것 봐, 쿈. 제대로 봐주는 사람은 봐준다니까. 하나도 헛일이 아니었지? 역시 해두길 잘했어."

정말이냐? 이런 걸 만들었다는 사실 자체를 하루히 자신도 잊고 있었던 것 같은데.

"기뻐해라, 사카나카. 반 친구니까 특별히 공짜로 해결해줄게."

확실히 할 수 있는 말은, 언제 어디서 누가 의뢰를 해와도 하루히는 돈을 내라고 강요하지 않으리란 점이다. 아무래도 하루히에게 최대의 보수는 신비한 의뢰 그 자체에 있는 것 같으니까. 의뢰인이 온 시점에서 이미 배가 잔뜩 부른 것이다. 이미 작년의 꼽등이 사건으로 그 점은 잘 알고 있다.

"유령이라."

하루히가 씨익 웃었다.

"최종적으로는 제령 의식을 한다 치더라도 그전에 신상 얘기를 모조리 듣고 싶어. 기념촬영용 카메라랑 인터뷰용 비디오카메라가 필요하겠다."

나를 포함한 단원들을 무시한 채 완전히 흥분했다. 안 되겠군. 이 대로 가다가는 정말 유령이 두둥~ 하고 나타날지도 모르겠어. 응, 사카나카 얘기?

아아, 유령이란 인간이 속기 쉬운 시각 때문에 일어나는 착각이 거나, 버드나무 아래의 마른 참억새같이 오해해서 착각한 거라고. 진짜로 나타나면 그야말로 인류가 쌓아올린 위대한 과학 체계의 붕 괴를 알리는 서곡이다.

그리고 사카나카도.

"그러니까 조금만 기다려줘. 아직 유령이라고 정해진 건 아니거 든. 아닐지도 몰라. 하지만 달리 짚이는 게 없어서…."

모호한 증언을 시작했다.

"야, 하루히."

나는 재빨리 참견을 했다. 왜냐하면 하루히는 이미 기재가 놓인 곳을 뒤적이고 있었기 때문이다.

"좀 진정하고 시키니기의 얘기를 듣자. 사태는 그렇게 간단한 것 같지가 않아."

"네가 리더냐?"

투덜거리면서도 하루히는 잡동사니 상자에서 단장 책상으로 돌아와 팔짱을 꼈다. 사카나카와 나는 안도하는 기색을 숨기지 않았다. 그제야 겨우 나는 나가토와 코이즈미의 얼굴을 쳐다볼 여유를 얻었다.

별로 볼 필요도 없었는지 모르겠다.

둘 다 평소와 변함없는 얼굴색과 표정을 보이고 있었다. 그러니까 코이즈미의 얼굴은 무의미하게 명랑한 미소, 나가토의 표정은 완벽한 무풍. 평소와 같은 반응이다.

하지만 두 다 흥미롭다는 듯이 사카나카를 바라보고 있었다. 기묘하게도 나는 두 사람의 얼굴에 공통되는 문자가 쓰여 있는 듯한 착각을 느꼈다.

─유령이라고? 얘가 지금 무슨 소리를 하는 거야?

뭐 대충 그런 식의 글귀를 말이다.


여기에서 사견을 말하자면 나는 영혼의 존재를 믿지 않는다. TV에서 흔히 나오는 심령 체험 다큐멘터리 같은 것은 잘 만든 엔터테인먼트이지 사실을 알리는 것이 아니라고 확신하고 있다.

원래 이 확신도 요 한 해 사이에 완전히 사상누각이 되어가고 있지만, 나는 우주인과 미래에서 온 사람, 초능력 소년과 한편이 되어 이런저런 일에 끼어들고 하느라 초자연 현상에 익숙해진 지 제법 오래 되었기 때문이다.

마음만 먹는다면 유령이나 팬텀, 생령 하나 정도는 불쑥 고개를 들이밀지 말란 법은 없다고 마음 한구석에서는 생각하고 있었다. 하지만 이세계인과 아직 만나지 않은 것과 마찬가지로, 유령과도 아직 인사를 나누지 못한 상태이고, 만나지도 않은 존재에 대해 벌써부터 고민해봤자 답이 나오는 것도 아니기에, 그런 고민에서는 전속력으로 도망을 완료한 상태다. 어디 와볼 테면 와봐라. 하지만 돌봐주지는 않을 거야. 그런 경지라고 하면 이해가 쉬우려나?

아무튼 나는 초연히 구는 길 외에는 없었다. 그래서 다른 멤버들은 어떤가 보니,

"유령요? 그거 참."

코이즈미는 턱에 손가락을 대고 생각에 잠기는 자세다.

"하아아…, 그게 참, 저어…?"

아사히나 선배는 의문부호가 달린 조심스런 눈으로 의뢰인을 바라보고 있다.

나가토는 언제나처럼.

"…………."

아무래도 내 생각은 하루히를 훔쳐보는 단원 모두의 의견인 듯 나가토와 코이즈미, 아사히나 선배 모두 유령이란 말에 진지한 표정을 짓고 있지는 않았다. 게다가 아사히나 선배는 그런 단어와 개념을 듣고 떠오르는 내용이 없다고 말하고 싶은 듯 멀뚱한 표정이다. 미래에는 종교나 선조 숭배 관습이 없는지도 모르지. 나중에 물어봐야겠다. 어차피 가르쳐주진 않겠지만 말이다.


아무리 나라도 1학년 5반 교실에서 얘기하는 상대가 하루히, 타니구치, 쿠니키다밖에 없는 긴 아니라 다른 애들과도 그럭저럭 일상 대화를 나누곤 했지만 상대가 여자가 되면 대화의 폭도 좁아진다.

머릿속을 아무리 뒤져봐도 대화를 했던 기억이 없어서 잘 모르겠

지만 사카나카는 말을 잘하는 편이 아닌 듯했다.

따라서 요소요소를 발췌해 선사하겠다.

"있잖아, 처음에 이상하다고 느낀 건 루소였어."

사카나카는 하루히에게 그렇게 말했다.

"루소?"

하루히는 당연히 눈썹을 찡그렸다.

"응, 울 집에서 키우는 개 루소."

거창한 이름을 가진 개네.

"아침이랑 밤에 내가 산책을 시키거든. 산책길은 늘 똑같았어. 처음 키웠을 때는 여기저기를 돌아다녔지만 지금은 매일 같은 길을 다녀. 나도 그 길이 완전 습관으로 굳어졌거든."

그런 건 아무래도 좋거든.

"미안, 하지만 중요할지도 모르잖아."

둘 중 뭐냐?

"콘은 닥치고 있어"라고 말하는 하루히, "어서 계속해봐."

"늘 같은 길을 다니는데 루소도 신이 나서 걸어갔거든. 그런데……."

말을 흐린 뒤 사카나카는 목소리를 줄였다. 괴담을 연출하는 건가?

"1주일쯤 전에 루소가 그때까지 다니던 길을 싫어하게 된 거야. 줄을 끌어도 이렇게—"

사카나카는 두 팔로 바닥을 짚고 버티는 자세를 취했다. 따뜻한 곳에서 떨어지려 하지 않는 샤미센의 모습과 똑같다.

"이런 식으로 꿈쩍도 안 해. 응, 중간까지는 괜찮았는데 거기서부터가 그래. 이상하다 싶었지만 그게 늘 그렇게 돼서. 그래서 지금은 산책길을 바꿨어."

거기까지 설명한 뒤 사카나카는 찻잔을 입에 댔다.

그렇군, 철학자 같은 이름을 가진 개가 갑자기 산책 코스를 싫어하게 되었다고. 그런데 그 얘기의 어디에서 유령이 나오는 거냐?

내 의문은 하루히의 의문이기도 했나보다.

"유령은?"이라 묻는 하루히.

"그러니까."

사카나카는 찻잔을 내려놓았다.

"유령인지 뭔지는 몰라. 소문이니까."

그 소문의 출처를 알고 싶은데.

"다양해. 우리 집 근처에 개를 키우는 사람들이 많거든. 산책을 하다 보면 자주 만나서 얘기도 하고, 루소도 친구가 생겨서 기뻐하는 것 같아서 나도 아는 사람이 많이 생겼어. 제일 처음에는 셔틀랜드 쉽독 두 마리를 키우는 아난 씨였나? 역시 산책을 하는데 그 길만큼은 절대로 안 가려고 했대. 안 가려고 한 건 그 개들인데."

인간은 아무것도 못 느끼고 활보할 수 있다는 거냐?

"응, 그래. 나도 딱히 이상한 걸 느낀 적이 없거든."

좀처럼 주제로 못 들어가는군. 제일 중요한 건 유령이라는 두 글자 단어잖아.

"그게 그렇지."

사카나카의 얼굴이 흐려졌다.

"어느 날부터 근처 개들이 한 지역엔 절대로 다가가지 않게 되었어. 주인들 사이에서는 그게 지금 주요 화제가 됐고. 들고양이들도 제법 있었는데 언제부턴가 안 보이고….”

하루히는 고개를 끄덕이며 듣고 있었다. 메모를 하듯 샤프를 쥐고 있었지만 훔쳐보니 적혀 있는 내용이라고는 개와 고양이의 웃기는 낙서뿐이었다. 하지만 하루히는 대충 상황 전개를 파악한 듯 싶었다.

“아마 그 부근에 유령이 있어서 동물들이 안 가게 됐는데 그건 개나 고양이한테는 보이지만 인간한테는 보이지 않는다는 거지?”

“그래. 그렇다고 할 수 있겠네.”

만족했다는 듯이 고개를 끄덕이는 사카나카는,

“또 하나 신경이 쓰이는 게 있어. 여러 마리를 키우는 히구치라는 분이 있거든. 그 사람이랑 개들도 우리 동료야.”

그리고 무척 무섭다는 듯,

“그중에 한 마리가 어제부터 몸이 안 좋아졌대. 오늘 아침 산책에 데리고 나오질 못했더라고. 잠깐 들은 거라 자세한 건 모르겠지만 동물병원에 다니고 있다나봐.”

사카나카의 진지한 눈빛이 하루히에게 향했다.

“이건 역시 유령인 것 같아, 스즈미야?”

“글쎄.”

하루히는 팔짱을 낀 손에 턱을 올리고 생각에 잠기듯 눈을 가늘게 떴다. 이 얘기만 가지고는 알 수 없지만 유령이라면 재미있겠다는 얼굴이다.

“현시점에서는 뭐라고 말하기 힘들겠어.”

의외로 하루히는 신중하게 말했지만 입꼬리는 꿈틀거리고 있었다.

"하지만 그럴 가능성은 다분하지. 개나 고양이는 인간에게는 보이지 않는 걸 본다잖아. 그 누구누구 씨의 개도 유령을 본 충격으로 몸져누웠는지도 몰라."

그 의견에 손을 들고 반론을 펴는 짓은 나도 못 하겠다. 왜냐하면 샤미센이 아무것도 없는 방구석을 가만히 바라보는 광경을 자주 봤기 때문이다. 고양이를 키우는 사람에게는 이해와 함께 동의를 얻을 수 있을 것 같은데. 하지만 고양이는 개와 달리 유령을 목격해도 몸져눕거나 하지 않는다. 그것도 고양이를 키워보면 알 수 있을 거다.

내가 집에서 키우는 얼룩고양이에 관한 기억을 소환하고 있는데 하루히가 의자를 박차듯 일어났다.

"대강 이해했어."

내가 이해한 건 개랑 고양이가 들어가길 거부하는 지역이 있다는 것뿐인데.

"충분해. 이렇게 되면 방에서 추리 싸움을 하는 것보다 한시라도 빨리 현장에 가는 게 낫지. 아마 거기에는 동물 특유의 본능이 위험을 느끼게 하는 뭔가가 있을 거야. 유령이나 도깨비나 요괴, 뭐 그런 것들이."

그거든가 더 수상한 거겠지. 나는 19세기 중반 유럽을 휩쓸던 공산주의처럼 모습이 없는 요괴를 그려보고 몸을 떨었다. 유령이라면 섣득 어히에 따라 성불을 해줄시도 모르고 도깨비나 요괴라면 고스트버스터나 요괴 포스트를 찾으면 되겠지만 호러 소설에 나오는 형용하기 힘든 어떤 것에 사로잡히면 어떻게 되는 거지.

그런 생각이 들자 내 눈은 자연히 나가토 쪽을 향했다.

지난번 의뢰인이자 지금은 학생회 서기의 지위에 있는 키미도리 선배는 나가토의 관계자였다. 그렇다면 설마 이 사카나카도….

하지만 난 이내 이 가정을 버렸다. 나가토는 펼친 책에서 고개를 들고 웬일로 관심이 동한다는 듯이 사카나카의 이야기를 듣고 있었기 때문이다. 그 무뚝뚝할 정도로 하얀 얼굴에 있던 것은—이건 자랑을 해야 할 부분이다—나만이 알 수 있는 표정 변화였다. 나가토는 생각에 잠긴 듯한 표정을 1미크론 정도 짓고 있었다. 즉, 사카나카가 들고 온 이번 일은 나가토에게도 의외의 사건이란 말이다.

참고로 코이즈미의 얼굴도 살펴보았다. 시선이 마주치자 코이즈미는 살짝 어깨를 치켜올리고 입술에 씁쓸한 미소를 지었다. 화가 나게도 내가 하고 싶은 말이 잘 전달된 것 같다. 제가 한 짓이 아닙니다—. 코이즈미는 태도로 표명했고 그 보디랭귀지를 이해하고만 나도 완전히 코이즈미에게 익숙해져 버린 것 같은 불길한 예감이 들었다.

또 다른 한 분에 대해서는 말할 필요도 없다. 아사히나 선배는 완전히 자기와는 관계없는 일이라는 분위기를 풍기고 있었고 얘기 자체를 제대로 따라가지 못하고 있는 건 아닌가 하는 인상마저 주었다. 만약 유령 소동의 원인이 시간과 관련이 있다 해도 여기 있는 아사히나 선배는 아무 도움도 되지 않을 것이다. 아사히나 선배(대)를 불러야지.

"그럼 다들."

하루히가 기세를 올렸다.

"지금부터 출발한다. 필요한 건 카메라랑…, 유령 포획 장치는 없군. 가능하면 서하문자(주14)로 쓴 부적이 있었으면 했는데."

주14) 서하문자 : 중국 서하국에서 한자를 모방하여 만든 표의문자. 1036년에 국정문자로 공포되어 4백 년 동안 사용되었다.

"필수품은 시내 지도로군요."

코이즈미가 그렇게 덧붙인 뒤 사카나카에게로 미소의 방향을 돌렸다.

"현지 검색을 해볼까 합니다. 당신네 집의 루소 씨에게도 협력을 부탁할 수 있을까요?"

이 녀석도 흥미가 동하나보다. 시내를 쓸데없이 탐색하는 순찰. 결국 신비한 장소는 발견하지 못했지만 의혹 지역이 수고하지 않고도 이렇게 저절로 굴러 들어오다니.

"좋아."

사카나카는 코이즈미의 핸섬한 얼굴을 향해 고개를 끄덕였다.

"루소를 산책시키는 길이라면야."

눈을 깜박이고 있던 아사히나 선배가,

"아, 앗. 그러면 옷을 갈아입어야지."

메이드복을 잡고 당황했다. 서두르지 않으면 이 상태 그대로 밖에 끌려나갈 것을 두려워하고 있는 듯했다. 하루히라면 군소리도 못 하고 끌고 나갈 줄 알았는데.

"그래, 미쿠루. 옷을 갈아입을 필요가 있겠다. 그 복장은 어울리지 않아."

상식적인 소리를 했다.

"그, 그렇죠."

아사히나 선배는 인도한 표징으로 버리에 누른 수건에 손을 올렸다.

그렇다면 나와 코이즈미는 방에서 나가야지. 나는 몰라도 코이즈미에게 괜히 서비스 신을 제공해줄 수는 없다.

내가 방을 나가려고 등을 돌린 순간 하루히는 예상 밖의 말을 꺼냈다.

"하지만 미쿠루가 입을 옷은 교복이 아니야."

"네?"

당황한 목소리를 내는 아사히나 선배의 옆을 지나 하루히는 옷걸이를 향해 저벅저벅 걸어갔다. 희희낙락한 얼굴로 의상 속에서 고른 것은,

"이거야, 이거. 유령퇴치에 안성맞춤인 옷이잖아?"

하루히의 손에 들려 있는 것은 기다란 흰옷에 심홍색 하카마라는 투 톤 컬러. 오랜 역사를 자랑하는 일본의 민속의상 중 하나인….

아사히나 선배는 반사적으로 뒷걸음질쳤다.

"그건…. 저어…."

"무녀야, 무녀."

좋은 생각이 났다고 실감할 때 특유의 미소를 지으며 하루히는 무녀 의상을 아사히나 선배에게 떠넘겼다.

"액막이에는 이게 최고지. 가사는 준비해놓은 게 없고, 있다고 해도 미쿠루를 까까머리 스님으로 만드는 건 내키지가 않잖아. 어때, 콘? 나도 아무 생각 없이 의상을 가져온 건 아니라 이거야. 자, 확실히 도움이 됐지?"

하교하는 데 메이드나 무녀 둘 중 어느 쪽이 눈에 덜 띌까…. 그런 문제가 아니잖아, 라는 내 반응을 말할 틈도 없이 나와 코이즈미는 사이좋게 건물 복도로 내쫓겼다.

실내에서는 아사히나 선배의 의상을 갈아입히는 것에 기쁨을 느끼는 하루히의 목소리와 벗겨지고 있는 아사히나 선배의 귀여운 비

명이 친숙한 BGM이 되어 들려온다.

이 기회에 물어보기로 하자.

"코이즈미."

"뭔가요? 미리 말해두겠는데 제게는 유령이란 소리에 떠오르는 것은 아무것도 없습니다."

코이즈미는 앞머리를 손끝으로 튀기며 부드럽게 미소를 지었다.

"그럼 뭐냐?"

"지금 단계에서 말할 수 있을 만한 내용은 아니에요. 모두 억측의 범위를 벗어나지 않은 상태입니다."

뭐든 좋으니까 말해봐.

"개들이 일제히 특정 지역을 기피하게 되었잖아요. 그럼 여기에서 문제입니다. 인간보다 동물, 특히 개에게 뛰어난 특성은 무엇인가요?"

"후각이잖아."

"그렇습니다. 사카나카 씨의 산책 코스 도중에 개가 싫어하는 냄새가 나는 뭔가가 묻혀 있다, 혹은 묻혀 있을 가능성이 있다 이거죠."

귀에 걸린 머리를 쳐내며 코이즈미는 여전히 미소를 띤 입으로 말했다.

"한 가지 생각해볼 수 있는 건 유독 가스탄이에요. 어떤 군 조직이 운송하는 도중에 떨어뜨렸다거나."

그게 말이 되냐. 미니 트럭에 쌓아둔 짐이 떨어졌다고 해서 유독 가스가 퍼질 리가 없잖아.

"또는 방사성 물질입니다. 동물이 얼마나 방사능을 느낄 수 있는지는 저도 잘 모릅니다만."

독가스나 그거나 그게 그거네. 그나마 불발탄이 더 쉽게 받아들일 수 있겠다.

"네, 그것도 가능한 얘기입니다. 더 현실적으로 말하자면 민가에 내려온 곰이 그 부근에서 동면을 하다가 슬슬 깨어날 기척을 개들이 느꼈을 수도…."

없어. 이 부근의 산에 멧돼지는 있어도 곰은 없다.

"그러니까요." 코이즈미는 우아하게 팔짱을 꼈다. "모호한 전달 정보를 통해서는 이렇게 아무것도 추리해낼 수 없어요. 유일무이한 진상을 간파할 수 있는 건 모든 정보가 갖춰졌으며 이론적인 사고와 상상력의 비약 및 약간의 직감을 복합적으로 연동시켰을 때뿐입니다. 그중에서도 제일 중요한 건 정보를 확정하는 거죠. 어느 시점에서 모든 단서가 갖춰졌는가, 그걸 알아내기란 보통 어려운 일이 아니니까요."

미스터리 토론을 하고 싶으면 미스터리 연구부에서 해라. 뭔가 생각을 해서 해결하려고 하는 게 아니라고. 이런 건 하루히가 하려 했던 대로 현장에 가서 수상한 걸 발견하면 되는 거야. 쉽게 해결 되잖아. 어쩌면 하루히는 땅을 여기저기 파 헤집다가 자칫 잘못해 히미코(주15)가 중국의 황제에게서 받은 금인을 파낼지도 모르지만, 그렇게 되면 고고학회의 높으신 분들이 졸도할지도 모르니 생각도 하기 싫다 치더라도, 아무튼 그건 그렇고 미스터리가 하고 싶으면 다음 합숙에서 해줘라.

"순수한 사색에 의해 진실을 밝히는 사고 실험이야말로 미스터리의 진정한 묘미인데요. 조사로 알 수 있는 사건에는 오락성이 없

주15) 히미코: 3세기경 야마타이 국을 다스렸다고 알려져 있는 여왕.

죠."

이해되지 않는 소리를 늘어놓으며 코이즈미는 기대 있던 문에서 몸을 일으켜 옆으로 이동했다.

그 순간 문이 열리며 씩씩한 단장이 아사히나 선배의 손을 끌고 나타났다.

"준비 만전, 이걸로 다 됐어. 미쿠루, 아주 느낌 좋은데. 어떤 악령이라도 바로 승천할 거야."

"으으…."

주춤거리며 나온 아사히나 선배 무녀 버전은 부끄러운 듯 고개를 숙이고 비틀거리며 걸음을 옮겼다. 이 모습을 보는 것은 3월 3일 히나아라레(주16) 뿌리기 이벤트 이래로 처음이다.

언제 만들었는지 신을 모시기에 적합한 복장을 갖춘 아사히나 선배는 고헤이(주17)를 끝에 단 막대기까지 들고 있었다. 이걸 흔들며 축사를 외우면 분명 악령이 아니라도 승천해버릴 것 같은 모습이다. 귀여워.

두 사람 뒤에서 "으음, 이렇게 할 것까진 없는데" 라는 식으로 고개를 갸웃거리고 있는 사카나카와 투명하지 않은 유령 같은 발걸음으로 나가토가 복도로 나왔고 이로써 학교를 떠날 준비는 갖추어졌다.

설마 정말로 제령을 할 일은 없을 거라고 생각하고 싶다. 마귀 퇴치 역힐을 밋대로 떠넘긴 사람이 사람이니만큼 말이나. 파트타임 코스튬 플레이 무녀가 즉석 액막이 봉을 휘둘러서 사태가 끝난다면 헤이안 시대 후지와라 정권 전성시대의 음양사분들께 면목이 없다.

뭐, 아직 초봄이잖아. 사람도 그렇지만 이 시기에는 내가 고양이

<hr>

주16) 히나아라레: 雛あられ. 히나마츠리 때 히나 인형 앞에 차려 놓는 주사위 모양 튀김과자.
주17) 고헤이: 御幣. 신도에서 신에게 빌 때 바치는 삼, 명주, 종이 등을 가늘게 잘라 만든 것으로 주로 신전의 나뭇가지나 울타리에 묶어 드리운다.

라도 여러 가지로 정서불안이 되는 계절인 거야.

상식적으로는 그렇게 생각해야 했지만.

아무래도 하루히가 기대감이 넘치는 얼굴을 하고 돌아다니면 대부분 뭔가 기묘한 일에 휘말리기 마련이다. 게다가 최근에는 하루히 이외에도 코이즈미와 아사히나 선배, 나가토까지 독자적으로 사건을 가져오고 있으니 정말 가끔은 나도 뭔가 일 좀 쳐볼까 하는 생각이 들 정도다.

나는 이 SOS단 단원 이외에 비상식적인 존재를 모르기 때문에 불가능한 꿈이기는 하다.

그것까지 포함해 오늘의 경우를 생각하면. 수수께끼를 가져온 것은 아무리 봐도 평범한 반 친구이자 개를 좋아하는 여학생이었고, 이 사카나카가 일부러 유령이 나오는 시나리오를 쓸 리는 만무하고 정말로 진짜 유령이 나올 리도 없을 거다. 특히 아사히나 선배의 설득으로 사라져줄 만한, 이해심 많은 유령이란 존재가 시내를 둥둥 떠다니고 있다면 벌써 동아리방에 찾아왔을 것 같다는 생각이 든다. 무엇보다 지금은 유령이 나오는 계절이 아니다.

나는 그렇게 생각해 무녀 복장의 아사히나 선배를 기분 좋게 바라보며 두 눈을 쉬게 했다.

아니, 정말—.

유령보다 더 설명하기 힘든 뭔가가 나올 줄은 생각도 못 했으니까 말이다.

사카나카의 집은 키타고에서 이어지는 산길을 쭉 내려간 언덕 아래에 있는 교외선에서 전철을 타고 가다 본선으로 갈아타 한 정거장을 더 간 곳에 있다고 했다. 마침 우리 SOS단이 매번 집합 장소로 쓰는 역과는 반대 방향이라 나도 별로 가본 적은 없지만 분명히 제법 고급 주택가가 펼쳐져 있는 지역이었다.

동네 주민이 아니라도 그 근처의 지명은 상류층이 많이 살기로 유명해서 혹시나 싶어 물어봤더니, 사카나카는 진짜로 아가씨라는 사실이 판명되었다. 아버지는 무슨 건축 관련 회사 사장님이고 오빠는 명문대학 의대에 다니고 있다니, 설마 우리 반에 이런 양가집 규수가 있을 줄은 학년말이 다 되어가는 지금까지 상상도 못 했다.

"그렇게 대단한 거 아냐—."

사카나카는 전철 안에서 겸허하게 손을 흔들었다.

"아버지가 하는 건 작은 회사고 오빠는 국립대학에 다니는걸."

그건 돈이 안 드는 곳을 힘겹게 선택했다기보다 그저 머리가 좋은 것뿐이라고 보는데. 그건 그렇고 사카나카네 오빠는 동생한테 오빠라 불리는 걸까. 지금의 내게는 무척이나 그립고 멋진 느낌을 가진 말이다.

나는 집에 있는 동생의 능글맞은 미소를 떠올리며 전철 안을 둘러보았다.

사카나카네 집으로 가는 길이라 당연히 우리는 한데 모여 있었다. SOS단 멤버에 더해 반 친구 한 명이라는 인원은 사이좋게 하교하는 그룹치고는 좀 많은 듯도 했지만, 전철 안에서는 별로 눈에 띄지 않았다. 왜냐하면 이 시간대의 전철은 하교하는 학생들로 가득 차 있기 때문이다. 특히 코우요우엔 여고의 교복이 많다기보다 거의 꽉 차 있었고 우리 같은 키타고 학생은 사립 냄새가 나는 여고생 파워에 눌려 완전히 구석에 몰려 있었는데 어찌 된 영문인지 흥미진진한 시선이 우리 쪽을 향해 날아왔다.

"으으으…."

울먹이기 직전의 표정을 짓고 손잡이에 매달려 있는 아사히나 선배가 그 원인이었다.

그야 무녀의 모습으로 만원 전철에 타면 싫어도 눈에 띄는 거야 당연한 일이고, 본업이 무녀라 해도 흰옷에 진홍색 하카마라는 복장으로 통근을 한다면 시선을 모으지 않는 쪽이 더 신기한 현상이다.

아사히나 선배는 전에도 바니걸 차림으로 전철을 타고 그대로 상점가를 돌아다녔던 전과가 있기 때문에 그에 비하면 노출이 적은 만큼 그나마 더 나은 편이라고 해석해주고 싶다.

하지만 아사히나 선배에게 무녀 복장을 강요한 극악한 범인 하루히는 자리에 앉은 승객들의 진기한 것을 보는 듯한 시선에는 아랑곳하지 않았다.

"미쿠루, 악령을 쫓는 주문이나 축사나 경이나 아무튼 뭐 그런 거 아는 거 없어?"

"…모, 몰라요."

아사히나 선배는 시종일관 고개를 숙이고 가능한 한 몸을 잔뜩 웅크린 채 작은 목소리로 대답했다.

"하긴 그렇겠지."

수치심으로 오그라든 아사히나 선배와는 대조적으로 하루히는 기운이 넘쳤다.

"유키는? 읽은 책 중에 악마 쫓는 거라거나 엑소시스트. 그런 거 없었어?"

"…………."

나가토는 멍하니 창 밖을 스쳐 가는 풍경을 바라보고 있다가 천천히 고개를 기울였다 다시 되돌리는 동작을 2초 정도에 걸쳐 실시했다.

나는 나가토가 하고 싶은 말이 뭔지 이해가 갔는데 하루히도 이해했는지,

"흐음, 그래."

순순히 받아들였다.

"그렇게 다 기억하고 있진 않겠지. 하지만 걱정 마. 내가 외우고 있는 게 있으니까 미쿠루는 그걸 외우도록 하자."

대체 뭘 외우게 시킬 생각이냐. 혹시 그걸로 요상한 게 소환되면 책임은 아사히나 선배가 아닌 네가 져라. 미리 말해두겠는데 나는 도망갈 거야.

"바보야."

하루히는 무척 신이 나 보였다.

"그런 엄청난 주문을 알고 있었으면 벌써 시험해봤을 거다. 실은 중학교 때 조금 해본 적이 있거든. 마술서 같은 걸 사서 그대로 따라 해봤어. 하지만 아무것도 안 나오더라고. 내 경험상 정상적으로 유통되는 책에 쓰여 있는 긴 도움이 안 돼. 아, 좋은 생각이 났다."

하루히의 이마 10센티미터 상공에 전구가 반짝이는 광경이 보이는 것 같았다. 나 때문에 또 쓸데없는 생각이 떠올랐나보다.

"이번 시내 순찰은 중고 서적이랑 중고 도구점을 돌자. 수상한 가

게 주인이 지키고 있는 오래된 가게를 노려서 진짜 마술서나 의식에 쓰일 법한 도구를 찾는거야. 문지르면 마신이 나올 듯한 거 말야."

그 여신이 소원을 세 개쯤 들어주고 순순히 단지 안으로 돌아가면 다행이지만 하루히의 성격으로 보아 봉인되어 있던 공포의 암흑 대마왕을 해방시켜 세계에 공황을 일으킬까봐 불안한 거다. 어느 사이엔가 악령 퇴치 얘기가 완전히 반대가 되어 있질 않나. 시내에 있는 고서점과 골동품점이 하루히의 눈에 띄기 전에 문을 닫아주기를 은밀히 기대할 뿐이다.

그런 내 마음속을 읽었는지 옆에 서서 흔들거리고 있는 코이즈미가 흣 하고 웃었다. 손잡이를 잡지 않고 서 있는 것은 두 손에 모두 짐을 들고 있어서인데 한 손에는 자기 가방, 다른 한 손에 아사히나 선배의 가방을 들고 있었다. 참고로 나도 내 짐 외에 봉투를 어깨에 걸고 있었는데 그 안에는 아사히나 선배의 향기로운 교복이 들어 있었다. 최소한 옷을 갈아입혀 집에 보내겠다는 배려에서다. 교복을 동아리방에 놔뒀다가 내일도 무녀 복장으로 등교하게 된다면 아사히나 선배는 학교를 쉴지도 모를 일이고, 그렇게 되면 방과 후에 나는 뭘로 목을 축여야 좋단 말인가.

"걱정 마십시오."

쉽게 요청을 받아든 이는 코이즈미였다.

"차를 따르는 건 제게는 과분한 것 같지만 아사히나 씨의 등하교야 간단하죠. 제가 차량을 수배해서 오갈 수 있도록─."

라고 말을 하기에 입을 다물게 했다. 어차피 그 차량을 운전하는 것도 '기관'이란 곳의 멤버겠지. 아라카와 씨만이라면 그나마 다행이지만 그 연령 미상의 모리 씨부터는 조금 수상한 기운이 느껴진다. 혹시 코이즈미의 상사는 아닐까 의심이 갈 정도의 수상함이지만. 그리고 그 두 사람 외의 누구라면 더욱 의심스럽다. 코이즈미의 조직에는 아사히나 선배 유괴 소동 때의 빚이 있긴 해도 빚은 하나로 충분하잖아.

코이즈미는 다시 후훗 하고 웃었다.

"모리 씨에게 그렇게 전하죠. 아마 쓴웃음을 지을 겁니다."

전차가 덜컹거리며 속도를 늦추기 시작했다. 내려야 할 역이 가까워졌다.

앞으로 생각해야 할 것은 '기관' 내의 조직도, 다음 시내 탐색 기행도 아니다.

사카나카의 개 산책 코스에 대체 뭐가 있는 걸까.


역에서 내린 우리는 사카나카를 선두로 다시 산길을 올라가게 되었다. 하지만 키타고에 이르는 길과는 달리 비교적 평탄한 시가지로, 착각인지 길을 가는 사람들로 모두 멋져 보인다 다행히 무녀가 섞여 있는 우리 일행이 담당 지역의 평화유지에 노력하는 근면한 경찰의 심문을 받지 않고 무사히 걸어가기를 15분여, 그곳에 사카나카의 집이 있었다.

"여기야."

사카나카가 태연히 가리킨 건물은 내가 불행한 태생을 한탄하는 말을 즉시 다섯 가지 정도 자아냈을 만큼 호화로운 집이었다. 딱 보기에도 부자가 살 법한, 외벽에서 현관까지 멋진 아우라가 느껴지는 3층 주택, 그것도 잔디가 펼쳐진 개방형 정원이 딸린 곳.

츠루야 선배의 순수 일본풍 대가옥처럼 수준이 완전히 다른 저택은 아니었지만, 근대적인 만큼, 나 같은 초짜 고교생도 얼마나 고급스러운 곳인지 알 수 있었다. 문패 옆에는 당연하다는 듯이 보안 회사의 스티커가 붙어 있었고, 지붕이 달린 차고에는 외제차와 고급 국산차가 두 대 세워져 있는데다 한 대 더 세울 만한 공간까지 있었다. 대체 어떤 선행을 쌓으면 이런 곳에 태어나고 자라며 살 수 있는 거지?

내가 은근히 화를 내고 있는데 사카나카는 재빨리 대문을 열고 하루히를 손짓으로 불렀다. 하루히는 당연하다는 얼굴로 들어갔고, 나가토, 코이즈미, 아사히나 선배도 그 뒤를 따랐다. 마지막이 나였다.

"잠깐만 기다려."

사카나카는 가방에서 열쇠를 꺼내 현관문에 꽂았다. 열쇠 종류가 세 종류나 됐는데.

"좀 귀찮긴 하지만."

하고 말하며 사카나카는 익숙한 손놀림으로 문을 열었다. 집에 아무도 없는 줄 알았는데 그런 건 아니라 어머니는 있다고 했다. 그저 직접 문을 여는 것이 습관이 되었을 뿐이다.

하루히는 정원의 잔디를 보다가 물었다.

"개는 어디에 있니?"

"응, 이제 나올 거야."

사카나카가 문을 열자마자,

"멍멍."

하는 울음소리와 함께 하얀 털뭉치 같은 물체가 뛰어나왔다. 짧

은 꼬리를 흔들며 사카나카의 치마에 매달리는 소형견을 보고,

"와아! 귀여워라…!"

아사히나 선배가 눈을 빛내며 주저앉았다. 그 손에 재빨리 앞발을 올린 뒤 무녀복 차림의 선배 주위를 빙글빙글 도는 동그란 눈동자의 하얀 개에게는 아무리 봐도 혈통서가 이마에 붙어 있는 것같이 보였다.

"루소, 앉아."

주인의 말에 즉시 따르는 것을 보니 교육이 잘 되어있었다. 아사히나 선배는 부드럽게 루소란 녀석의 머리를 쓰다듬으며 물었다.

"저, 안아봐도…."

"아, 네."

아사히나 선배는 서투르게 그 소형견을 안아들었고 루소는 왈왈거리며 손님의 뺨을 핥았다. 이런 개가 될 수 있다면 다음 세상에서는 개로 태어나도 좋겠다.

"이게 루소야? 전지로 움직이는 장난감 같다. 종류가 뭐니?"

아사히나 선배에게 꼭 안겨서도 얌전한, 혈통 있어 보이는 개의 머리를 꾹꾹 찌르며 하루히가 물었다.

"웨스트 하이랜드 화이트테리어군요."

코이즈미가 사카나카보다도 먼저 혀가 꼬일 법한 품종명을 술술 말해 박식함을 아낌없이 어필했다. 사카나카는 "잘 아네"라며 아사히나 선배에게 안겨 있는 애완견을 자애로운 눈빛으로 쳐다보았다.

"귀엽지?"

확실히 귀엽다. 복슬복슬한 하얀 털과 거기에 파묻힐 것 같은 까만 눈이 마치 인형 같다. 우리 집에서 빈둥거리고 있는 전직 들고양

이 출신의 잡종 얼룩고양이와는 태생도, 자란 것도 카스트 제도의 맨꼭대기와 최하위층만큼 차가 나는데. 마하라자(주18)와 잠발라야(주19)만큼 다르다. 뭐 샤미센도 그 나름대로 괜찮은 고양이긴 하다만.

나가토는 마치 샤미센처럼 10초 정도 화이트테리어 루소를 눈도 깜박이지 않고 관찰했지만, 마침내 흥미를 잃은 듯 다시 시선을 돌렸다. 흐음, 적어도 이 개에게는 이 녀석이 신경이 쓸 일은 없는 것 같군.

"야, 미쿠루, 언제까지 그러고 있을거야 나도 그 개랑 놀고 싶단 말야."

하루히의 말에 아사히나 선배는 아쉽다는 듯이 루소를 놔줬고 낯선 사람이 여럿 있어 흥분했는지, 루소는 펄쩍거리며 하루히의 손으로 뛰어들었다. 거칠게 안는데도 루소는 아무 불평도 하지 않고 꼬리를 흔들어댔다.

"이 장 자크, 되게 폭신폭신하다."

야, 하루히. 남의 집 개 이름을 멋대로 개명하지 마 하고 내가 말하기도 전에.

"아하하. 스즈미야. 그건 우리 아버지가 부르는 이름이야."

기묘하게도 사카나카의 아버지와 같은 센스를 갖고 있음을 드러낸 하루히였지만, 전혀 신경도 쓰지 않고 프랑스 철학자 같은 본명을 가진 개를 높이 쳐들며,

"그래, 장 자크가 산책길에서 신기한 것의 냄새를 맡았다 이거로군. 그런 거지?"

개를 향해 말을 걸었지만, 당연히 루소는 꼬리만 흔들 뿐 대답이

주18) 마하라자 : 산스크리트로 대왕이란 뜻으로 고대 인도에서 왕에게 쓰던 칭호였다.
주19) 잠발라야: 미국 남부의 크레올 요리 중 하나. 닭고기, 새우, 햄, 토마토, 피망등을 넣어 볶은 밥.

없었고 대신 주인이 고개를 끄덕였다.

"응, 그래. 하지만 신기한 건지 어떤지는 잘 모르겠어. 루소만 그런 것도 아니고 다른 개들도 그러니까 좀 기분이 안 좋잖아. 그래서 유령이 아니냐는 하는 소문이 난 거지."

사카나카와 그 개 동료들 모두 참 단세포적이라 생각이 들었지만, 그건 유령만큼 신비한 존재, 예를 들어 미래에서 온 사람이나 우주인이나 초능력자의 실존 사실을 알고 있는 나니까 할 수 있는 생각인지도 모르겠다. 하지만 아사히나 선배와 나가토, 코이즈미에게는 실체가 있고 눈에도 선명히 보인다. 눈에 보이지 않는데 개가 겁을 먹는 믿지 못할 게 대체 뭐지? 정말 지박령인가? 설마.

이후 사카나카는 집에서 차라도 마시고 가라고 권했지만, 한시라도 빨리 신비한 포인트에 가고 싶은 하루히는 그 권유를 거절했다. 사카나카가 옷을 갈아입기 위해 방으로 가는 것과 엇갈려 현관까지 왔던 그녀의 어머니는 아무리 눈을 부릅뜨고 봐도 사카나카와 나이 차이가 많이 나는 언니 정도로밖에 보이지 않았고 행동과 말투, 복장 그 모두가 좋은 인상을 주는 미인이었다. 깜짝 놀랐다.

미인인 사카나카의 어머니는 아사히나 선배의 무녀 차림에 미소를 지었고, 우리가 찾아온 이유를 듣더니 깔깔거리며 웃었다. 딸애가 루소의 응석을 너무 받아줘서 문제라는 얘기를 우아하게 했는데 그런 부인을 앞에 두고 태연하게 응대하던 하루히도 참 대단했다. 나는 완전 쫄아서 지저분한 신발을 신고 현관에 서 있는 것도 미안한 기분이 들 정도였는데 말이다.

사카나카의 어머니는 집에 갈 때는 꼭 딸애 방에도 들렀다 가라고 말을 해주었고, 한참 기분 좋은 시간이 지난 뒤에 평상복으로 갈아입은 사카나카가 내려왔다.

"오래 기다렸지."

후우, 일단 초봄의 일등지를 산책해보실까.

짐을 사카나카네 집에 맡겨두고 우리들 여섯 명과 개 한마리는 현관을 나섰다. 혹시 여기에서 안도한 사람은 나뿐인 거냐?

"가자 J.J.!"

하루히는 또다시 자기 멋대로 바꾼 이름을 외치는가 싶더니 잰걸음으로 달려간다. J.J.루소도 줄을 쥐고 있는 게 오늘 막 만난 타인이라는 사실에는 신경도 쓰지 않은 채 신이 나서 따라가는 건, 고대이래 경비견으로서 사람과 함께 해온 개의 입장에서는 좀 문제가 있는 것 아닐까.

"앗, 스즈미야. 그쪽이 아니야. 이쪽, 이쪽이 산책 코스야!"

삽과 견변용 봉투를 들고 쫓아오는 사카나카와 걸음을 멈추고 웃는 얼굴로 돌아오는 하루히를 지켜보며, 이 두 사람은 의외로 좋은 콤비가 되지 않을까 생각하는 나였다.


개라는 동물은 아주 성격이 꼬였거나 병을 앓는 게 아닌 이상, 산책을 무척 좋아하는데 그 혈통적 취향은 루소에게도 이어져 있었다. 타박타박 걸어가는 하얀 소형견 뒤를, 아사히나 선배가 미소를 지으며 역시 타박타박 따라갔고 모습이 모습인 만큼 무슨 환상적인 세계에서 일어난 일처럼 보였다.

참고로 하루히한테 끈을 맡겼다가는 누가 누구를 산책시키는지 알 수 없는 사태가 벌어질 것 같아 중간에서부터 주인인 사카나카가 끈을 잡고 주종일체가 되어 거리를 나아갔고 기타 SOS단원은 그 뒤를 느긋하게 따라가고 있었다.

"어디야, J.J.? 더 빨리 달릴 수 없니? 자, 뛰어."

루소 옆에 나란히 서서 재촉을 하는 하루히에게.

"그건 너무 빨라, 스즈미야. 달리는 게 아니라 걷는 거야."

부드럽게 대답하며 루소를 끌고 가는 사카나카였다.

내버려두면 개보다 앞서 갈 듯한 하루히와 얌전히 개의 뒤를 따라가는 아사히나 선배는 제쳐두고 나가토는 묵묵히, 코이즈미는 1만분의 1 축척 시내 지도를 펼친 채 따라왔다.

나는 코이즈미가 든 지도를 훔쳐보며,

"그런 걸 보고 뭘 하려고? 관광 명소라도 있냐?"

라고 물었는데 코이즈미는 주머니에서 펜을 꺼내며 대답했다.

"개가 다가가기 힘든 지점을 조사해보려고요. 구석구석 돌아다니지 않더라도 대강의 위치라면 지도상에 도형을 그리면 알 수 있죠."

아아, 그런 건 너한테 맡기마, 이 도형광아. 개들이 다니는 것조차 기피하려 드는 장소가 있든 없든, 사카나카 집안의 애완견의 기운찬 모습을 보고 있는 것만으로도 나는 즐거운 산책을 하는 기분을 맛볼 수 있었다. 개를 키워보고 싶어졌다. 이렇게 으리으리한 녀석이 아니라 잡종이라도 되는데. 보아하니 하루히도 유령 얘기는 까맣게 잊고 있는 거 아냐? 루소랑 장난치듯 토끼처럼 깡충거리고 있고 말이지.

평상복인 것은 사카나카뿐, 나머지는 교복에 무녀 한 명, 거기에 개라는 오리무중의 패거리가 된 우리들은 사카나카와 루소가 늘 다니는 산책 코스를 충실히 재현해 나아갔다. 일반적인 건지, 성격 탓

인지 사카나카는 매우 천천히 걸어가고 있었다. 방향성으로 볼 때 동쪽으로 향하는 듯했다. 이대로 똑바로 가면 그 강이 나오겠군. 아사히나 선배의 미래 고백을 받기도 하고, 거북이를 던졌다 주워서 안경 소년한테 주기도 했던 그 벚나무 가로수길이 있는 강이다. 마침 개를 산책시키에 적당한 산책길도 있었다….

그런 생각을 하고 있는데 사카나카의 걸음이 멎었다.

"아, 역시 여기에서 멈추는군."

루소는 사지로 단단히 버티며 아스팔트를 디디며 버티고 있었다. 사카나카가 줄을 당겨도 목에 힘을 주며 뒷걸음질쳤다.

끄응, 가엾은 소리를 들으니 주인이 아니라도 더는 못 하겠다는 심정이 든다.

"헤에."

하루히가 마침내 목적을 떠올린 듯 눈을 동그랗게 떴다. 그리고 주위를 바라본다.

"수상한 곳이 있는 것 같지는 않은데."

택지 안이었지만 강이 가까워서 녹음이 눈에 꽤 들어왔다. 북쪽을 올려다보니 키타고와 비슷한 표고를 자랑할 만한 산들의 능선이 저 멀리 보였다. 여기에 곰은 없지만 멧돼지라면 가끔 내려온다는 얘기를 들은 적이 있다. 하지만 그렇다 하더라도 이렇게 역에 가까운 시가지까지 오는 것은 매우 드문 일이었고 그런 뉴스는 아직까지 접힌 적이 없다.

사카나카는 말을 듣지 않는 루소의 줄을 쥔 채로 말했다.

"지난주까지는 여길 똑바로 가서 제방 계단을 올라가 강가를 걸었거든. 조금 걷다 다시 내려와 집에 오는 코스였어. 그런데 1주일 전부터 루소가 강에 가까이 가질 않는거야."

아사히나 선배가 무릎을 꿇고 꼼짝도 않는 루소의 귀를 긁어주었다. 그 움찔거리는 하얀 귀를 바라보며 하루히는 자신의 귓볼을 잡았다.

"그 강이 수상한 거 아냐? 유독 물질이 흐르고 있는지도 모르지. 상류에 화학 공장이나 그런 게 있는 거 아닐까?"

그런 게 없다는 사실은 우리 키타고 학생들이 제일 잘 알고 있잖아. 이 강으로 올라가면 그대로 우리의 통학 코스와 마주친다. 정말로 산밖에 없어 매일 지긋지긋해하잖아. 주전부리 할 곳도 변변찮은 시골이다, 시골.

"그게 말이지."

사카나카가 설명을 계속했다.

"강이라도 더 위쪽이나 아래쪽이라면 그냥 산책할 수 있나봐. 히구치 씨랑 아난 씨가 그랬으니까."

"그렇구나."

하루히는 아사히나 선배의 손등을 할짝거리는 루소를 가만히 지켜보다 갑자기 그 하얗고 고귀한 털뭉치를 가진 애완동물을 안아들었다.

"그럼 J.J., 일단 여기다 싶은 장소까지 안내해줘. 그 위치에 오면 여길 파라고 멍멍 짖으면 되는 거다. 자, 가자."

억지로 끌고 가려는 하루히였지만, 사카나카가 쥐고 있는 끈 길이까지밖에 나아갈 수 없었다. 왜냐하면 루소가 갑자기 가슴 아프게 낑낑 울어대자 주인의 걸음도 멈춰버렸기 때문이다.

마치 루소처럼 슬픈 표정을 지은 사카나카의 주장에 따르면 아무리 무슨 일이 있어도 자신이 키우는 개가 풀이 죽은 모습은 보고 싶지 않다는 것이다.

"나는 루소한테 화를 낸 적이 없어."

사카나카는 하루히의 팔에서 루소를 되찾아와 머리를 쓰다듬으며 말했다.

"그거 아니? 주인한테 혼나 충격을 받고 죽는 개도 있대. 그렇게 되면 난 죽어버릴거야. 그러니까 있지…."

기가 막힐 정도로 개 홀릭이다. 아무리 좋은 집안 아가씨라 해도 애완견을 너무 끼고 도는 거 아냐? 우리 샤미센을 한번 홈스테이 시켜주고 싶다. 아마 거기에는 샤미센의 파라다이스가 펼쳐져 있겠지.

그 말을 듣자 하루히도 입을 반쯤 벌리고 루소를 안고 있는 사카나카를 바라보았지만 아사히나 선배는 이해했다는 듯 연신 고개를 끄덕이고 있었다. 이렇게 단시간에 아사히나 선배의 마음을 빼앗은 견족에게 가벼운 질투를 느끼고 있는데,

"그렇게 억지로 끌고 갈 거 없어요."

코이즈미가 부드럽게 끼어들었다. 지도를 팔락거리며,

"지금 저희가 있는 현재 위치가…"라며 지도 위에 빨간 펜으로 표식을 달았다.

"여깁니다. 개들이 어떤 위기의식을 느끼고 있다는 지점이 여기부터 앞쪽으로 이어져 있는 기고요. 지점이라기보다 지역이라 할 만한 범위일지도 모르겠지만, 아무튼 이대로 가봤자 위치를 확정하기는 힘들 겁니다."

무슨 소리냐고 내가 묻기도 전에 코이즈미는 사카나카에게 세일

즈맨 같은 미소를 던졌다.

"일단 돌아가죠. 루소 씨에게는 일단 다른 코스로 산책을 즐기게 합시다."

코이즈미 말대로 우리는 왔던 길을 돌아가 5분 정도 걸어가면 나오는 십자로를 좌회전해 남쪽으로 향했다. 역이 가까워지면서 사람들도 많아졌다. 하지만 아사히나 선배는 자신의 의상보다 루소가 더 신경이 쓰이는지 남들의 시선을 별로 의식하지 않았다. 아니면 코스튬 플레이를 하고 외출하는 데에도 조금씩 익숙해지고 있는 건가.

앞서 가고 있는 건 지도를 한 손에 든 코이즈미였는데 이것은 생각보다 보기 드문 광경이었다. 코이즈미가 약삭빠른 핸섬가이다운 얼굴에 사람 좋은 미소를 지으며 선두를 맡고 있다.

"다음은 이리로."

남하했던 코이즈미는 다시 동쪽으로 진로를 잡았다. 그 뒤를 따라 걸어가는 우리들.

그리고 다시 5분 정도 더 걸었을 무렵.

"끄응."

루소의 전진 거부가 시작되었다.

"역시 강인 거 아냐?"

하루히가 가리키는 방향은 우리가 향하던 방향으로 이미 강 옆에 있는 제방 경사면과 벚나무들이 보이고 있었다.

코이즈미는 근처의 표식과 주소를 적은 표시판을 확인한 뒤, 주의깊게 지도에 새로 현재 위치를 표시했다.

"이걸로 대충 알았습니다. 한 곳만 더 가도 될까요?"

코이즈미가 뭘 알았다는 건지는 모르겠지만 우리는 또다시 남하를 개시했다. 이번에는 왔던 길을 돌아가지 않고 그 자리에서 골목으로 들어가 바다 쪽을 향했다. 하지만 바다는 멀었고 코이즈미도 거기까지 탐색을 계속할 생각은 없었는지 기껏해야 한 5분쯤 걸었을까. 마침 처음에 루소가 멈춰 섰던 곳에서 두 번째 멈춰 선 곳까지만큼 걸은 뒤 다시 동쪽으로 향했다.

이번에는 3분도 걸리지 않았다.

"끼이잉~"

루소익 세 번째 거부 행동. 안 그래도 인형 같은 개가 슬픈 목소리로 우니 그것만으로도 충분히 가엾게 보인다. 바로 안아드는 사카나카의 심정도 잘 이해가 간다. 나도 마음이 흔들리니까.

아사히나 선배도 안절부절못하고 있었고 나가토는 여전히 무표정했지만 코이즈미는 이해했다는 듯 시원스런 미소를 지으며,

"그렇군."

지도에 표식을 한 뒤 이제부터 진짜라는 듯이 우리들을 돌아보았다. 또 이해 못 할 소리를 할 것 같은 분위기를 느꼈지만 계속 무시하고 있을 수는 없는 노릇.

"어떻게 된 거냐?"

물어주길 바라는 것 같아 질문을 했다, 내 배려를 감사히 받아들어라.

"우선 이 지도를 봐주세요."

코이즈미가 펼친 지도로 우리들의 시선이 집중했다.

"빨간 표식을 한 곳이 루소 씨가 들어서길 거부한 지점입니다.

지금 우리가 서 있는 곳을 포함해 세 곳이에요. 처음 지점부터 지점 A, B, C라고 부르겠습니다만, 이 세 표식을 보고 뭔가 느낀 점 없습니까?"

무슨 야외 수업을 시작할 작정이냐?

교실 밖에서는 학업을 반쯤 포기하고 있는 내가 대답을 거부하고 있자 즉시 하루히가 손도 들지 않고 말했다.

"직선거리라면 A와 B, B와 C가 거의 똑같네."

"잘 알아보셨군요. 그렇게 되도록 골라서 걸었거든요."

이상적인 학생을 얻어 코이즈미는 무척 만족스러운가보다.

"중요한 건 개개의 포인트에는 별로 의미가 없다는 것입니다. 특히 지점 B는 통과점에 불과합니다. 말보다는 증거가 우선, 그려보는 게 더 이해가 빠르겠지요."

빨간 펜을 거창하게 고쳐 쥔 코이즈미는 지도에 쭉 선을 그었다. 지점 A에서 B를 중간점으로 해 C로 이어지는 곡선이다. 1만 분의 1 축척도 안에 작은 호가 나타났다.

"아아, 그런 거구나."

하루히가 누구보다 먼저 해답에 도달했나보다. 나는 모르겠는데.

"쿈, 보면 모르니? 이 곡선이 뭐로 보여?"

곡선으로밖에 안 보이는데.

"그러니까 네가 수학을 못 하는 거야. 이런 건 직감으로 알아차려야지. 잠깐만, 코이즈미."

하루히는 코이즈미한테서 펜을 빌려 들고 지도에 새 선을 추가했다.

"곡선을 계속 연장시키는 거야. 호의 각도를 가능한 한 그대로 유지한 채 이렇게 한 바퀴 빙 돌리는 거지. 그러면 원이 되잖아."

그러네. 맨손으로 그린 것치고는 진짜 원에 가까운 물체가 빨간 펜으로 그려졌다. 마치 시내 지도에 보석이 있는 곳을 표시한 듯한 소형 원이다.

이제 알았다. 그런 거구나.

"이 원 안이 개가 들어가길 거부한 구획이라고 말하고 싶은 거로 군."

"예상일 뿐이지만요."

코이즈미가 보충 설명을 했다.

"그 구획이 원형으로 펼쳐져 있다고 가정한 경우에는 이렇게 됩니다. 유령 같은 초자연 현상이나 유해물질 같은 인위적인 것은 현재로서는 판별할 수 없지만 이걸로 조금은 이해하기가 쉬워졌죠?"

하루히와 공동작업을 해서 그린 원을 손가락을 찔렀다.

"뭔가가 있다면 곡선상에 있는 모든 지점에서 동일거리, 즉 원의 중심점이 가장 수상한 거죠. 세 개의 지점을 참고한 것뿐이니 상당한 오차가 있긴 하겠지만 아마 잘못되지는 않았을 겁니다. 그리고 그 중심점에 있는 건—."

코이즈미가 가리키는 것보다 하루히가 그곳에 펜을 놓는 것이 더 빨랐다.

"역시 강가네."

하루히의 목소리를 들을 것도 없었다. 지도가 위치를 가르쳐주고 있는 원의 중심, 그곳에는 나와는 친숙한 벚나무 가로수길이 펼쳐져 있다. 추억이 많은 아사히나 선배 벤치가 있는 곳과는 반대편 기슭이 되기는 하지만.

"굉장하다―."

사카나카가 순순히 감탄했다.

"코이즈미, 용케 그런 걸 다 생각해냈네. 와아, 나 감동했어."

"그렇게 대단한 건 아닙니다."

미소를 짓는 코이즈미를 똑바로 쳐다보는 사카나카. 야, 야. 그 녀석은 그만두는 게 좋을 거다. 뱃속에서는 무슨 생각을 하고 있을지 모르는 녀석인데다 빨간 빛 공으로 변신하는 변태니까.

그렇게 충고해주고 싶었지만 나는 입을 다문 채 지도를 바라보았다.

아무래도 기괴한 사건이 일어날 때마다 내게 친숙한 곳에 도달하고 마는 것 같다. 마치 누군가가 부르는 것 같은 감각이었지만 이번에는 정말 차에 치일 뻔한 소년을 구하거나 새 캐릭터가 나타나 재수없는 소리를 하거나 하지는 않겠지. 그때는 나와 아사히나 선배밖에 없었다. 하지만 지금은 모두 다 같이 있다. 무슨 일이 일어난다 해도 우리 가운데 누군가가 어떻게든 손을 써줄 거고 무엇보다 단장 각하가 여기에 계시다.

"가자."

하루히가 신이 나서 호령했다.

"그 수상한 포인트로 가자고. 사카나카, J.J., 지금부터는 호화 여객선에 탔다는 심정으로 있으라고. 우리가 유령이나 그런 거랑 기념촬영을 한 뒤에 깨끗이 제령을 해줄 테니까."

"제, 제령…요?"

겨우 자신의 복장을 떠올렸는지 아사히나 선배가 양어깨를 끌어안는 포즈를 취했다. 그 팔을 움켜쥔 하루히는,

"자 초특급으로 가보자. 전원 뛰어!"

그렇게 외치며 정말로 달려갔다.


거기서부터 목적지까지는 얼마 멀지 않았고 순식간에 도착한 것은 하루히의 달리기 행군 지령 덕분이었다. 코이즈미가 갖고 있는 지도에 따라 추정한 오컬트 지점은 꽃을 피울 에너지를 착실하게 저장하고 있는 벚나무가 줄지어선 강가 산책길 바로 그곳이었다.

지도와 눈싸움을 하며 하루히는 원의 중심에 가장 가까운 곳을 찾았지만 코이즈미의 산출법 자체도 매우 모호한 것이라 그렇게 쉽게 정확한 위치를 찾을 것 없지 않나 하는 생각이 들었다.

"이 부근인가?"

"그 정도면 되지 않을까요?"

하루히가 열심히 지도와 지면을 비교하는 것에 비해, 코이즈미가 대충 대답을 하고 있는 건 자각을 하고 있기 때문일 것이다.

여기까지 온 건 정규 SOS단원 다섯 명뿐이었다. 사카나카와 루소는 집에서 대기, 아니, 그보다는 "싫어하는 루소를 데리고 갈 수는 없어"라고 완고하게 주장하는 사카나카가 동행을 거부했다. 그 한 마리와 한 명이 있어봤자 입회인 이외의 다른 역할은 못 할 것 같아 하루히와 나는 신경 쓰지 않았다. 물론 도움이 되냐 안 되냐를 따지자면 나도 구경꾼 역할 엑스트라 이상은 되지 못한다는 것은 명배하지만,

이 자리에서 명쾌한 역할을 맡고 있는 건,

"미쿠루, 오래 기다렸지? 드디어 네 차례야."

"아, 네, 네!"

하루히의 입장에서 보면 아사히나 선배밖에 없다. 그러기 위해 무녀 분장까지 시켰는데 여기에서 아무것도 안 하고 돌아간다면 모처럼 입은 의상이 매우 아깝다.

"하, 하지만 저는 뭘 하면…"

"맡겨만 달라고. 다 준비해놨다 이거야. 미쿠루는 거기 서. 자, 이 막대기를 들고."

고헤이가 달린 막대기를 들려준 뒤 하루히는 아사히나 선배를 강가 근처의 풀밭에 세운 다음 치마 주머니에서 동그랗게 만 복사용지 다발을 꺼냈다.

"그럼."

하루히는 멀뚱멀뚱 서 있는 아사히나 선배의 어깨를 잡고 우리들을 돌아보며 외쳤다.

"일단 유령은 안 보이니 바로 제령 의식을 시작하자고!"

"과…관자재…보살해? …행시반야바라밀다… 시… 조, 조견오온."

어디선가 가져온 주문인가 했더니 그냥 반야심경이다. 무녀 의상으로 경문을 외우면 왠지 벌 받을 것 같다는 생각이 들기도 했지만 생각하기에 따라서는 신도와 불교의 곱절 효과로 영험함이 두 배가 된다고 보지 못할 것도 없지.

하루히가 들고 있는 커닝페이퍼를 보며 필사적으로 외치는 아사히나 선배의 진지함을 봐서 절과 신사 각 관계자분들께 관용을 호소하고 싶다고 절실히 바라는 바이다.

하루히는 차례로 커닝페이퍼를 넘기며 반야심경 필사본을 읽는 법을 아사히나 선배에게 보여주는 보조 역할을 맡고 있었다.

"도, 도, 도일체고액 사리자… 색불이공공불이색…?"

그렇게 아사히나 선배가 가짜 무녀치고는 경건한 얼굴로 경을 읊고 있는 동안 나는 개인적으로 신경이 쓰는 녀석의 안색을 살폈다.

누구인지는 말할 필요도 없겠지.

"…………."

나가토는 밤바람에 흔들리는 유리로 만든 풍경같은 눈으로 아사히나 선배의 뒷모습을 지켜보고 있었다. 전혀 이상한 점은 없었고, 맨손으로 서 있는 모습은 통상 모드의 나가토였다. 동아리방에서 책을 읽고 있을 때와 다를 바 없는 흔들림 없는 모습.

이건 안심해도 되는 걸까?

아사히나 선배가 임시 무녀를 맡고 있는 점이 정말 '뭔가 있는' 저스트 포인트라고 할 생각은 없다. 하지만 여기가 아니라도 이 주변에 오컬트 혹은 사이언스한 뭔가가 있다면 나가토가 알아차리지 못할 리가 없고 나가토가 알아차린 것을 내가 알아차리지 못할 리도 없다. 아니, 나가토라면 은근슬쩍 가르쳐줬을 것이다. 저 꼽등이 때처럼 말이다.

옆모습을 가만히 지켜보고 있다는 사실을 알아차렸는지 나가토는 제일 먼저 눈을, 그 다음으로 고개를 내 쪽으로 돌려 마치 마음을 읽기라도 한 듯 작은 목소리로 말했다.

"아무것도 없다."

폭탄이나 동면 중인 곰이나 방시성 동이원소나 히비코의 금인이나—.

"없다."

흔적도 말이야?

"내 감지능력 한도 내에서는."

구구단의 1단을 암송하는 듯한 말투였다.

"특수한 잔존물은 발견할 수 없다."

그럼 루소를 포함한 개들이 이 일대에 접근하지 않게 된 이유는 뭐지? 아무것도 없다면 그럴 이유도 없어지잖아.

"…………"

나가토는 미풍에 흔들리는 풍경처럼 고개를 흔들고 슬쩍 내 뒤로 시선을 던졌다.

그에 따르듯 나도 그쪽을 보았고,

"으잉?"

하류 쪽에서 운동복을 입은 키가 큰 남자가 달려오고 있었다. 그냥 엇갈려 달려가는 사람인 줄 알았는데, 내 눈을 사로잡은 것은 그가 한쪽 손에 들고 있는 끈과 그 앞에 있는 한 마리 개였다. 하지만 갈색 시바견이 그렇게 특이한 건 아니다. 무엇 하나 별난 구석이 없는 평범한 시바견이었다.

왜 개가 여기에? 이 부근 일대는 개들의 임시 출입 금지 구역이 아니었나?

"어라?"

하루히도 알아차렸다. 독경을 하고 있던 아사히나 선배도 커닝페이퍼가 동작을 멈춘 것을 보고 고개를 들더니 우리들의 시선을 읽고 목소리를 삼켰다.

"무지역무…득… 어?"

"호오."

팔짱을 끼고 있던 코이즈미가 눈을 가늘게 뜨며 남자와 나란히 달려오는 시바견을 주시했다.

사카나카의 웨스트 하이랜드 화이트테리어가 얼마 전에 수상한 행동을 보였던 것과는 달리, 그 개는 멀쩡했다. 주인과 달리는 것이 즐거워서 못 견디겠다는듯 규칙적인 숨을 내쉬며 네 다리를 열심히 놀려 땅을 차고 있었다.

젊은 대학생으로 보이는 그 남자와 애완견은 그들 보다 훨씬 수상한 무리, 그러니까 우리를 힐끔거리며 달려서 지나가려다가,

"잠깐! 기다려!"

옆에서 뛰어든 하루히에 의해 저지당했다.

"묻고 싶은 게 있다.

압력마저 느껴지는 강한 하루히의 시선이 레이저 광선처럼 시바견에게 향했다.

"잠깐 시간 좀 내줄래? 왜 그 개는 아무렇지도 않게 여길 달릴 수 있는 거지? 아, 저기, 얘기하면 조금 길어지는데."

하루히는 내 교복 넥타이를 잡아끌고 가더니 이것들 뭐냐는 얼굴을 한 채 서 있는 남자와 신기하는 듯 혀를 내밀고 있는 개를 곁눈으로 쳐다보며 내 귓가에 속삭였다.

"설명해줘, 쿈."

내가 말이냐.

코이즈미한테 배턴을 넘기고 싶었지만 하루히한테 등을 떠밀려 개와 주인 앞으로 끌려가고 말았다. 할 수 없지. 산책을 방해해서 죄송하다는 말로 입을 연 나는 설명을 개시했다. 1주일 전쯤부터 동네 개들이 이 근처를 안 돌아다니게 됐다고 한다. 우리는 친구한테서 그 얘기를 듣고 수상하게 여겨 조사를 하기로 했다. 그 친구의

개는 조금 전에도 이 근처에 오려 하지 않았다. 이건 뭔가 있다 싶어 조사를 속행하려는데 당신과 그 개가 달려왔다. 그 똑똑해 보이는 시바견은 아무렇지도 않아 보이는데 그건 무슨 까닭인가.

"아아, 그거 말이군."

스무 살 전후의 남자는 곧바로 이해해주었다. 고헤이봉을 들고 서 있는 아사히나 선배를 뚫어져라 쳐다보며 대답했다.

"아마 지난주 언제부터였던가, 이 녀석이" 라며 개를 가리키고는 "항상 다니던 조깅 코스를 피하려 들더라고. 강의 제방을 올라가려 하면 꿈쩍도 안 해서 왜 그런가 싶었지."

스포츠맨다운 개를 동반한 남자는 아사히나 선배와 하루히 사이의 공간으로 시선을 천천히 움직였다.

"하지만 나도 여기는 달리기에는 최적의 코스라서 어떻게든 끌고 올라갈 수 없나 노력해봤어. 그랬더니 그제였나, 사흘 전부터였나? 처음에는 싫어했지만 지금은 보다시피 다시 원래 산책 코스를 달리게 되었지. 이젠 아무렇지도 않나봐."

개의 안색을 살필수록 나는 동물의학에 관해서는 별로 아는 바가 없지만 주인의 발치에 얌전히 앉아 있는 시바견은 심신이 모두 건강해 보였다. 아무 고민도 없는 눈을 하고 있다.

"아마 너희 친구네 개도 억지로라도 끌고 오면 원래대로 돌아올 거야. 무슨 일이었나 조금 신기하긴 하지만 아마 곰이라도 있었던 거 아닐까? 그 냄새가 남아 있어서 그랬을 거야."

스포츠맨 대학생으로 보이는 남자는 코이즈미와 같은 의견을 말했다.

"이제 됐냐?"

"감사합니다. 매우 참고가 되었어요."

하루히가 제대로 인사를 하자 남자는 아사히나 선배의 분장에 관해 뭔가 말을 하고 싶은 표정을 잠시 보였지만 아마 나서기를 그다지 좋아하지 않는 성격인가보다. 좋은 사람이라 다행이야. "그럼 간다"는 말을 남긴 채 개와 함께 상류 방면으로 조깅을 개시하는 남자.

뒤에 남겨진 것은 나와 반야심경 커닝페이퍼를 들고 있는 하루히, 신사에 가는 길을 잃은 것으로 보이는 아사히나 선배, 강의 흐름을 향해 시선을 숙이고 있는 나가토, 턱에 손을 대고 생각에 잠긴 코이즈미라는 멍청이 5인조였다.


"어떻게 된 거야?"

너도 다 보고 들었잖아.

"유령은? 기대하고 있었는데."

그런 건 없었다고 해야겠지.

"그럼 대체 뭐였는데?"

몰라.

"…너 즐거워 보인다? 화가 나는데."

괜한 생각이야. 난 언제나 진지한 얼굴을 하고 있다고. 하루히가 기대한 물건이 나오지 않은데다 처음부터 없었던 일이라는 데 대해 진심으로 안도하고 있는 것도 아니라고.

"거짓말하시네."

하루히는 팽하니 앞을 보고 성큼성큼 빠르게 걸어갔다.

강가의 가로수길을 뒤로한 우리는 나란히 사카나카의 집으로 향했다. 짐도 두고 온데다 의뢰인에게 조사보고도 해야 했다.

"하지만요."

내 뒤에서 남들의 눈을 피하듯 조신하게 걷던 아사히나 선배가 조심스레 의문을 제시했다.

"정말 어떻게 된 거였을까요? 루소 씨는 오늘도 산책하길 싫어했 잖아요."

이 말에 코이즈미가 참견을 했다.

"조금 전의 그분 말씀에 따르면 사흘 전이라고 했나요? 그때까지 개들에 경계심을 주던 뭔가가 있었던 건 분명합니다. 하지만 이젠 그게 없는 것 같아요. 아마 과거의 기억이 그렇게 시키는 거겠죠. 그 시바견도 주인이 억지로 끌고 가지 않았다면 아마 가까이 가지 않았을 겁니다."

개에도 두 종류가 있는 거 아냐? 이변을 언제까지나 뚜렷이 기억 하는 놈과 그렇지 않은 놈. 내 생각에 루소는 기억력이 좋은 편이고 아까 시바견은 너그러운 머리를 갖고 있는 거지.

"…………."

나가토의 침묵이 기분 좋다. 이녀석이 아무것도 없다고 말을 하 면 절대적으로 아무것도 없었던 것이다. 지금이라면 동면 중이었던 곰이 사흘 전에 산으로 돌아갔다는 설에 한 표를 던진다 해도 상관 없을 기분이다.

이 시기의 지녁 무렵은 약간 쌀쌀해, 우리는 하루히의 빠른 걸음 에 맞춰 사카나카네 집으로 걸음을 재촉했다. 모처럼 의뢰를 받긴 했는데 결국 아무것도 알아내지 못했다고 보고하자니 단장으로서 의 긍지가 상처가 되는지, 하루히는 툴툴거리고 있었지만 이 녀석의 성격상 이런 건 금방 잊을 것이다. 한 가지 일에 집착하기보다 안 되면 그걸로 깨끗이 잊고 다음으로 넘어가는 것이 스즈미야 하루히의 습성이다.

예상했던 대로 하루히는 사카나카의 호화로운 집을 다시 찾아가, 이번에야말로 손님으로 거실에 안내받아 사카나카의 어머니가 만들어주신 슈크림을 한 입 물자마자 바로 기분이 좋아졌다.

"우와, 캡 맛있다. 이 맛이면 가게를 열어도 되겠는데."

거실의 장식품도 적당하게 우아하고 비싸 보이는 것들이었고 내가 앉아 있는 소파는 샤미센을 올려놓으면 열두 시간쯤은 내리 퍼잘지도 모를 만큼 폭신폭신했다. 미인 어머니에 비싼 개까지 더해져 정말 있는 집은 겉보기부터 분위기까지 달랐다. 하루히도 이런 환경에서 자랐다면 사카나카 같은 성격이 됐을지도 모르겠네.

우리가 끝내주는 슈크림과 얼그레이를 대접받고 있는 동안 조사 결과는 코이즈미가 사카나카에게 설명해주었다. 사카나카는 안고 있던 루소의 머리를 쓰다듬으며 한마디 한마디에 고개를 끄덕였지만 설명을 종료해도 여전히 의아한 표정을 거두지 않았다.

"그럼 이제 괜찮다는 건 알았어."

움찔거리는 루소의 귀를 바라본다.

"하지만 역시 루소는 오늘도 싫어했고, 이 애랑 다른 개들이 편하게 돌아다닐 수 있게 될 때까지 그 길로 산책은 시키지 않을 거야. 가엾잖아."

그건 주인의 판단에 맡기겠다. 루소도 좋은 주인님을 만났네. 어리광을 좀 지나치게 받아주는건 아닌가 싶긴 하다만.

하루히와 나가토의 먹성 좋게 먹는 모습에 기분이 좋아진 사카나카의 어머니가 계속 갓 구운 슈크림을 가져오는 가운데 우리는 한동안 사카나카가 들려주는 개 에피소드를 중심으로 담소를 즐겼다. 루소는 사카나카의 옆에 엎드려 귀를 기울이고 있었지만 결국 잠에 취한 검은 눈동자를 내리깔고 졸기 시작했다. 그런 루소를 사랑스럽다는 듯 바라보는 아사히나 선배가 선망의 한숨을 내쉬며 미소를 지었다.

"좋겠다. 개는 정말 참 좋구나."

미래에서는 애완동물을 키우는 게 금지되어 있는지 모르지만, 내 본심을 말하자면 개보다 아사히나 선배를 집에 놔두고 싶군요. 메이드 복장으로 아침저녁으로 배웅과 마중을 해주다니, 그거야말로 바로 메이드의 정당한 업무가 아닌가. 낡아 빠진 동아리방에서 차를 타는 것보다 훨씬 어울릴 거다. 뭐 생각에 그치긴 하겠지만,

결국 이날 우리가 한 일이라고는 다 같이 사카나카네 집으로 와서 개와 놀며 산책을 하고 아사히나 선배 무녀 사양에게 반야심경을 읊게 한 뒤 슈크림과 차를 대접받고 각자 집으로 가는, 평범하기 그지없는 반 친구네 집에 놀러오는 것과 같은 일과로 끝났다. 그리고 내 예상으로는 이대로 이 사건은 미궁에 빠지고 마침내 하루히와 내 뇌리에서도 지워지게 되어 있었는데….

며칠 뒤 예기치 못한 일이 발생했다.


금요일이었다. 기밀시험도 구기대회도 끝나고 고1로서 마지막으로 할 일이라고는 내년도 반 편성을 생각하며 봄방학을 기다리는 것 정도였다. 졸업식도 2월 말에 끝났고 키타고 학생의 3분의 1이 사라져 학교는 한산했지만, 내년이 되면 파릇파릇한 신입생이 대거

몰려올 것이다. 그것은 한때의 우리들의 모습이기도 했다.

과연 나는 선배라 불리는 신분이 되는 것인가. SOS단에 입단을 희망하는 새로운 1학년은 아마 없겠지만 과연 하루히는 어떻게 나올까.

2교시가 끝난 창가 뒤쪽 두 번째 자리에서 내가 햇살만은 완전히 봄기운이 완연한 태양 광선을 쐬며 크게 하품을 하고 있는데,

"쿈."

신입단원 권유 구호라면 생각할 마음 없다.

"아냐. 그런 건 내가 생각할 일이라고. 그게 아니라."

하루히는 펜 끝을 교실 앞쪽으로 이동시켰다.

"오늘 사카나카가 쉬는 거 알았어?"

"아니…. 그랬냐?"

"그래. 아침부터 없었잖아."

이거 놀랄 일이다. 하루히가 다른 애에 대해 언급을 하다니 타니구치의 바보 같은 행동을 얘기할 때 빼고는 아사쿠라 이후로 처음이다.

"의뢰를 받은 체면이 있잖아. 오늘은 산책 코스가 원래대로 돌아갔는지 근황을 물어보려고 했지. 너는 신경 안 쓰이니? 그리고 개도 귀엽고 슈크림도 맛있었으니까. 나는 그렇게 잘 잊는 인간이 아니라고."

원래대로라면 하루히한테도 마침내 반에서 신경을 쓸 여자친구가 생겼냐고 본인을 대신해 기뻐해줄 때였지만 듣고 보니 신경이 쓰였다. 사카나카네 근교에 개가 터부시하던 일대가 있었다는 건 틀림없는 사실이기도 했고, 사실은 사실이라 해도 미해결인 채 내

버려두고 있으니 말이다. 그리고 사카나카의 결석. 이 모든 것이 연결되어 있다 해도 신기할 일은 없었지만.

"간절기니까 감기라도 걸린 거 아닐까? 아니면 이제 학기말이니까 땡땡이를 칠 수도 있는 거지."

"그럴지도 모르지만."

신기하게도 하루히도 동의했다.

"나도 SOS단의 활동이 없다면 이미 학교에는 볼일이 없을 테니까. 하지만 그 성실해 보이는 사카나카가 평일을 멋대로 달력의 빨간 날로 바꿀 리가 없어."

휴일을 멋대로 SOS단의 활동일로 만드는 네가 달력을 충실히 지키고 있다고는 볼 수 없는데.

"으음."

하루히는 샤프를 입술 위에 올렸다.

"다시 한번 조사하러 가볼까? 이번에는 미쿠루한테 간호사 옷을 입히는 거야."

아무 능력도 없는 가짜 간호사가 와봤자 당황만 할걸. 그보다 너, 슈크림을 한 번 더 먹고 싶은 것뿐인 거지?

"바보야. J.J.도 보고 싶다고. 그 양 같은 털을 깎아주면 어떻게 될까 궁금하지 않니?"

하루히가 손이 심심한 듯 샤프를 손끝으로 돌리기 시작할 때, 3교시를 알리는 종이 울렸다.

사태가 갑자기 전개된 것은 방과 후였다.

나는 동아리방에서 코이즈미를 상대로 장기를 두고 있었고 나가토는 독서, 아사히나 선배는 무녀 복장보다는 훨씬 잘 어울리는 메이드 차림으로 차를 따르는 데에 매진하고 있었다.

그때 청소 당번이었던 하루히가 뒤늦게 뛰어들어왔다.

"쿈, 역시 그랬어!"

이런 소리를 꺼낼 때는 대부분 활짝 웃는 하루히였는데, 어찌 된 영문인지 오늘은 기묘하게 우울한 표정이 섞여 있다. 이상 사태가 발생했다는 예감이 든다.

"사카나카가 쉰 이유를 알았어. 본인도 기운이 없었지만 정말 기운이 없는 건 루소라 병원에 데리고 갔었대. 그런데 병원에서는 원인불명이라고 하기에 실망하고 걱정돼서 도저히 학교에 올 수 없었다는 거야! 통화하는데 사카나카가 당장에라도 울 것 같은 목소리더라고. 아침부터 아무것도 못 먹었을 정도로 가슴이 괴로운데 루소도 아무것도 안 먹어서 더 괴롭다고―."

"좀 진정해라."

내가 이런 말밖에 하지 못하자 일방적으로 떠들던 하루히는 말이 잘린 걸 화내기보다 물에 빠진 아이를 무시하고 가는 매정한 인간을 노려보는 듯한 눈으로 쳐다보았다.

"뭐니, 너. J.J.가 아프다는데 느긋하게 차나 마시고 있다니. J.J.는 물 한 방울도 마시지 못할 만큼 약해졌단 말야!"

차를 마시는 걸로 죄를 묻는다면 코이즈미와 아사히나 선배도 마찬가지이지만, 그보다 왜 네가 갑자기 등장하더니 사카나카네 집안 사정을 떠들어대는 사태가 되었는지 그걸 먼저 가르쳐주지 않을래.

"청소하는 도중에 사카나카 휴대전화로 전화를 해봤어. 아무래도 신경이 쓰이더라고. 그랬더니―."

오늘 두 번째로 가벼운 충격을 받았다. 어느 틈엔가 하루히와 사카나카는 전화번호를 교환하는 사이가 됐나보다.

"청소를 하고 있을 때가 아니라고."

하루히는 손에 든 휴대전화를 휘둘러댔다.

"역시 그 장소에는 뭔가가 있었어! 내 생각인데, 아마 병의 원인이 되는 무언가가 있을 거야. 사카나카가 그랬잖아. 동네 개들이 몸이 안 좋아졌다고."

그 말은 나도 들었고 지금 듣고 보니 생각이 났다.

"같은 증상이라면 그럴지도 모르지만…."

"같은 증상이야."

하루히가 단언했다.

"아까 사카나카한테 물어봤어. 단골 동물병원에 데리고 갔더니 그 의사 선생님이 며칠 전에 완전히 똑같은 증상을 보이는 개가 와서 지금도 통원 치료를 받고 있대. 물어보니까 그게 히구치 씨네 개였다는 거 있지."

히구치 씨가 누군데?

"이 바보 콘아! 여기에 왔을 때 사카나카가 말했잖아! 개를 많이 키우는 히구치 씨 말야. 사카나카네 집 근처에 사는. 그중에 한 마리가 몸이 안 좋아졌다고. 너 안 들었어?"

그러니까 지금 생각났다고 했잖아. 너도 전화로 들을 때까지 잊고 있었을 게 뻔하면서 나한테만 따지는 건 너무한 거 아니냐. 그런데 루소가 아프다고? 그렇게 기운차 보였는데.

"무슨 병이래?"

"그게, 원인을 알 수 없대."

하루히는 단장석에 앉는 것도 잊은 듯 서 있었다.

"의사 선생님은 고개를 갸웃거리기만 했대. 몸 어디에도 안 좋은 곳은 없는 것 같은데 기운만 없대. 히구치 씨네 마이크도 그렇다지 뭐야. 극도의 식욕 부진으로 늘어져서 움직이질 않는대. 짖지도 않아서 더 걱정인 거지."

마치 나 때문이라는 듯한 하루히의 눈빛을 피하며, 나는 동아리 방에 있는 다른 사람들을 돌아보았다.

아사히나 선배는 루소가 수수께끼의 병에 걸렸다는 소리에 진심으로 걱정이란 얼굴로 쟁반을 끌어안고 있었고, 나가토는 책에서 고개를 들고 하루히의 말에 귀를 기울이고 있었다. 코이즈미는 장기판에서 사(士)패를 슬쩍 원래 위치에 올려놓고,

"재조사를 할 필요가 있군요."

애완견의 몸을 걱정하는 주인에게 수의사가 보이는 것 같은 미소를 지었다.

"이건 원래 사카나카 씨가 우리에게 의뢰한 사건이기도 했습니다. 여기까지 관여한 이상 도저히 간과할 수는 없죠. 마지막까지 함께하는 게 맞습니다."

"그, 그렇죠. 병문안을 가야…."

코이즈미의 의견에 아사히나 선배도 고개를 끄덕였다.

"…………."

나가토가 책을 덮고 말없이 일어섰다.

모두 다 루소를 걱정하는 듯한 이 상황. 불과 하루 함께 행동했을 뿐인데 이렇게나 모두의 마음을 사로잡다니 무서운 카리스마를 가진 개였다.

"너는?"

도전하는 듯한 시선으로 하루히가 나를 노려보았다.

"어때?"

그리고 당연히 나도 그 인형 같은 멍멍이가 몸이 안 좋다는 소리를 듣고는 마음이 편하지 않았다. 샤미센과 달리 온실에서 자란 귀족 계급 같은 스코틀랜드산 테리어 종이니 몸도 그리 튼튼하지는 않을 거다.

그 이전에 원인불명의 건강부진이라는 증세가 마음에 걸린다. 나는 하루히가 눈치채지 못하게 시선을 돌려 임의의 인물을 쳐다보았다.

"…………."

그 장소에 아무것도 없다는 것을 보장해준 나가토 유키가 생각에 잠긴 듯한 표정으로 가방을 손에 들고 있었다.

일단 아사히나 선배가 옷을 갈아입기를 기다렸다가 학교를 뛰쳐나와 거의 경보라 해도 과언이 아닌 속도로 언덕을 내려와 말 그대로 발차 직전이었던 전철에 뛰어들어 사카나카의 집으로 향했다. 한번 행동을 개시하기로 마음먹은 하루히의 기동력과 지휘능력은 적군을 추격하는 몽골 기병대장 이상가는 것이었다.

순식간에 다시 고급 주택지로 찾아온 우리들은 사카나카네 초인종을 누르는 하루히의 손끝을 보았다.

"네…."

나타난 사카나카는 그냥 보기에도 초췌했다. 우울한 얼굴에다 지금까지 울고 있었는지 촉촉이 젖은 눈으로,

"들어와. 스즈미야, 얘들아, 고마워. 이렇게….."

사카나카가 더듬거리며 말을 있는 가운데 우리는 요전에도 갔던 거실로 향했다. 호화로운 소파 위, 아마 사카나카의 지정적으로 보이는 곳에 루소가 네 발을 웅크리고 누워있었다. 하얀 털도 왠지 윤기가 없어 보였고, 턱을 소파에 내던지듯 축 늘어져 있는 루소는 우르르 등장한 우리들을 쳐다보지도 않은 채 귀 하나 움직이지 않았다.

"루소 씨….."

제일 먼저 아사히나 선배가 다가가 몸을 숙여 개의 코를 살폈다. 동그란 검은 눈동자가 움직이더니 슬픈 눈으로 아사히나 선배를 보고는 다시 천천히 시선을 내렸다. 아사히나 선배는 루소의 머리에 손바닥을 올려놓았지만 조건 반사로 귀 끝이 살짝 흔들린 것이 고작이었다. 분명히 이건 보통 일이 아닌 것 같다.

"언제부터 이렇게 된 거야?"

하루히가 묻자, 사카나카가 피로에 지친 목소리로 대답했다.

"아마 어젯밤부터. 그때는 졸린 건 줄 알고 신경을 안 썼어. 하지만 아침에 일어나도 계속 이렇지 뭐야. 여기에서 움직이려고 하지도 않고 밥도 안 먹어. 그래서 아침 산책도 못 갔고. 걱정이 돼서 병원에 갔더니….."

하루히가 동아리방에서 소리쳤던 내용이 판명되었던 거군. 하나는 원인불명, 또 하나는 다른 한 마리의 동일한 증상을 보이는 개가 있다.

"응, 히구치씨네 마이크야. 미니어처 닥스훈트지. 루소랑도 친한 친구였는데….."

아사히나 선배는 위로하듯 루소를 쓰다듬었다. 작은 동물의 생명을 소중히 여겨야 한다는 사실을 알고 있는 사람 특유의 부드러운 동작으로. 아사히나 선배의 슬픔이 나한테까지 전파되어 은근히 가슴을 치고 있는데 그 감상을 깨듯,

"뭐 좀 물어봐도 될까요?"

코이즈미가 뻔뻔하게 나섰다.

"그렇다면 히구치 씨네 마이크 씨가 루소 씨와 같은 증상을 호소한 건 오늘부터 5일 전이 되는군요. 지금 마이크 씨 상태는 어떤가요?"

"히구치 씨한테는 오후에 전화로 물어봤어. 마이크는 계속 기운이 없고 지금도 그렇대. 먹지를 않아서 병원에서 링거나 영양제 주사를 맞고 있대. 루소도 그렇게 되면 어떡해."

계속 그렇게 되면 쇠약해질 것이다. 불과 며칠 전까지만 해도 기운차게 뛰어다니던 개의 영상을 떠올리며, 현재와의 극심한 낙차를 새삼 느꼈다. 언뜻 봐서는 코타츠 안에서 움직이려 않는 샤미센처럼 무기력한 모습이었지만 그 상대가 개가 되면 사정이 다르다. 진짜 걱정이 되기 시작했다.

"하나만 더요"라고 말하는 코이즈미. "이런 증상을 보이는 건 마이크 씨와 루소 씨, 이 두 마리뿐인가요? 당신한테는 함께 개를 산책시키는 동료가 많이 있다고 들었는데요."

"다른 사람한테서는 이런 얘기는 못 들었어. 마이크 때 소문이 크게 나서 이런 일이 있다면 아마 나도 들었을 텐데…."

"그 마이크 씨 말인데요, 주인인 히구치 씨네 집은 여기에서 가까운가요?"

"응. 맞은편으로 세 집 건넌데…. 그게 왜?"

"아닙니다."

코이즈미는 온화하게 질의를 종료했다.

사카나카는 힘없이 고개를 숙였다.

"역시 유령인가? 의사 선생님도 모른다니 말야."

애원하는 듯한 작은 목소리를 듣고 하루히는 눈썹을 찡그렸다.

"글쎄…. 뭔가 이상하긴 해. 유령인지 뭔지는 몰라도 이건 웃을 일이 아닌 것 같아."

처음에 유령이란 얘기에 덥석 뛰어들어 아사히나 선배를 무녀로 세워 독경까지 시킨 걸 후회하는 표정이었다. 정말로 원령이나 악령을 상대하는 것이라면 복장만 그럴싸한 무녀만으로는 소용이 없었던 걸까 하고 반성하는 눈치다. 하루히로서는 나름대로 진지하게 고민하고 있는 듯 보였다.

"유키, 어떻게 안 될까?"

왜 유키한테 묻는 건지 신기했지만 얘기를 들은 나가토는 아주 자연스럽게 움직였다. 얌전히 가방을 내려놓고 루소 앞으로 스스슥 이동해 조심스레 아사히나 선배가 비워준 공간에 주저앉아 루소의 얼굴을 정면으로 쳐다보았다.

내가 숨을 죽이고 지켜보고 있으려니,

"…………."

나가토는 손을 뻗어 루소의 턱 아래로 손가락을 밀어 넣고는 번쩍 들어올려 극도로 깜박임이 적은 눈으로 루소의 검은 눈동자를 똑바로 바라보았다. 마치 DVD에서 직접 정보를 읽어내려는 것 같은 진지한 눈빛이었다. 거의 코와 코가 닿을 것 같은 거리에서, 나가토는 루소의 눈을 응시했고 그대로 30초 정도가 흘렀을까.

"⋯⋯⋯⋯."

나가토에게 뭘 기대했는지는 모르지만 이 자리에서 바로 치료할 수 있다면 나가토의 만능 수준은 도가 지나친 거겠지. 아무리 우주인이라도 신의 손을 갖고 있지는 않구나 싶어 나까지 실망하고 있는데 뒤에서 강한 기척이 느껴졌다.

뒤를 돌아보았다.

나가토가 내게 시선을 향한 채 천천히 눈을 깜박인 뒤 마이크로밀리미터까지 눈금이 나 있는 자로 재지 않으면 모를 만큼 희미하게 고개를 끄덕였다. 그리고 이내 고개를 돌린다.

누구도 보지 못했을 것이다. 하루히도 아사히나 선배도, 사카나카도 축 늘어진 루소에게 정신이 팔려 나가토한테까지 주의가 미치지 않았다. 하지만 유일하게 나가토의 동작을 날카롭게 알아차린 녀석이 있었다.

"일단 물러나야겠네요."

코이즈미가 내 귀에 속삭였다.

"여기에 머물러봤자 우리가 할 수 있는 일은 아무것도 없습니다. 그래요, 나와 당신한테는요."

코이즈미가 은근슬쩍 미소를 짓더니 더 낮게 마치 숨을 토하는 듯한 목소리로 속삭였다. 기분 나빠.

"서두를 긴 없겠지만 꾸물거릴 수도 없어요. 무엇보다 스즈미야 씨가 저 상태니까요. 우리가 두려워할 행동을 그녀가 취하기 전에 사태를 수습해야겠죠. 그럴 수 있는 건⋯."

코이즈미의 부드러운 눈이 나가토를 보았지만 윙크를 날린 쪽은 나였다.

무슨 신호냐―고 시치미를 떼고 싶었지만 결국 알아차리고 만 것은 내가 본질적으로 머리가 좋기 때문일까. 나가토와 코이즈미의 표정을 살피는 데에만 뛰어나봤자 입시에는 아무 도움도 안 되겠지만 지금은 그런 소리를 하고 있을 때가 아닌 것 같다. 코이즈미를 위해서가 아니라 루소와 사카나카를 위해서 말이지.

손을 쓸 필요가 있겠다.

사카나카의 집을 나온 뒤에도 하루히와 아사히나 선배는 혼을 병석의 개 옆에 두고 온 듯한 멍한 모습을 보여줬고 걸어가면서도 전철 안에서도 내내 침묵을 지켰기에 우리가 전철에 뛰어들었던 역에 내린 뒤로는 사카나카의 우울함과 낙담이 전염된 건 아닌가 하는 생각도 들었다.

그 마음은 나도 공유하겠다. 건강하던 녀석이 건강을 잃어가는 과정을 지켜보는 것은 괴로운 일이다. 우울해하기보다 학교를 뛰어다니는 게 안심이 되는 건 나도 마찬가지다. 그게 사람이든 동물이든 간에.

하지만 개의 병에 관해 현시점에서 외부인이 할 수 있는 일은 없다는 게 코이즈미가 내린 차가운 결론이었다.

"지금은 지켜보도록 하죠. 동물병원도 무능하지는 않을 테니 지금쯤 대책을 연구 중일 겁니다."

코이즈미의 그림에 그린 듯한 위로에도 하루히와 아사히나 선배의 반응은 약했다. 응, 네 라는 흐릿한 말로 중얼거린 것이 전부였다.

언제까지 이렇게 어두운 분위기에 잠겨 있을 수도 없는 노릇이라

우리는 일단 해산하기로 했다. 아니, 억지로 그렇게 했다. 그러지 않으면 정말 계속해서 다 같이 축 어깨를 떨구고 있을 것 같아서였다.

하루히와 아사히나 선배가 나란히 철길 옆으로 난 길을 걸어갔다. 원래대로라면 나와 코이즈미도 그쪽 방면으로 가는 편이 집이 더 가까웠지만 하루히는 전혀 알아차리지 못하고 있는지 두 사람 모두 이내 사라졌다.

두 사람에게는 미안하지만 방해꾼은 사라졌다. 아사히나 선배는 남아줘도 좋았지만 이번 사건에서는 그녀가 나설 자리가 없을 것이다.

나와 코이즈미와 같이 두 여자가 돌아가는 모습을 지켜보고 있던 나가토가 자기 집으로 몸을 돌렸다. 하지만 좀처럼 걸음을 떼지 않는다.

"나가토."

짧은 머리에 작은 몸집을 한 교복 소녀가 기계적으로 돌아본다. 내 외침을 예측이라도 하고 있었다는 듯이 느릿한 동작이다.

그 얼굴을 보고 나는 직감했다. 역시. 나가토는 알고 있었던 것이다. 그래서 서슴지 않고 물어봤다.

"루소한테 씌어 있는 건 뭐냐?"

잠시 생각에 잠길 줄 알았는데 나가토는 쉽게 입을 열었다.

"정보생명수자."

그 해답을 듣고 나는,

"…………."

이 되었다.

내 무언을 이해 부족이라 생각했는지 나가토는 말을 이었다.

"규소구조 생명체 공생형 정보생명소자."

"…………."

더더욱 말을 잃은 나에게 나가토는 계속 설명을 하려고 입을 열었지만 해당하는 말이 없음을 깨달았는지 잠시 입을 다물었다.

"………………."

그대로 두 사람이 침묵을 지키고 있는데,

"그러니까 저 루소 씨는, 눈에 보이지 않는 지구 외 생명체에 빙의가 되어 있는 거군요."

코이즈미가 설명체의 해답을 제시했고, 나가토는 잠시 뜸을 들이듯 누군가에게 허가를 신청하는 듯한 자세를 취한 뒤,

"그렇다."

하고 대답했다.

"그래요. 그 정보생명소자라는 건 인간의 눈에는 보이지 않는다기보다 모습 자체가 없는 단순한 정보 자체라고 이해해도 되겠습니까?"

"상관없다."

"그럼 정보 통합 사념체와 비슷한 존재인가요? 컴퓨터 연구부 부장을 덮친 그 네트워크 감염 타입의 정보생명체처럼요."

"정보 통합 사념체와 그 아종과는 존재 레벨이 완전히 다르다. 너무나도 원시적이다."

"예를 들어 비교할 수는 있나요? 만약 통합 사념체를 인간으로 본다면 그 규소구조 생명체 공생형 정보생명소자는 뭐에 해당할까요?"

딱 한번 듣고 용케 그걸 외웠네. 때는 이때라는 듯 이어지는 코이즈미의 질문 공격에 나가토는 평소와 다름없이 간결하게 대답했다.

"바이러스."

"그래서 말입니다. 우선 최초의 개가 몸…, 아니, 정신상태가 망가지고 그와 같은 증상이 루소 씨에게도 발생했다는 건 정보생명소자라는 이성체(주20)가 바이러스처럼 증식해 감염되기 때문인가요?"

코이즈미는 앞머리를 튀기듯 손가락으로 만지작거렸다.

"그런데 그 기묘한 정보생명체가 어째서 지상에, 그것도 개에 기생하게 된 겁니까?"

"아마도."

나가토는 담담하게 말했다.

"숙주로 삼았던 규소구조체가 지구의 인력에 포착되어 운석이 되었을 거라 추측된다. 그 규소구조체는 대기권 돌입시의 마찰열로 소멸했지만, 정보를 구성요건으로 하는 생명소자는 물질이 사라져도 실존한다. 정보는 사라지지 않는다. 남겨진 생명소자는 지구에 고착되었다."

"그 장소에 개의 산책길에 있었던 그 부근이로군요. 그리고 그곳을 우연히 지나간 개에 옮겨붙은 거고요?"

"규소구조체가 가진 네트워크 구조와 견류의 뇌내 신경회로가 유사했을 거라 생각된다.

"하지만 똑같지는 않았던 거죠. 결과적으로 개들은 쇠약해졌고요."

코이즈미와 문답을 되풀이 하던 나가토는 잠시 생각에 잠긴 듯

주20) 이성체 : 혹은 이성질체, 아이소머(isomer)라고도 한다. 동일분자식을 가지면서 성질이 다른 것.

입을 다물었다.

"감염은 아니다. 하나의 정보소자가 사색 메모리의 증대화를 꾀하고 있다."

무슨 소리인지—.

하지만 어찌 된 영문인지 코이즈미는 이해를 했나보다.

"한 마리의 개로는 리소스가 부족했군요. 하지만 두 마리로도 도저히 저장이 가능할 것 같지는 않은데요. 규소로 구성된 생명체 하나의 네트워크 구조를 과부족 없이 재현하려면 개 몇 마리의 뇌가 필요한가요?"

"기존 데이터베이스에 있는 규소생명체의 규모를 최소로 추정해 계산하겠다. …지구상에 존재하는 모든 견과속을 사용해도 부족하다."

"잠깐만 기다려봐."

나는 거대한 불안감을 느끼며 끼어들었다.

"루소와 다른 한 마리가 요상한 우주 병원체에 당했다는 건 알겠다. 그 바이러스 녀석이 운석에 붙어 있었다는 것도 대충 이해했어. 하지만 그러면 뭐야? 이 우주에는… 우리들 같은 인류…, 그러니까 나가토 네가 있는 곳의 유기 생명체…, 그러니까 그 유기물로 이루어진 생명체가 아닌 생명체라면 존재한다는 소리냐?"

나가토는 잠시 생각에 잠긴 눈을 했다.

"그 질문에 대한 해답은 생명 자체의 개념을 어떻게 잡느냐에 따라 좌우된다."

그대로 빨려 들어가버릴 듯 투명한 눈동자로 나를 바라보며,

"규소를 주간으로 한 구조체 중에 의식을 내포하는 것이라면 존

재한다."

술술 대답을 해주었지만, 그런 중대한 얘기를 이런 곳에서 날 상대로 그리 쉽게 말씀해주셔도 곤란한데 말이지요. 아마 SETI(주21)에서도 하는 사이클롭스 계획(주22)의 입안자에게 가르쳐준다면 펄쩍거리며 자금을 끌어 모으려 뛰어다닐걸.

"그런데 말야."

얘기가 거기까지 진행된 상황에서 새삼 묻기 힘든 부분이기는 하지만,

"규소란 게 대체 뭐냐?"

안타깝게도 화학 수업과 교사와는 둘 다 영 궁합이 안 좋거든.

"한마디로 말하면 실리콘입니다."

코이즈미가 대답했다.

"반도체의 재료가 되는 걸로 유명하죠. 나가토 씨가 말하고 있는 건 기계지성체일 겁니다. 우리 인류가 아직까지 이루지 못한 인공지능. 그런데 우주 어딘가에는 인공이 아닌 기계 지능, 자신의 의식을 획득한 비유기 생명체가 있다는 말이죠. 아니, 오히려 전 우주차원에서는 그쪽이 일반적이고 사실 우리 인류가 특수한 건 아닐까요?"

나가토는 코이즈미를 완전히 무시한 채 나만을 바라보고 있었다.

마치 내게 해답을 청하고 있는 듯이.

그래서 나는 생각해냈다. 처음에 나가토에게서 빌린 책. 그 사이에 끼어 있던 책갈피 문구에 이끌려 나가토의 방에 처음으로 들어갔을 때 들었던 얘기다.

주21) SETI : Search for Extraterrestrial Intelligence의 약자. 우주 어딘가에는 지구인보다 뛰어난 생물이 있을 것으로 보고 탐사 교류를 시도하는 계획.
주22) 사이클롭스 계획 : SETI의 계획 중 하나. 외계의 고등생물이 인류처럼 전파를 발사하여 다른 외계의 고등생물들과 정보교환을 원하고 있을지도 모른다는 전제하에 그 전파를 수신하고 회신하려는 계획.

―정보의 집적과 전달 속도에 절대적인 한계가 있는 유기 생명체에 지성이 발현한다는 건 있을 수 없는 일이라 생각되어 왔거든―.

코이즈미는 무의식적으로 턱을 쓰다듬었다.

"혹시 규소구조체는 그냥 물체에 불과하고 정보생명소자가 깃들어서 비로소 지능을 얻는 구조인가요?"

나가토는 하늘을 올려다보며 누군가의 허가를 청하듯 미묘한 동작을 취한 뒤 다시 고개를 원래 위치로 돌렸다.

"지성이란."

잠시 뜸을 들인 뒤 다시 입을 연다.

"정보를 수집하고 축적한 정보를 자동적으로 처리하는 능력 차원에 따라 판정된다."

오늘의 나가토는 오랜만에―아니, 내게 정체를 고백한 그날 이후로―말을 많이 했다. 역시 이 녀석이라도 자신의 특기 분야가 되면 말이 많아지는 건가.

"정보생명소자는 규소생명체에 기생해 그들의 사색 행동을 보조하는 역할을 갖는다. 원시적인 정보생명소자는 단독으로는 하나의 정보군에 불과하다. 새로운 정보를 획득해 처리하려면 물질적인 구조를 가진 네트워크 회로가 필요하다. 양자는 공생 관계를 취함으로써 서로 이익을 얻게 된다."

하지만 그 규소생명체인가 하는 건 대체 어떤 거냐? 지구의 인력에 이끌려 대기권에서 불타버릴 때까지 멍하니 있는, 정신이 아득해질 만큼 태평한 녀석들인 거야?

"그들의 생체 활동은 사색에 한정된다."

나가토는 담담히 말했다.

"사색 외에는 아무것도 하지 않는다. 우주공간은 광대하다. 그들이 중력의 우물에 빠질 확률은 제로에 가깝다. 그래서 생명 유지와 자기 보존이라는 개념을 갖고 있지 않다."

우주를 떠돌면서 무슨 생각을 하는데?

"그들의 사고 형태를 유기 생명체가 이해하기란 불가능하다. 논리 기반이 너무나 다르기 때문이다."

커뮤니케이션 불가란 건가. 그럼 NASA에 가르쳐주지 않아도 되겠군. 접촉해봤자 헛수고로 끝날 테니까.

"이런, 이런."

사카나카의 유령에서 단숨에 우주 저 멀리로 얘기가 날아가다니 너무 비약이 심하잖아. 게다가 지성이 어쩌고 사고 형태가 어쩌고 하는 얘기가 되면 겨우 나가토한테서 빌린 본격 SF 몇 권을 읽은 게 고작인 소양밖에 갖추지 못한 나는 상대가 안 된다.

과학적인지 철학적인지 종교적인지도 판단을 할 수가 없다. 눈에 보이지 않는 정보생명이니 그 녀석이 깃들여 사고하는 실리콘 덩어리란…. 그럼 차라리 훨씬 알기 쉽게 유령이었던 편이.

"응?"

순간 나는 불가사의하게 걸리는 무언가를 느꼈다. 그렇다, 사카나카가 갖고 온 사건은 유령에 관한 소문이었고 유령이라 하면 영혼이다.

"그럼 영혼은 있어?"

실체가 없는 정보생명소자인지 뭔지가 지구 외 생명체의 지성의 근원이라고 한다. 그리고 숙주로 있던 본체가 소멸했지만 달라붙어 있던 정보생명소자가 남아 지상을 떠돌았다는 이번 경우에 볼 때 그 녀석은 바로 유령인 것 아닌가.

"인간은 어때? 우리한테 생각하는 머리가 있고 거기에는 의식이라는 게 들어 있을 거야. 혹시 육체가 없어져도 정신은 남냐?"

이건 꽤—아니, 꽤가 아니라 중요한 얘기다. 유무 여부에 따라 앞으로의 인생을 살아가는 방법이 크게 바뀐다고.

나가토는 대답 없이 그저 기묘한 표정을 보였다. 아니, 무표정한 것은 늘 똑같았지만, 뭐랄까, 분위기가 변한 것을 나는 알아차렸다. 누가 알려주지 않아도 나는 알 수 있었다. 이 녀석과 알고 지낸 지도 슬슬 1년이 되어간다. 그 정도의 통찰력을 키울 시간은 충분했고, 그렇게 되어야 할 사건도 몇 가지 있었다. 그런 내가 하는 말이니까 틀림없다.

나가토는—,

"…………."

말없이 무표정으로, 하지만 그러면서도 어떠한 표정을 지은 것처럼 보였다. 그리고 내 관찰력이 0점을 가리키고 있지 않는 한—.

"…………."

마치 앞으로 자신이 던질 농담에 대해 미소를 참을 수 없다는 듯이 보였다.

그리고 나가토가 던진 말은 현저히 짧았다.

"그건 금지 사항이다."


과장된 한숨 소리가 들렸다. 내 입에서 터져 나온 숨소리였다. 금지 사항이라. 이거 참 언젠가 나도 한번 써먹어보고 싶은 말이로군. 대답할 길이 없는 질문을 받았을 때라거나 할 때 말이야. 나중에 수업시간에 지적을 받았을 때라거나 할 때 말이야. 나중에 수업시간에 지적을 받았을 때 선생님한테 써먹어볼까.

나가토가 탄생 이래 최초의 농담을 한 건지 어떤지도 큰 문제라면 문제지만 그건 둘째치고 지금은 루소 문제가 최우선이었다. 우주의 바이러스 녀석들을 어떻게 하느냐가 문제다.

"어떻게든 손을 쓰는 수밖에 없겠군. 나가토, 할 수 있겠어?"

"가능하다."

그렇게 말해주는 나가토가 너무나도 믿음직스럽다.

"해당 정보생명소자의 구성정보를 제어 및 최소화한 뒤 압축 보존해 활동 정지 상태로 두겠다. 단 서고화된 데이터를 보존하는 생체 네트워크가 필요하다."

잘 이해는 안 되지만 복잡하군. 싹 없애버리면 어떠냐?

"삭제는 불가다."

왜?

"허가가 떨어지지 않는다."

네 두목한테서?

"그렇다."

그 정보생명소자는 은하계의 멸종위기종으로 지정이라도 된 거냐?

"유이한 존재."

인간에게 비피더스균이나 유산균 같은 건가보다.

코이즈미한테도 말을 해보자. 뭘 그리 재미있다는 표정을 짓고 있는 거냐?

"그 녀석을 규소 덩어리에 집어넣어 로켓으로 우주에 돌려보낼 수는 없나? 네 조직이라면 가능하지 않아?"

코이즈미가 어깨를 치켜올렸다.

"실리콘 밸리에서 잉곳(주23)을 가져오는 것 정도라면야 얼마든지 준비할 수 있고 수소연소 로켓도 치밀한 정치공작과 대규모의 경제 활동을 하면 가능할지도 모르지만 규소생명체를 준비하는 것까지는 불가능할 것 같군요."

안 되는 건가. 아니…, 잠깐만.

내 뇌리에 깨끗한 문양의 금속 막대기가 번쩍 스쳐 지나갔다. 츠루야 선배네 산에서 발굴되어 츠루야 선배가 소장하고 있는 겐로쿠 시대의 유물. 그건 이때를 위해 마련된 건가? 과거에서 보낸 선물, 수수께끼의 오파츠(주24)….

"아닌가."

츠루야 선배 애기로는 사진에 찍힌 봉 모양의 물질은 티타늄과 세슘으로 된 합금이었다. 만약 학회에 대대적으로 공표하면 야마타이 국의 소재지 문제는 비교도 안 될 만한 소동이 일어나겠지만, 그건 물을 뿌리면 부활할지도 모르는, 건조 미역과 같은 규소생명체의 화석 같은 너무나 시점이 적절한 물건이라 보기에는 힘든 산물이다. 다른 기회에서 필요하게 될 물체이거나 어쩌면 영원히 봉인해야 할 물건, 혹은 우리들의 시대보다 훨씬 미래에 남겨야 할 물건일 것이다. 가능하다면 두 번 다시 보고 싶지 않다. 비록 내가 계기가 되어 발견한 것이긴 해도 말이다.

내가 내 생각에 파묻혀 있는데 코이즈미의 목소리가 그런 나를 현실로 이끌었다.

주23) 잉곳ingot. 주괴. 거푸집에 부어 여러 가지 모양으로 주조한 금속이나 합금의 덩이.
주24) 오파츠: OOPARTS. Out of Place Artifacgts의 약자. 과학적으로 그 시대에 존재할 수 없는 인공적인 가공 유물을 지칭하는 말로 오컬트 학계에서 주로 쓰이는 단어이다.

"다행히 서두를 사태는 아닌 것 같습니다. 최초의 개가 상태가 나빠진 뒤로 두 번째로 생각되는 루소 씨에게 촉수가 뻗을 때까지 며칠이라는 시간 간격이 있었습니다. 오늘 내일 안에만 해결하면 이 이상 피해가 만연하지는 않을 겁니다."

지구 위에서 광대한 우주는 시간 감각도 상당히 다를 테지. 바이러스가 우주 시간을 채택해 살았다고 해야 하나.

"사카나카 씨의 집을 찾아가는 건 내일 하기로 하죠. 휴일이고 하니까요. 하지만 방문이유를 생각해두는 게 좋을 것 같습니다. 하루도 거르지 않고 병문안을 가면 수상하게 여길 테지만 실제로는 치료를 하러 가는 거니까 말입니다. 게다가 히구치 씨의 개도 같이 처치를 해야죠."

코이즈미의 말을 나는 반쯤 흘려듣고 있었다. 그런 이유는 네가 잘 생각해봐라. 치료도, 처치도 모두 나가토가 할 일이고.

"내일이군. 미안하지만 부탁한다, 나가토."

마음을 사카나카가에 남겨두고 온 하루히와 아사히나 선배처럼 나는 나 나름대로 마음이 우주로 날아가려는 것을 억눌러야 했다.

그래서 나는 멍하니 있었고, 그렇게 멍한 상태로 떠나가려는 몸에 급제동이 걸렸다. 뭐야, 무슨 일이야?

뒤를 돌아보니 나가토가 내 벨트에 손가락을 걸고 정지한 채였다. 잡는 건 상관없지만 나가토, 최소한 말을 건다거나 옷자락을 잡아당겨주지 않겠어? 개인적으로는 후자를 희망하고 싶다만.

나가토의 무표정한 입가가 천천히 움직였다.

"필요한 게 있다."

"뭔데?"

"고양이."

내가 어안이 벙벙해있자 나가토는 단어를 고르듯 조심스레 말했다.

"너희 집 고양이가 좋겠다."

한참 동안 코이즈미와 나가토와 함께 계획을 짠 뒤 나는 집으로 걸어가며 휴대전화를 걸었다.

"하루히? 어, 나다. 루소 문제로 할 얘기가 있어. 실은 집에 가는 길에 들은 건 건데 나가토가 옛날에 읽은 책 중에 루소랑 비슷한 병에 걸린 개에 대한 얘기가 있었대. …응, 치료 방법도 쓰여 있었다더라. 잘될 거라고 확신은 못 하지만…. 응, 알고 있어. 시험해볼 가치는 있잖아? 방법은 나가토가 알고 있다. 그러니까 내일 다시 한번 사카나카네 집에 실례…, 지금? 그건 힘들어. 준비해야 할 게 있거든. 내일은 다 준비될 테니까 그리 성급하게 굴지 마라. 코이즈미…가 아니라 나가토 말에 따르면 갑자기 상태가 나빠지는 건 아니래. …그래, 사카나카한테는 네가 연락해줘라. 아, 그리고 한 마리 더 있었지? 히구치 씨네 마이크인가 하는 애. 걔도…, 그래, 사카나카네 집으로 데리고 오라고 해줘. 아사히나 선배한테는 내가 말해둘게. 그럼 내일… 9시. 그럼 되겠지. 늘 만나는 역 앞에서 집합이다."

이튿날 SOS단 집합 위치로 슬슬 관광 명소가 될 법한 역 앞으로 가자 아직 12분이나 시간이 남았는데 다들 모여 나를 기다리고 있었다.

하지만 평소와 같은 표정인 사람은 나가토와 코이즈미뿐으로 아사히나 선배는 불안한 얼굴로 서 있었고 하루히는 가진 돈을 모조리 복권에 퍼부은 사람이 추첨일을 맞이한 듯한 얼굴로,

"늦었어."

복잡한 표정으로 나를 노려보았다.

이날만은 하루히도 찻값 지불을 벌칙으로 부과하지 않고 내 팔을 잡더니 개찰구를 향해 힘차게 걸어갔다.

"네가 오기 전에 코이즈미한테서 들었어."

하루히는 사람 수만큼 표를 사며 말했다.

"유키가 민간치료법을 시도해준다고? 양묘병이라며."

양묘병? 그게 뭔데? 폴리네시아 부근에 생식하는 신종 요괴냐?

"루소 씨가 걸렸을 것으로 추측되는 병입니다."

표를 받아든 코이즈미가 자동 개찰구를 향해 한 손을 들었다. 그리고 내가 실수를 하지 않게 조심하려는 듯 빠르게 말했다.

"원래 활발해야 할 개가 아무 원인도 없이 어느 날 갑자기 마치 햇빛을 쬐려고 웅크리는 고양이처럼 움직이지 않는 병을 말합니다. 매우 희귀한 케이스라 의학서적에도 없어요. 일설에 따르면 노이로제의 일종이 아닌가—."

코이즈미는 내게 윙크를 날렸다.

"—하는 게 제가 나가토 씨에게서 들은 설명입니다. 나가토 씨는 오래된 책에서 그 사실을 알게 되었다고 합니다. 그렇죠?"

혼자만이 교복 차림인 나가토가 누구의 눈에도 보이게끔 고개를 끄덕였다. 약속대로 해봤다는 듯 어색한 동작으로.

나가토는 코이즈미가 들고 있는 유명 백화점의 종이봉투를 본 뒤

내가 갖고 있는 이동장으로 시선을 옮겼다.

"냐옹."

틈을 벅벅 발톱으로 긁고 있는 샤미센이 나가토에게 인사하듯 울었다.

하루히는 고양이용 이동장을 툭 때렸다.

"치료에 고양이가 필요하다니 신기한 병이네. 유키, 정말 괜찮은 거야? 그거 믿을 수 있는 책이니?"

치료라기보다 제령에 가깝긴 하지만 하루히에게 가르쳐줄 수는 없는 노릇이다. 나가토가 침묵 속성을 갖고 있어서 다행이야.

나가토가 묵묵히 고개를 기울인 뒤 내게 한 손을 내밀었다. 그렇게 손을 내밀어봤자 내가 들고 있는 건 샤미센이 들어 있는 플라스틱 이동장밖에 없다는 생각을 하고 있는데,

"고양이."

나가토가 평탄한 목소리로 말했다.

"빌려줘."

그리하여 나는 빈손이 되었고 고양이가 든 이동장은 전철을 타고 가는 내내 좌석에 앉은 나가토의 무릎 위에 놓였다. 전차 안이라 그런지, 아니면 나가토가 무언으로 어떤 신호를 보내고 있는지는 알 수 없었지만 샤미센은 소란도 피우지 않고 얌전히 있었다.

나가토를 사이에 두고 자리에 앉아 있는 하루히와 아사히나 선배가 고양이가 든 이동장을 신경 쓰고 있는 것과는 대조적으로 나는 코이즈미가 든 종이봉투 안에 있는 물건이 무척 신경이 쓰였다.

"걱정 마십시오. 그럴싸한 걸 준비해왔습니다."

남자 둘이 전철 문에 기대 서 있기 때문에 대화 내용이 하루히에게 들릴 걱정은 없다. 코이즈미는 종이 봉투를 살짝 흔들었다.

"하룻밤 만에 준비하느라 조금 힘들었지만 겨우 해결했죠. 이제 남은 건 나가토 씨에게 달렸습니다."

나가토의 수완에 의문을 가질 여지는 없어. 꼭 루소를 구해줄 거다. 내가 지금부터 골머리를 앓고 있는 건 그 사후 처리에 관해서라고.

"그건 제 역할이군요. 이건 제 감입니다만 그렇게 복잡하지는 않을 겁니다. 스즈미야 씨를 보면 알죠. 현재 그녀에게 있어 최우선 사항은 루소 씨의 완치니까요. 그것만 이뤄주면 우리의 임무도 끝나는 거죠."

그렇다면야 다행이다만.

나는 여유로운 미소를 짓고 있는 코이즈미에게서 시선을 돌려 전철이 속도를 늦출 것에 대비해 손잡이를 잡았다. 사카나카네 집으로 가는 역까지는 앞으로 두 정거장. 깊이 고민하고 있을 여유는 없었다.


사카나카네 집을 방문하는 것은 이걸로 세 번째다. 설마 일주일 안에 세 번이나 찾아오게 될 줄은 몰랐다.

마중을 나온 사카나카는 어제와 마찬가지로 힘이 없었지만 일말의 희망을 품은 듯 우리를 보는 눈에 애원하는 빛이 섞여 있었다.

"스즈미야…."

울음 섞인 목소리로 말을 잇지 못하는 사카나카에게 하루히는 진지한 얼굴로 고개를 끄덕인 뒤, 뒤를 돌아보았다. 그녀가 보고 있는 것은 단원들 중에서 가장 우수하다고 여기는, 교복을 입고 있는 나가토의 마른 몸이었다.

"맡겨줘, 사카나카. 이래봬도 유키는 뭐든 못 하는 게 없는 똑똑한 애니까. J.J.도 금방 좋아질 거야."

그뒤로 들어간 사카나카가의 거실에는 사카나카네 어머니와 또다른 여자가 있었다. 보기에는 여대생 같았지만 아무래도 그 사람이 히구치라는 다른 피해견의 주인임은, 우울한 표정을 관찰 안 해도 알 수 있었다. 그녀에게 안겨 축 늘어져 있는 미니어처 닥스훈트가 마이크라는 이름을 갖고 있다는 것도.

루소의 상태는 어제와 달라진 바가 없었다. 소파 위에 가만히 엎드린 채 움직이지 않는다. 눈을 뜨고 있었지만 초점이 없어 보이는 것은 마이크와 똑같았다.

여기에서부터군. 나는 나가토와 코이즈미에게 눈짓을 했다.

그리고 개시된 건 나가토가 담담히 지시를 내리고 내가 보조를 맡는다는, 어제 나와 나가토와 코이즈미가 가진 3자 회담에서 결정된 내용이었다. 그럴듯한 도구는 코이즈미가 준비해 왔다. 어디서 가져왔는지는 몰라도 이럴 때에는 도움이 되는 녀석이다. 규소구조체를 갖고 오는 것보다 훨씬 간단했겠지.

일단 커튼을 닫고 햇빛을 차단했다. 당연히 불은 켜지 않고 방을 어두컴컴하게 만든 뒤 나는 코이즈미가 가져온 짐 속에서 굵고 알록달록한 양초를 꺼내 연대가 꽤 되어 보이는 촛대에 끼운 뒤 성냥으로 불을 붙였다. 그리고 작은 단지에 향료를 넣고 여기에도 불을 붙였다. 이상한 색과 향기가 나는 연기가 서서히 피어오르는 것을 확인한 뒤, 나는 나가토에게 신호를 보냈다.

나가토는 이동장에서 샤미센을 꺼내 옆구리에 끼듯 안았다. 사실 그것은 샤미센이 싫어하는 방식이었지만 웬일인지 평소에는 이빨을 드러내는 얼룩고양이도 나가토에게는 아무런 저항도 하지 않았다.

나는 헛기침을 한 뒤 입을 열었다.

"아, 루소 옆에 그 개도 놔두시겠습니까?"

젊고 기품 있어 보이는 히구치 씨는 마치 주술이라도 시작할 것 같은 우리들을 보고 불안한 표정을 지으면서도 진행을 맡은 내 말에 따라주었다. 소파에 누워 있는 개는 두 마리로 늘어났지만 여전히 영혼이 빠져나간 듯 멍하니 엎드려 있다.

그 소파 앞에 나가토가 고양이를 들고 무릎을 꿇었다.

마지막 마무리다. 나는 디지털 레코더의 스위치를 눌렀다. 테레민(주25)과 시타르(주26)를 주선율로 한 이상야릇한 음악이 흘러나오기 시작했다. 솔직히 이건 좀 지나친 게 아닐까 생각했지만 비밀장치에 손을 댄다면 완벽을 추구해야 한다는 게 코이즈미의 주장이었다.

촛불이 힘없이 불을 밝히고 묘하게 달착지근한 향이 나며 오리엔탈풍의 연주곡이 흐르는 가운데 나가토는 기묘한 의식으로밖에 보이지 않는 행동을 개시했다.

"…………."

어두컴컴한 실내에서도 히얀 얼굴은 냉동 건조시킨 듯 무표성하다. 그 하얀 얼굴과 비슷하게 하얀 손이 움직였다. 한 손을 루소의 머리에 올리고 쓰다듬는 듯한 동작을 한 뒤 샤미센의 이마에 대었다. 낯선 집, 게다가 개 두마리와 정면으로 마주보고 있는데도 샤

주25) 테레민 : theremin. 두 고주파 발진기의 간섭에 의해 생기는 소리를 이용한 신서사이저 악기.
주26) 시타르 : sitar. 기타와 비슷하게 생긴 인도의 현악기.

미센은 기특할 정도로 얌전히 있었다.

나가토는 샤미센을 루소의 코끝까지 가져갔다. 루소의 검은 눈동자가 천천히 움직여 얼룩고양이의 크게 뜬 눈과 겹쳤다. 나가토는 마치 루소의 몸에서 샤미센의 몸에 무언가를 옮기듯 번갈아가며 손을 움직였고 똑같은 행동을 마이크에게도 했다. 나가토의 입술이 가늘게 움직이며 소리로는 들리지 않는 말을 하고 있다는 걸 알아차린 것은 나와 코이즈미밖에 없을 것이다.

마지막으로 나가토는 샤미센의 좁은 이마를 두 마리 개의 코끝에 밀어붙인 뒤 갑자기 일어섰다. 아무 말도 없이 샤미센을 이동장에 밀어넣고 저벅저벅 걸어와 내 가슴팍을 향해 들어 올린 뒤 꺼낸 말은,

"끝났다."

당연히 모두 다 깜짝 놀랐다. 이동장을 받아든 나도 그랬으니 하루히나 아사히나 선배, 특히 사카나카와 히구치 씨는 더욱 그럴 것이다.

입을 쩍 벌리고 있는 건 좀 그렇다 싶었는지 벌린 김에 하루히가 말을 했다.

"끝났다니. 유키. 지금 그걸로 다야? 아니, 대체 지금 그건 뭐였니?"

"…………."

나가토는 그저 고개를 돌려 두 마리 개에게로 시선을 돌렸다. 봐야 할 것은 저쪽이라는 듯이,

모두의 시선이 소파로 향했다.

그곳에는—.

비틀거리기는 했지만 생기를 되찾은 눈으로 일어나 각각의 주인을 사랑스러운 동작으로 찾고 있는 개들이 있었다.

"루소!"

"마이크!"

사카나카와 히구치 씨가 달려가 두 손을 뻗었다. 끄응 울더니 두 마리 개는 힘없이 꼬리를 흔들어 응답하고는 주인의 뺨을 핥았다.

아사히나 선배가 덩달아 울 정도로 감동적인 장면이 지나고 몇 분 뒤, 거실은 수상쩍은 주술 공간에서 일상의 풍경으로 되돌아왔다.

루소와 마이크는 부엌에서 사카나카네 어머니가 마련해주신 식사를 하고 있었고, 비싸 보이는 탁자를 둘러싸고 소파에 앉아 있는 것은 우리 다섯 명과 사카나카, 히구치 씨였다. 그 두 사람에게,

"나가토 씨가 한 건 고양이를 이용한 애니멀테라피고 동물을 상대하는 매우 획기적인 치료법입니다."

너무나도 궁색한 코이즈미의 설명이었지만, 시원스런 미소와 명쾌한 목소리 탓인지 다들 속아주었다.

"초와 향에는 아로마 성분이 포함되어 있어 후각이 예민한 개에게는 인간보다 훨씬 효과적이죠. 음악은 청각에 호소해서 긴장을 풀 수 있는 걸 골랐습니다."

엉터리에도 정도라는 게 있는 법인데 정말 루소와 마이크가 기운을 되찾았으니 결국 다 좋은 게 좋은 거라고 사카나카와 히구치 씨는 무척이나 기뻐했고, 애완견과 딸이 동시에 기운을 되찾은 사카나카네 어머니도 감사를 표하고는, 이전에 하루히가 절찬했던 슈크

림을 산더미만큼 구워줬다.

어머니보다 더 기뻐하는 것은 사카나카였다.

"그런데 정말 대단하다, 나가토. 동물 선생님도 몰랐던 걸 알고 있다니 말야."

"유키는 SOS단의 만능선수라고."

말없이 슈크림을 먹고 있는 나가토보다 하루히가 더 기고만장했다.

"책을 많이 봐서 아는 것도 많고 기타 연주랑 요리도 잘하고 운동도 거의 고교 체전 선수 수준이야."

"치료 방법이 나가토 씨가 읽은 오래된 문헌 속에 있어서 다행이었습니다."

추가로 설명을 하는 코이즈미는 우아하게 홍차를 마시며,

"한방약 중에는 왜 효과가 있는지 과학적으로 설명할 수 없는 것도 있다고 합니다. 민간요법도 그리 소홀히 볼 순 없다는 거죠."

말도 안 되는, 괜한 설명으로밖에 안 보이는 소리를 했다.

볼일을 마친 아로마 세트는 모두 종이봉투 안에서 잠들어 있다. 마찬가지로 치료 도구로 쓰인 샤미센만이라도 이동장 안에서 꺼내줄까 싶었지만 사카나카가의 비싸 보이는 가구에 발톱이라도 갈았다간 감금으로는 끝나지 않을 것 같아서 그대로 뒀다. 나가토의 손을 떠난 지금은 야옹거리며 이동장을 흔들고 있었지만 잠시 내버려두면 저러다 졸거나 그럴 거다.

사실 따지자면 가장 큰 공로상을 줘야 하는 건 샤미센이고, 다른 도구는 단순한 눈속임에 불과했지만, 그건 나와 나가토와 코이즈미의 가슴속에 묻어두면 그만인 일이다.

나가토가 해야 할 일은 정보생명소자의 동결 그것뿐이었다.

그래서 마음만 먹으면 나가토는 아픈 개 두 마리 안의 정보생명소자를 동결시킬 수도 있었다. 단적으로 가장 간결한 해결책이었지만 그래서는 나중에 문제가 발생할 수 있다. 히구치 씨네 마이크나 사카나카가 사랑하는 루소가 수명을 다해 하늘의 부름을 받은 뒤에도 동결 상태의 정보생명소자는 남게 된다. 활동을 정지한 그 녀석이 어떤 우연으로 해동되어 다시 움직일 가능성은 무시할 수 없다고 했다. 그렇다면 그것을 상시로 감시상태에 둘 수 있는 생명체에 설치하는 게 가장 좋은 방법이다. 숙주가 될 생명체는 뭐든 상관없었다—나나 하루히라도—하지만 가장 문제가 없어 보이는 숙주로 나가토는 샤미센을 지명했다. 잠시 동안이나마 인간의 말을 한 적이 있는 초자연 현상을 체험한 수컷 얼룩고양이. 이참에 새로운 우주적 변태 성능을 추가한다 해도 큰 문제는 없을 거다, 뭔가 변화가 생기면 바로 내가 알아차릴 거고… 라는 거다.

이런이런이란 말의 대안책으로 나는 수제 슈크림을 입에 넣었다.

사카나카도 엄청난 재난을 겪었지만 그 재난의 근원을 몸속에 가둬두게 된 고양이의 주인이 된 내 입장은 누가 감안해줄 거지?

나가토의 집이 애완동물 사육이 가능한 곳이었다면 아예 그냥 양도하는 방법도 있었지만, 동생을 설득하는 데에 시간이 걸릴 것 같기도 하고 나도 나름대로 정이 들었으니까. 됐어, 샤미센. 아예 고양이 요괴가 될 만큼 장수해다오.

단숨에 축하 분위기가 된 사카나카의 거실에서 나는 샤미센이 다시 말을 할 날이 올지도 모른다는 생각을 하고 있었다.

우리가 사카나카가를 떠날 무렵에는 루소와 마이크 모두 거짓말처럼 건강을 되찾았다. 이 모습에는 하루히와 아사히나 선배도 무척 기뻐했고, 사람을 잘 따르는 개들을 번갈아 안아주며 끝내주게 죽이는 미소를 보여주었다.

돌아갈 때 사카나카네 어머니는 선물이라며 남은 슈크림을 대량으로 안겨주었다. 특히 나가토에게 준 봉투는 유난히 컸는데 감사받아야 할 인물이 그에 상응하는 배려를 받는 것을 보니 참 기분이 좋았다. 담소를 나누는 도중에 역시 여대생임이 밝혀진 히구치 씨도 감사를 표시하고 싶다고 말했지만 하루히는 단호히 거절했다.

"괜찮아, 괜찮아. 원래 공짜로 받아들인 일인걸. 마이크를 안게 해준 것만으로 충분해. 나의 SOS단은 영리조직이 아니니까 돈이나 물건으로 움직이지 않아. J.J.와 마이크가 기운을 차려 기쁘다는 이 마음이 보수인 거지. 안 그래, 유키?"

나가토는 아무 말도 없이 살짝 고개를 끄덕였다.

코이즈미는 냉정함을 잃지 않고 사카나카에게 말했다.

"다음에 루소 씨 같은 증상에 빠진 개가 또 나타나면 알려주세요. 가능성은 낮겠지만 혹시나 해서요."

"응, 산책 동료들한테 말해볼게."

열심히 고개를 끄덕이는 사카나카였다.

학교에서 보자며 손을 흔드는 친구에게 작별을 고하고 하루히는 기분 좋은 표정으로 걸어가기 시작했다. 그 뒤를 따라가며 나는 생각했다.

내년에 하루히와 사카나카가 같은 반이 되면 그건 아주 좋은 일인지도 모르겠다.

역으로 가는 길에서도 집에 가는 전철 안에서도 하루히는 어떤 사실을 까맣게 잊고 있는지, 아사히나 선배와 개에 대해 얘기를 했다. 나로서도 잊어주는 편이 고마운 일이니 괜한 소리는 하지 않았다.

집합지점인 역 앞에 도착하기도 전에 우리는 자연스레 해산하게 되었다. 하루히와 나가토와 아사히나 선배는 한 정거장 앞에서 내리는 쪽이 집과 가까웠고, 아직 오후였지만 슈크림으로 배가 꽉 찬 데다 고양이를 데리고 커피숍에 들어가는 건 내가 싫었다. 그래서 오늘의 SOS단 활동은 종료다.

나와 같은 역에서 내린 것은 코이즈미 한 명뿐이었다.

집으로 걸어가는 내 옆에서 코이즈미가 보조를 맞추어 따라왔다. 네가 살고 있는 곳은 어디냐?

겨우 눈에 띄고 요란스러운 SOS단 여단원들과 헤어져 초능력 소년과 둘이 걸어가고 있자니 너무나 눈과 귀가 허전해지는군.

"오늘은 수고가 많으셨습니다."

코이즈미가 그렇게 말을 하니 단순한 인사치레로밖에 안 들리지 않는데.

"문제 원인이 너무나 난해했잖아요. 샤미센 씨도 출장을 오셨고요. 그런데 정말 나가토 씨에게서는 여러 가지로 도움을 받게 되네요. 그러고 보니 작년에도 비슷한 일이 있었죠. 키미도리 씨가 찾아와서 우리는 컴퓨터 연구부 부장을 정보생명체로부터 구해냈죠…. 우리에게 오는 의뢰는 나가토 씨와 관련된 일이 많은 것 같지 않습니까?"

"무슨 말을 하고 싶은 거냐?"

"나가토 씨가 SOS단에 있는 건 이젠 필연적이라는 거죠. 저의 단순한 감상이지만요. 오히려 하고 싶은 말은 당신이 더 많지 않을까 싶은데요."

내가 생각하는 건 별로 많지 않아. 굳이 감상을 말하자면 꼽등이 기생체도 그렇고, 이번 녀석도 그렇고 마치 자석에 이끌리는 쇳가루처럼 우주에서 지구로 찾아오다니 어떻게 된 거야? 그렇게 따지면 나가토도 그런가. 하지만 나가토는 하루히가 있었으니까—.

나는 순간 걸음을 멈췄다.

하루히.

그게 답인가? 하루히가 터뜨렸다는 정보 폭발이 원인이 되어 정보 통합 사념체는 나가토를 보냈고, 굳이 따지자면 그것은 능동적인 행위였다. 반대로 컴퓨터 연구부의 부장 방을 그렇게 만들거나 규소에 붙어 떨어진 정신 바이러스 어쩌고 하는 녀석이 노렸던 대상이 하루히였다고는 믿어지지 않는다. 전자는 지구에 온 지 몇백만 년도 더 됐다고 나가토가 설명해주었으니까.

만약 하루히의 무의식이 거슬러올라가 그런 과거에까지 작용하는 거라면 상당한 기세로 이야기가 비약을 하는데. 하지만 아사히나 선배… 미래인이 이 시대에 와 있다는 건—.

내가 진지한 마음으로 생각에 잠겨 있는데 마치 내가 내 생각을 혼잣말로 중얼거리는 것을 듣기라도 한 듯이, 혹은 내가 머리를 굴리는 것을 방해라도 하듯 절묘한 타이밍으로.

"우연이라고 생각하십니까?"

가만히 있으면 될 것을 커피숍 웨이터가 손님의 주문을 확인하는 듯한 말투로 코이즈미는 말을 걸었다. 나는 코이즈미가 무슨 말을 꺼낼지 예감 비슷한 것을 느끼며 대답했다.

"확실히 말해라. 널 상대로 서로 속을 캐려 아옹다옹할 생각은 없으니까."

"굳이 우리가 사는 도시에 우주생명체가 떨어지고 그 정신기생체가 키타고의 학생이 키우는 개에 달라붙고, 나아가 사카나카 씨는 사전에 SOS단에 상담을 하러 찾아와 우연히 출장을 나갔던 우리들…, 그리고 나가토 씨가 진상을 알아차려 사건을 해결한다, 이것들이 모두 병립적으로 일어난 우발의 산물이라면 그건 천문학적인 확률로 생각할 수밖에 없어요."

그렇게 말하면 반론을 하고 싶어지는 것이 내 성격이다. 하루히의 편을 드는 건 아니지만.

"그러니까 천문적이었던 거 아냐? 결과적으로 두 종류의 우주인이 연루되어 있었고 말이지. 이게 우연이 아니라면 대체 뭐냐? 네미스터리극처럼 나가토가 시나리오를 쓰기라도 했다는 거냐?"

"그렇지는 않을 겁니다. 만약에 했다면 정보 통합 사념체나, 아직 미지의 다른 외계인이겠죠. 스즈미야 씨가 바란 게 아니라는 건 확실합니다."

그걸 어떻게 알아? 봄방학까지 시간이 남아돌다 못해 흘러넘치던 그 녀석이 이쯤 해서 사건 하나라도—그렇게 생각했고 그게 실현된 것뿐인지도 모르잖아.

"말했잖습니까? 스즈미야 씨의 정신은 점점 평온해지고 있습니다. 그야말로 황당해서 맥이 빠질 정도로요. 그리고 그게 문제인 겁니다."

나는 묵묵히 걸음을 재촉했고, 코이즈미는 입술을 손가락으로 쓸며 말을 이었다.

"스즈미야 씨가 얌전해지는 게 싫은 누군가가 있을지도 모르겠어요. 정보 플레어, 시공진, 폐쇄공간, 뭐든 좋으니 아무튼 그녀가 가진 분석 불가능한 능력을 발휘하게 만들고 싶다는 생각을 가진 무리가 어느 분야인가에 있을지도 모른다 이겁니다."

코이즈미의 미소가 점점 다른 것으로 보인다. 아사쿠라 료코의 이미지가 겹쳐진다.

"그러니까 이번 사건은 어떤 징조일지도 모르겠어요."

대체 무슨? 뭐든지 다 징조로 삼아도 된다면 나도 지금 당장 예언자 간판을 내걸고 노스트라다무스 2세라 칭하겠다.

코이즈미는 냉소를 지었다.

"우주에서 찾아온 존재가 이 시점에서 나타난 건 우연으로는 설명할 수 없습니다. 당신은 알고 있을 겁니다. 우주인이라 부를 만한 존재, 그것도 우리에게서 아주 가까운 곳에 숨어 있을 지구 외 지성체가 TFEI, 통합 사념체의 인간형 단말에 한정된 얘기가 아니라는 사실을요."

"쳇."

별로 연극적인 짓은 하고 싶지 않았지만 나는 얼굴을 찌푸리며 혀를 찼다. 코이즈미, 네가 가끔 보여주는 악한 척하는 행동은 정말 상대 못 해주겠다. 나가토를 인간형 단말이라 부르고 싶으면 그렇게 해. 사실이니까. 하지만 말이지.

나는 네가 짐작하고 있는 다른 우주인이 있다는 사실이 더 걸린다고.

"'기관'은 다양한 정보원을 갖고 있으니까요. 제가 알게 되는 것도 당연히 다양성을 띄게 되죠. 모두 다라고는 할 수 없지만 그래도 뭐, 음. 그래요."

겨우 코이즈미의 미소가 평소처럼 변했다.

"다른 우주인은 나가토 씨에게 맡기겠습니다. 저는 '기관'의 라이벌 조직에 중점을 두도록 하겠어요. 또 슬슬 활동을 개시할 것 같다는 예감이 들어서요. 마찬가지로 다른 종류의 미래에서 온 사람은 아사히나 씨한테 해결을 맡기죠."

코이즈미의 표정에서는 진지함이 느껴지지 않았지만 동감이다. 하지만 내가 생각하는 대상은 지금의 아사히나 선배가 아니라 더 미래에서 온 아사히나 선배에게였다.

나가토에 관해서는 걱정할 건 없다. 지금의 그 녀석만큼 강한 자의식을 갖고 있는 존재는 없을 거라고 내가 보장할 수 있다. 여차하면 코이즈미, 너도 나랑 같이 뛰어야 할 거야. 필요하다면 몇 번이든 반복해주마. 그 설산에서 한 약속을 잊었다고는 못 할 거다.

"물론 기억하고 있습니다. 잊었다 해도 당신이 금방 기억나게 해주시겠죠?"

시원스런 미소로 대답하며 코이즈미가 손을 펼쳤다.

"그때가 오면요."


"아, 어서 와—."

방에 돌아오자 동생이 내 침대에 누워 내 만화를 읽고 있었다.

"샤미 데리고 어디 갔었어?"

나는 대답을 않고 이동장에서 샤미센을 꺼내주었다. 즉시 침대로 뛰어올라가 동생의 등에 올라타 마사지를 하듯 앞발로 꾹꾹 밟아대는 얼룩고양이. 동생은 이내 간지럽다는 듯 웃으며 발을 버둥거렸다.

"콘, 샤미 떼어줘. 일어나질 못하겠어."

고양이를 안아서 동생 옆에 내려놓았다. 현재 초등학교 5학년 열한 살, 슬슬 초등학교에서도 최고학년이 되려 하는 내 동생은 만화책을 내던지더니 이불 위에 동그랗게 몸을 말고 있는 샤미센을 마구잡이로 만져대며 코를 킁킁거렸다.

"달콤한 냄새가 나네. 뭐야—?"

나는 선물로 받은 사카나카 어머니의 수제 슈크림을 줬다. 신이 나서 입에 쑤셔 넣는 동생을 옆에 두고 나는 책상 위에 놔둔 하드커버 책을 들었다.

1주일쯤 전이었다. 학기말 고사를 마친 머리를 식혀볼까 싶어 동아리방 책장에서 빌려온 나가토의 소장본이다. "뭐 재미있는 책 없냐? 지금 내 기분에 딱 맞는 거 없어?" 라는 내 질문에 나가토는 5분쯤 책장 앞에서 경직되어 있다가 천천히 이걸 내게 내밀었다. 아직 중간까지밖에 못 봤지만, 고등학교 시절부터 대학 때까지 두 남녀의 연애를 그린 연애소설인 듯, SF도 미스터리도, 판타지도 아닌 아주 평범한 세계의 이야기였는데, 여러가지 의미에서 그때와 현재의 내 기분에 딱 맞았다. 나가토는 수의사나 아로마 테라피스트나 점술가가 아니라 나중에 시시가 되어야 한다.

나는 침대에 누워 책을 읽기 시작했고, 동생은 두 개째 슈크림을 들고 마실 걸 찾아 부엌으로 내려갔다.

얼마나 시간이 지났을까.

독서에 몰두해 있던 내가 문득 정신을 차리자 샤미센이 문을 박박 긁고 있었다. 이걸 열고 밖으로 내보내달라는 샤미센의 의사 표시이다. 평소에는 이 녀석이 드나들 수 있게 반쯤 열어두는데 동생이 나가면서 닫혔나보다.

나는 책갈피를 꽂고 고양이를 위해 문을 열어주었다. 샤미센은 부드럽게 그 틈을 지나 복도로 나가 뒤를 돌아보며 마치 인사라도 하듯 야옹 울었다. 그리고 여전히 뒤를 돌아본 채 내 어깨 위를 응시했다. 그 시선의 방향을 느끼고 나도 돌아보았다.

천장 구석이다. 아무것도 없다.

샤미센은 천장 모퉁이를 향해 동그랗게 뜬 눈을 천천히 움직였다. 시선의 종착점에는 외벽이 있다. 마치 내게는 보이지 않는 무언가가 천장에서 벽을 통해 빠져나가는 듯한 그런 움직임이었다.

"야."

하지만 샤미센이 그렇게 있었던 것도 몇 초에 불과했고 내가 부르는 소리를 들은 녀석의 꼬리만 보일 뿐이었다. 도도도 걸어가는 소리가 멀어진다. 부엌에 내려간 동생을 따라 자기도 먹이를 받아먹어보려는 속셈이겠지.

나는 고양이가 들어오기 쉽도록 틈을 남기고 문을 닫은 뒤 아까 샤미센이 보여준 행동이 흔한 것이라는 사실을 떠올렸다. 동물은 사람이 놓치기 쉬운 작은 물체에 반응하거나 바깥에서 나는 작은 소리에도 깜짝 놀라곤 하는 법이다.

하지만 만약.

사람에게는 보이지 않지만 샤미센에게는 보이는 무언가가 거기에 있었다면. 그 투명한 무언가가 내 방 천장에 달라붙어 둥둥 떠다니듯 벽을 통과해서 나갔다면 어떨까.

　—유령은 있는가?

　—그건 금지 사항.

　몇백만 년, 혹은 몇천만 년 전 옛날, 지구에 개를 숙주로 하지 않고 인류를 선택하는 정보생명소자가 내려왔다면 어떨까. 인간 쪽도 루소처럼 거부반응을 보이지 않고 평범하게 공생했을 가능성은 제로라고 단언할 수 있을까. 그로 인해 원시의 초기 인류가 지혜를 얻게 되었다고 보는 건 너무 비약이 심한 걸까?

　그렇다면 나가토의 두목이 신기하게 여기는 유기생명체가 지성을 갖게 되는 것도 가능했을지도 모른다. 자력이 아니라 지구 밖에서 온 뜻밖의 선물로 말이다.

　내가 생각해낼 만한 것을 통합 사념체인지 뭔지가 고찰하지 않았다는 것은 부자연스럽지만, 미토콘드리아가 원래 독자적인 개체가 아니었던 것처럼, 어느 사이엔가 체내에 파고든 정신공생체가 태곳적 원숭이보다 조금 나은 뇌에 들어가 지금도 길게 이어져 오고 있다고 하면 나름대로 말은 된다—.

　"에이."

　이런 생각을 하는 나는 나답지 않다. 사람은 자신이 가진 상상력 이상의 것을 상상할 수 없는 법이다. 더군다나 나한테는 더더욱 의외인 행동이다. 복잡다단한 이론에 관한 사색은 코이즈미에게만 맡기자. 그 녀석이 외계인 대책을 나가토에게 일임했듯이 이런 건 늘기만 하자고. 코이즈미가 가끔씩 보여주는, 사람을 잡아먹을 듯한 언질의 본질도 알고 있다. 그러다가 저는 손바닥을 뒤집을지도 모릅니다 하고 마치 충고라도 하는 듯한 말은 전부 알리바이 공작에 불과한 거지?

　미안하지만 코이즈미, 알리바이라는 건 무너지는 게 전제로 되어 있는 거야. 나나 하루히에게 얕은 잔머리나 굴리는 진부한 변명은 안 통한다.

　그리고 말이다, 만약에 코이즈미가 '기관'의 음모로 꼼짝 못 하게 된다 하더라도 나에게는 또 다른 수가 남아 있다. 그렇게 되면 전지전능한 수단을 다 바쳐 무릎을 꿇어서라도 츠루야 선배를 끌어들이기만 하면 된다. 밝고도 천재적인 그 선배가 마음껏 활약하며 웃음 띤 얼굴로 암암리에 활약한다면 아마 '기관'의 우두머리도 당황할 걸.

　어떻게 그렇게 할까, 그렇게 되면 어떻게 될지는 1밀리미터만큼도 생각이 미치지 않았지만 현재로서는 그렇다는 단서를 달아두자.

　"…역시 괜히 머리 굴리는 건 내 성격에 안 맞아."

　뭐, 좋아. 내가 나 이외의 다른 사람이 될 수 없듯이 내 머릿속에 있는 의식은 다른 누구의 것도 아닌 이츠 올 마인, 나만의 것이다.

　그러니까 이제 와서 돌려달라고 해도 변제기간은 이미 시효 저멀리로 사라진 지 오래다.

　그렇게 내가 시시한 생각을 하고 있는데 책상 위에 올려놓았던 휴대전화가 부르르 몸을 떨었다. 설마 선점한 지혜를 독촉하는 전화는 아니겠지 생각하며 손을 뻗어 보니 전화를 건 사람의 이름은 하루히.

　"뭐야?"

　『야, 쿈. 중요한 걸 잊고 있었어.』

　인사도 없이 용건으로 들어가는 것이 하루히식 전화 예절이다.

『J.J.랑 마이키가 나은 건 좋은데 왜 그런 이상한 마음의 병을 앓게 된 것 같니? 내가 생각한 건 그 두 마리는 정말 유령을 본 충격으로 그렇게 된 거야!』

그것 봐라, 코이즈미. 내가 사후처리에 관해 고민하고 있었던 걸 이해했겠지. 이 녀석은 이런 생각을 해내는 녀석이라고.

『아마 우리가 갔던 산책길에 1주일쯤 전까지 있었을 거야. 내 판단으로는 아직 성불하지 않았을 거야. 아마 부유령이 돼서 사방을 둥둥 떠다니고 있을 게 틀림없어.』

"무슨 유령인지는 모르겠다만 어서 극락정토로 보내줘라."

『그러니까 내일 다시 집합이다! 이번에야말로 유령과 기념촬영을 해야지.』

"유령이랑 어떻게 어깨동무를 하려고?"

『대낮에는 안 될 거야. 밤에 하자. 이 세상에 남은 유령이 회합을 열 만한 장소를 찾아서 거길 사진으로 찍어대는 거야. 그러면 두세 장 정도는 찍혀주겠지.』

하루히는 일방적으로 집합시간을 알린 뒤 내 일요일 예정도 물어보지 않고 전화를 끊었다. 몇 초 뒤에는 다른 단원에게도 소집 전화가 갔을 것이 분명하다. 아무래도 내일의 신비 탐색 순찰은 심야의 심령 장소 순례가 될 것 같다.

나는 전화를 내려놓고 다시 방구석을 바라보았다.

사카나카가 갖고 온 유령 사건은 개의 병을 거쳐 최종적으로 나가토의 활약으로 마무리되었다. 유령의 개입이 없었다는 것을 나는 알고 있고, 코이즈미도 알고 있다. 하지만 하루히의 머릿속에 아직 그 말은 몇 시간을 지나서야 생각이 날 만큼은 남아 있었나보다. 단장님께서는 우주에서 온 어쩌고 생명체가 아니라 진짜 확실한 유령을 바라고 계시다.

아무튼 시내지도를 펼쳐 놓고 표시를 하는 역할은 코이즈미에게 맡기자. 만에 하나 진짜 심령사진을 찍게 되면 과학적인 변명을 하는 역할도. 나는 어두운 길을 걷던 아사히나 선배가 바람소리에 놀라서 매달려줄 사람 역할을 자진해 맡을 생각이다.

대열을 지어 밤길을 돌아다니며 사방에다 기념촬영을 하는 수수께끼의 군단이라. 남들이 본다면 찍힐 리가 없는 유령을 찾아 떠도는 우리가 더 기괴해 보일지도 모르겠다. 그래도 슬슬 날씨도 따뜻해져 오고 있으니 "봄이니까요"라는 한 마디로 설명을 끝낼 만한 일이다. 여차하면 아사히나 선배한테 무녀 차림을 하고 반야심경을 읊으라고 하면 된다. 하루히 입장에서 보면 그걸로 제령이 완료되는 거다.

그리고 진짜 유령이 있다 해도 잠깐 돌아다닌다고 만날 수 있을 만큼 사방에 우글거리지는 않을 거다. 하루히도 정말로 만나고 싶어하는 건 아니다.

1년 가까이 하루히를 봐오면 이 정도는 알 수 있다. 그 녀석이 좋아하는 건 유령이 아니라 다 같이 유령을 찾으러 다니는 행위인 것이다.

하지만, 음, 내 입장에서 보자면―.

"나온다 해도 상관은 안 해."

샤미센이 바라보고 있던 천장을 향해 그렇게 중얼거리며 나는 다시 책으로 주의를 돌렸다. 책 속에는 내 주위에 펼쳐진 것보다 훨씬 더 상식적인 현실이 있었다.

하지만 그렇다고 해서 그런 현실적인 현실이 부럽다는 생각은 들지 않는다.

지금의 내게는 말이다.

— 9권에 계속 —

# 작가 후기

책에 관한 얘기

며칠 전 딱히 볼일이 있는 건 아니지만 문득 생각이 나 벽장을 열고 안에 있던 상자들을 꺼내보았습니다. 안에 있던 것들은 모두 제가 젊은 시절에 사서 읽었던 책들이에요. 참고로 저는 좀처럼 물건을 버리지 못하는 성질을 갖고 있어 누가 봐도 쓰레기다 싶은 물건 외에는 버리지 않습니다. 원래 실컷 고민한 뒤에야 물건을 사는 습성을 갖고 있기도 해 상자 수는 그렇게 많지 않지만 10년 만에 보게 된 책표지가 거의 변색도 되지 않고 나타났을 때엔 옛날의 저를 향해 "정말 장하기도 하지"라고 말해주고 싶은 기분이 들었습니다.

그로부터 절실하게 느낀 건 이 책들을 읽은 기억이란 놈이 현재의 제 뇌에 축적되어 지금의 제 사고 형태를 형성하고 있는 거구나 하는 겁니다. 물론 모든 책의 내용을 상세히 기억하고 있는 건 아니지만 당시의 제 머리에 새겨진 독서의 기억은 증발하지 않고 깊이 가라앉아 지금이라도 저 깊은 곳에서 흔들거리고 있을 것이 분명합니다.

그리고 더더욱 여실히 느낀 건데, 중요한 포인트는 역시 타이밍인 거죠. 정말 그때 그 타이밍에 읽었기 때문에 군말 않고 감명을 받거나 영향을 받거나 했던 거지, 지금 처음 읽었다면 아마 감명도 영향도 완전히 다른 방향을 향했을 겁니다.

말하자면 과거에 접한 방대한 문장들은 지금 제가 만들어내고 있는 문장—이 후기도 포함해서—의 멀지만 현존하고 있는 선조와 같은 겁니다. 어느 것 하나라도 빠졌다면 이 후기가 존재할 일도 없지 않았을까 생각이 듭니다.

그런 연유로, 저는 깊은 감사와 함께 상자를 다시 닫고 언젠가 전부 다 다시 읽어보리라 결심하며 벽장에 돌려놓았습니다. 앞으로 만나게 될 새로운 책이 미래의 제 구성요소가 되기를 바라면서요.


고양이에 관한 얘기

저는 무척 추위를 많이 타서 1년 중에 겨울 재킷을 입고 있는 기간이 가장 긴 사람 중 한 명이 아닐까 생각합니다.

그걸 보고 사람들이 자주 놀려대지만요, 그때는 "전생에 고양이였던 거 아닐까요?" 라고 대답합니다. 윤회전생의 진위는 둘째 치고, 만약 그렇다면 전생에서의 고양이도 그보다 더 전생이 있었을 거고, 전생이 북극곰이었던 고양이는 과연 더위를 탈까 추위를 탈까, 그 고양이가 또 펭귄으로 다시 태어난다면 어떻게 될까, 전생은 인간의 전매특허인가, 그러고 보니 옛날에 TV에 '애완동물의 전생 점술사'가 나와 번창하고 있다는 말을 했는데 그런 건 나도 할 수 있겠다 생각하는 등 시답잖은 생각을 하다 보니 하루가 저물어 버렸습니다.


「편집장★일직선!」에 관한 이야기

SOS단 녀석들이 문예부로 활동하면 어떻게 될까, 하는 것은 초기 단계에서 생각하고 있던 것으로, 상당히 오래전 메모에도 '문집. 문예부적 활동'이라는 글자와 함께 나가토 유키의 무제 초단편이 쓰여 있었는데, 쓴 건 기억하고 있었지만 그걸 하드디스크의 어디에 넣어 뒀는지 잊어버려 찾느라 고생을 했습니다.

　　같은 시기에 해두었던 메모에는 '마침내 움직이기 시작한 학생회'니 '상담. 컴퓨터 연구부. 방콕족'이니 '사라진 하루히'니 '구기대회' 등등이 적혀 있었는데 괜히 그리운 느낌이 들더군요. 그 밖에도 많은 내용이 쓰여 있었는데 내용 누설이거나 퇴짜 맞은 소재라 실례하며, 그 밖에도 데이터의 바다에 묻혀 있는 조각이 없었나 마우스를 클릭하다보니 날이 저물었습니다. 누가 대신 찾아주지 않으실래요?


「윈더링 섀도」

　　매번 그렇지만 제목과 부제를 지을 때면 늘 고민을 하는데 고민 끝에 짜내면 대부분이 외래어 제목이 되어요. 그중에서도 이번 작품은 팍 떠오른 '떠도는 그림자'라는 가제를 영어로 직역한 것으로 아무런 숨은 뜻도 없습니다.

　　그러고 보니 「스즈미야 하루히의 우울」부터 전혀 아무 생각도 없이 이름을 붙였던 게 생각이 났습니다. 아마 10초쯤 생각하다 결정했을 거예요. 아니, 멋진 제목이 떠오르질 않았던 거죠. 저는 늘 제목을 생각하지 않고 쓰기 시작했다가 다 쓴 다음에 생각하는데 아무래도 제게는 카피라이터의 센스가 결여되어 있다는 사실을 포기와 함께 받아들이고 있기 때문에 결국에는 적당히 붙이고 맙니다.

누가 대신 생각 좀 해주지 않으실래요.

그런 연유로 시리즈 제목이 아직까지 명확하지 못한 이 작품도 8권에 이르렀습니다. 이것도 작품이 제조되고 유통되는 과정에서 관여하고 계신 모든 분들, 그리고 실제로 손에 들고 읽어주시는 독자 여러분 덕분입니다. 감사합니다. 소설 이외의 매체에서 신세를 지고 있는 분들께도 크나큰 감사의 마음을 바치며 이만 인사를 올립니다.

그럼.

타니가와 나가루

# 개정판 **스즈미야 하루히의 분개**

2022년 6월  8일 초판 1쇄 인쇄
2022년 6월 15일 초판 1쇄 발행

**저자** · Nagaru Tanigawa
**일러스트** · Noizi Ito
**역자** · 이덕주
**발행인** · 황민호
**콘텐츠4사업본부장** · 박정훈
**콘텐츠4사업본부** · 김순란 강경양 한지은 김사라
**마케팅** · 조안나 이유진 이나경
**국제업무** · 이주은 김준혜
**제작** · 심상운 최택순 성시원
**한국판 디자인** · 디자인 우리
**발행처** · 대원씨아이(주)

서울 특별시 용산구 한강로3가 40-456
편집부 : 02-2071-2104  FAX : 02-794-2105
영업부 : 02-2071-2061  FAX : 02-794-7771
1992년 5월 11일 등록 3-563호

http://www.dwci.co.kr/

원제 SUZUMIYA HARUHI NO HUNGAI
© Nagaru Tanigawa, Noizi Ito 2006
First published in Japan in 2006 by KADOKAWA CORPORATION, Tokyo.
Korean translation rights arranged with KADOKAWA CORPORATION, Tokyo.

ISBN 979-11-6894-665-1
ISBN 979-11-6894-657-6 (세트)

# 스즈미야 하루히의 직관

스즈미야 하루히 시리즈

새해 참배로 시내의 모든 절과 신사를 모두 제패하겠다느니,
존재하지도 않는 키타고의 7대 불가사의 운운 등,
스즈미야 하루히의 갑작스런 아이디어는 2학년으로 진급하고도 건재하지만,
하루하루 삼나무 묘목을 뛰어넘는 닌자처럼 성장하고 있는 내가
그저 휘둘리기만 할 거라고 생각하지는 마라.
하지만 그런 나의 잔재주 따윈 깨끗이 무시하며
츠루야 선배가 갑자기 묘한 메시지를 보내온다.
상류 사회의 여행 추억담에서 우리는 도대체 뭘 읽어내야 하는 거지?

글 | 타니가와 나가루
일러스트 | 이토 노이지
번역 | 이덕주